# TODO LO QUE SE LLEVÓ EL DIABLO

colección andanzas

JAVIER PÉREZ ANDÚJAR
TODO LO QUE SE LLEVÓ EL DIABLO

1.ª edición: octubre de 2010

© Javier Pérez Andújar, 2010

Diseño de la colección: Guillemot-Navares
Reservados todos los derechos de esta edición para
Tusquets Editores, S.A. - Cesare Cantù, 8 - 08023 Barcelona
www.tusquetseditores.com
ISBN: 978-84-8383-273-8
Depósito legal: B. 31.781-2010
Fotocomposición: Víctor Igual, S.L. - Mallorca, 374 - 08013 Barcelona
Impresión: Limpergraf, S.L. - Mogoda, 29-31 - 08210 Barberà del Vallès
Encuadernación: Reinbook
Impreso en España

# Índice

A mi padre,
tu universo ahora callado,
el 127 tres puertas, el tomavistas Super-8, el partido de fútbol,
la bandera roja en el armario de la ropa.

Venían echando suertes    cuál entrará a la majada;
le tocó a una loba vieja,    patituerta, cana y parda,
que tenía los colmillos    como punta de navaja.

Del *Romance de la loba parda*, anónimo

# Una

La República soy yo, repitió Azaña con voz cansada. Sentado junto a él, rodilla con rodilla, en las escalinatas de la coctelería del Hotel Nacional, se encontraba aquella noche su amigo Luis Bello, que llevaba en el bolsillo las pruebas de imprenta del semanario *Política*. Aún no había empezado a publicarse la revista, y ya soñaban Azaña y Bello con convertirla en un diario. El órgano oficial de la flamante Izquierda Republicana. Afuera, los raíles del tranvía atravesaban Atocha como bloques de hielo.

Desgraciadamente es así, Manuel. Te han dejado solo con ella. A solas con la República, le dijo su compañero y cogió por el cuello la botella de whisky escocés que tenía a sus pies. Bebió a morro, se limpió sus bigotes caídos con la manga de la chaqueta y le pasó la botella a Azaña. Éste le dio otro trago y se la devolvió a su amigo.

¿Te has fijado en ese espejo de enfrente, Luis?

No hay manera de apartar la vista de un espejo. Parecemos Hansel y Gretel caminando de la mano, perdidos en lo más oscuro del bosque.

Ahora que llegan al gobierno, las derechas quieren meterme en la cárcel.

Ya lo han hecho. Ya nos han encerrado en un barco.

A mí, en tres. En un buque y en dos destructores. Pero no pararán hasta verme en la Modelo. Me están acusando de haberles vendido armas a los socialistas para la revolución de Asturias. Vamos a empezar a defendernos, Luis. A defender a la República de la desnaturalización a la que están sometiéndola. Vamos a movernos ya. A dar charlas en los ateneos, a pronunciar conferencias, y si es preciso hasta daré mítines en los campos de fútbol.

Ahí sí que iría la gente.

Luis, llevo todo el rato mirando ese dichoso espejo. No doy crédito a lo viejo que me veo. ¿De verdad que ese tío de la verruga en la boca, los pantalones arrugados y con pinta de solitario soy yo?

En efecto. Ésa es la República.

Pues vamos finos.

Azaña tendió el brazo y con un movimiento le pidió a su amigo que le pasara la botella. Le dio otro trago. Se la devolvió a Bello y éste fue a limpiar la boca del cristal con la mano; pero se encogió de hombros y le dio un tiento al whisky antes de dejarlo de nuevo a sus pies.

¿Es que no hay nadie más joven que nosotros, Luis?

Sí, pero se van con el hijo de Primo de Rivera.

¿Los de la camisa azul?

Ése es el traje de faena. En los salones llevan esmoquin negro y descapotable rojo.

Contra eso poco se puede hacer. Hoy día es el glamour lo que manda. La culpa la tiene esa porquería del cine. Luis, ¿sabes a quién acabo de ver reflejado en el espejo? A mi conterráneo el cardenal Cisneros. ¿Verdad que nos parecemos?

Como un huevo a una castaña.

Cisneros quemó en su siglo más libros que Hitler en el nuestro. Siempre estamos en lo mismo.

La historia no se repite, Manuel. ¡Qué va a repetirse!

¡Eso es un espejismo! La historia es un silletero barrizal del que no se sale.

Azaña abrió una pitillera de plata y cogió dos cigarrillos. Se puso uno en la boca y le ofreció el otro a su acompañante. Sin dejar de mirar al suelo, Luis Bello movió la cabeza para decir que no quería tabaco. Fumaba Azaña pausadamente, como si todavía estuviese asomado al balcón del ministerio.

¿Es que la gente no ve la diferencia entre quemar libros y crear bibliotecas? La biblioteca del ateneo, Luis, quisiera que estuviese en cada pueblo de España.

Claro, fue ésa la que te hizo presidente de Gobierno.

Seríamos un país de presidentes.

Eso ya lo somos. Unamuno lo llama casticismo.

¿Pues sabes que ahora veo que Cisneros se le parece más a Unamuno que a mí?

A quien se parece Cisneros, en la nariz y en la barbilla, es a María Zambrano.

¡Mira que eres ocurrente! María Zambrano es de lo mejor que tiene esta nación. Y aunque ella lo sabe de sobra, no por eso se da aires de grandeza. Hace poco estuvo de titiritera por los pueblos de Huesca.

Las Misiones Pedagógicas.

Eso viene de ti, Luis.

Pero el nombre se lo puso Ángel Llorca.

En estos momentos, sólo está vigente la república de los pedagogos.

Existen repúblicas peores que la nuestra. De militares, de banqueros.

Luis, me están entrando ganas de tirar la botella y estamparla contra el espejo.

No te mires más. Cierra los ojos.

Ortega ha dicho que tengo una cara triste y agria.

El castellano es idioma de adjetivos.

¿Entonces tú no me ves tan viejo? Este mes cumpliré cincuenta y cinco años.

El día diez de enero del calendario gregoriano. Aproximadamente, el veinte de nivoso según la revolución francesa.

He tardado cincuenta años en llegar al poder. En ser aceptado por la política.

Y tres en ser expulsado. Vivimos en un paisaje impenetrable.

Luis, ¿y tan feo? ¿Consideras que soy tan feo como dicen?

Es tu voz metálica lo que asusta a la gente.

¿Pero les pareceré feo?

Y sin embargo eso es una garantía. Los guapos viven menos.

Entonces tú y yo viviremos muchos años.

Tú más que yo, Manuel; porque, aunque no se me note, yo soy Bello.

Amigo Luis, hubieras hecho más fortuna en los escenarios que en la política.

El Congreso es para dramaturgos silbados.

Azaña se quitó las gafas y les limpió los cristales con el pañuelo. Volvió a ponérselas. Se abrazó las rodillas. Por no mirar al espejo giró la cabeza hacia arriba. En la escalera de la coctelería había enmarcada una lámina, arrancada de *La Esfera*, que reproducía *La conquista de Jerusalén por Tito* según el maestro vienés de María de Borgoña. La pintura representaba una matanza de civiles con toda clase de detalles. En la parte central unos legionarios romanos asomados a la puerta de un cobertizo se encontraban con una mujer que asaba a un niño y les invitaba a comérselo. Otro soldado no podía soportar el asco y vomitaba de rodillas.

La libertad es necesariamente poética. Las orillas del camino, como los renglones de una página, se juntan en el infinito. Quiero ir a la aventura, papuchi. Andar y ver, correr mundo, sufrir privaciones, medirme a solas con los hombres y la naturaleza. Llevarles a las gentes de los pueblos la ilusión de los libros.

María Luisa le dio la vuelta al reloj de arena antes de que acabara de vaciarse la ampolla.

¡Tiempo concluido, papá! ¿Has terminado de leerte el artículo?, dijo, y al abrir más sus ojos apareció en ellos el cielo azul de Madrid.

Cerró don Aquilino el *ABC* y lo dejó sobre su regazo.

¡Menuda tramposa!, protestó con benevolencia.

Aquel domingo, día de Reyes, traía el periódico una lámina en color con los tres Magos cargados con elefantes de juguete, raquetas de tenis, balones de listas, muñecas con botines, cerditos con canotier y muñecos del ratón Mickey. El hermano pequeño volvió a pedir que le recortaran la página del diario.

Pertenecía don Aquilino Pickman a una antigua familia sevillana, pero su cátedra de Geología en la Universidad Central de Madrid le obligó a trasladarse a la capital cuando él y su mujer, doña Leopoldina, eran todavía una pareja de recién casados. En los últimos tiempos el profesor Pickman había sido muy celebrado por su aportación al Mapa Geológico de España, y ahora la República le llamaba como asesor en la nueva legislación para la protección de espacios naturales.

En todo caso, este artículo no hay quien se lo acabe, refunfuñó el padre. ¡Cualquiera aguanta las tabarras de Benito Mussolini sobre la Iglesia y el Estado! ¡No tendrán otra cosa para publicar!

¿Y entonces por qué te compras ese periódico, papuchi? Nos torturas a todos trayéndolo a casa todos los días, y ahora resulta que tú tampoco lo soportas.

No seas tendenciosa, María Luisa, que lo único que he dicho es que ese artículo no me interesa. ¿Te parece poco periódico el *ABC*? ¡Pero si no te pierdes un escrito de Fernández Flórez! ¡Y encima, cada domingo os lo traigo con el *Blanco y Negro*! ¡Qué hija tan desagradecida! Y por lo que respecta a tu idea de marcharte de *tournée* con las Misiones Pedagógicas, sabes bien que cuentas con todo mi apoyo, siempre que no pierdas días de estudio por ello.

La mayoría de las misiones se hacen en navidades y en los meses de verano, respondió María Luisa con la cara encendida como el bosque rojo de su pelo; pero enseguida calló enojada, porque esta conversación no había hecho más que repetirse una y otra vez durante todos aquellos días.

María Luisa sabía que iba a tener que conformarse y esperar a julio, o agosto, o peor aún que el Patronato la hiciese aguardar hasta septiembre, lo que venía a posponerlo todo de nuevo porque coincidiría con el inicio del curso siguiente en la Escuela Normal, en la número dos, que era donde estudiaba magisterio. Dio la espalda a su familia, pero para quitarle al gesto lo que tenía de soberbia simuló que contemplaba el cuadro de Martínez Vázquez,

*Primavera en Gredos*, que el propio pintor le había regalado a su padre y que ahora presidía aquel salón de la casa.

¡Con lo ideal que resulta la primavera para salir al campo, papaíto querido!

¡Mientras no te manden a Barcelona!, suspiró la madre, que, sentada a una mesita redonda, pegaba cromos en un álbum de la Historia Sagrada. Porque, ¿habéis visto lo que trae hoy el periódico? ¡Hay qué ver cómo viven esas gentes!

Cualquiera diría que hablas de la selva, Leopoldina.

Pues si no hablo de la selva, sí que me refiero a los salvajes. Lee en las informaciones de Cataluña, Aquilino, y te darás cuenta de lo que quiero deciros.

De nuevo tomó el catedrático el periódico y lo abrió por una hoja que anunciaba en un gran recuadro que ese día, encartadas en el *Blanco y Negro*, se ofrecían las treinta y dos primeras páginas de *Los piratas de Venus*, la sensacional novela de Edgar Rice Burroughs. Primero leyó para sí don Aquilino, y sacudió la mano admirado. A continuación volvió a leer las noticias en voz alta.

¡Es la repanocha! Un comerciante de Barcelona denuncia haber sido víctima de un atraco, y resulta luego que el dinero se lo había jugado en el frontón. La policía le encontró encima todas las papeletas de las traviesas, que alcanzaban aproximadamente el valor de lo que aseguraba le fue robado. ¡Y esta otra! En una carnicería de la calle Cultura de Santa Coloma de Gramanet entraron tres individuos con pistolas y la cara tapada con pañuelos, y amenazaron al dueño y a la dueña y a un comprador que estaba allí. El propietario opuso resistencia y los atracadores se liaron a tiros. Uno de los proyectiles alcanzó en el pecho a la tendera, y los ladrones se dieron a la fuga. La mujer se encuentra en estado muy grave. ¡Y aún sigue otra! En la calle Cortes de Barcelona, alrededor de las seis de la tarde, un hombre bien vestido detuvo un taxi y le pidió que le llevara a la calle París, esquina Independencia. Allí se subieron otros dos tipos, que pistola en mano obligaron al chófer a que los condujese a las inmediaciones del manicomio de San Andrés. Cuando llegaron, dos de los agresores se fueron con el taxi, y el tercero se quedó para vigilar al conductor. Al cabo de una hora, el que hacía de vigilante le dio permiso al taxista para irse, pero le advirtió de que si denunciaba el asunto lo pasaría mal. En cuanto al auto, le dijo que lo encontraría más tarde sin deterioro. Mientras tanto, los otros dos bandidos se presentaron en un almacén y despacho de licores, amenazaron con sendas pistolas ametralladoras al cajero, a dos operarios y a los clientes que había en el local, les obligaron a ponerse de cara a la pared con los brazos en alto y se llevaron cerca de cuatro mil pesetas. También les robaron a los particulares, y al presidente del Casino del Guinardó, que se encontraba en el lugar, le arrebataron ciento veinticinco pesetas. Vistos y no vistos se dieron a la fuga en el coche. Por las declaraciones de las víctimas, se cree que los ladrones eran gente experimentada ya que incluso tuvieron el cuidado de coger todos los efectos con un pañuelo para no dejar huellas. El Jefe Superior de Policía sospecha que detrás de estos elaborados atracos se encuentra un conocido matón de los bajos fondos de Barcelona, al que llaman el Caruso, y que suele andar en compañía de un pistolero tuerto, asimismo muy popular en bailes y casas de diversión de baja estofa.

Pero, papá, si a Barcelona no van las Misiones Pedagógicas. ¡Van a los pueblos más apartados!

Ya lo sé, María Luisa, lo sé, admitió el padre. Bueno, déjame que hable con Santullano, que es quien de verdad lo maneja todo en el Patronato de las Misiones, y le pido que te arregle un destino. En esto de las misiones, eres como tu madre, pero con tabla de multiplicar en vez de catecismo. Justamente esta mañana, Santullano tenía que acompañar al presidente de la República a repartir juguetes entre los niños del Pablo Iglesias que hay en los terrenos del antiguo hospicio. Seguro que a la tarde, vuelto ya del grupo escolar, le encontraremos en su casa más contento que un cascabel.

A mí no me hace ninguna falta que me ayude nadie, se enfurruñó María Luisa. Y menos Álvarez Santullano, ¡ni más ni menos que el secretario del Patronato! ¡Siempre mirando hacia lo alto! Yo quiero ir como cualquier otra maestra.

Pero hija, ¿no comprendes que si te pones así corres el riesgo de salirte con la tuya?

¡Mamuchi, precisamente es eso lo que pretendo!

¡No se hable más!, intervino el padre y dio en la butaca un papirotazo con el periódico. Me cuidaré personalmente de que vayas a destrozarte los zapatos por esos chancales, camino de las Hurdes, u otro sitio peor, si es que lo hay en España.

Al oír estas palabras, doña Leopoldina dio un suspiro, y pegó otro cromo.

¡Qué niña! ¡Leer libros! ¡Leer libros!, dijo. ¡Tú te crees que todo el mundo es como tú y sólo piensa en leer libros! ¡Leer libros! ¡Si al español lo que de verdad le gusta es tocar el tambor!

Primero trazó el óvalo de la cabeza, luego el del cuerpo. Le puso al dibujo unos brazos muy largos y unas piernas muy cortas. Esbozó un trapo doblado en el brazo. Dio forma a una guerrera de barman con doble hilera de botones. Le añadió una pajarita, y la rellenó de lápiz. El frío de enero se metía por los grandes cristales de aquella cafetería como una lombriz atraviesa la tierra. Paró de dibujar para ponerse unos guantes viejos de lana con las puntas de los dedos cortadas. Evaluó su boceto, lo comparó con el camarero que, sin percatarse, le servía de modelo. No le convenció y arrugó la hoja. La dejó sobre la mesa hecha una bola. El dibujante era un hombre alto y calvo, y estaba tomando apuntes para la historieta que tenía que entregar al *Rincón de los Niños*, el suplemento infantil del *Diario de Madrid*. No estaba descontento con esta colaboración, pero también creía que nunca en la vida iba a volver a encontrar otra revista como *El Perro, el Ratón y el Gato*, semanario de las niñas, los chicos, los bichos y las muñecas, que había llevado Antoniorrobles, y en la que también colaboraban Mihura, Bartolozzi, López Rubio, y lo convertían en una revista excepcional y en un festival del surrealismo. Buscó ahora inspiración en la acera de Jorge Juan, la calle a la que daba el ventanal, y vio pasar a un hombre gordo, con un sombrero marrón, como el de Carlos Gardel. Iba del brazo de una muchacha que llevaba la cabeza descubierta y unas gafas de cristales muy gruesos. Entraron el hombre y la chica en el café, y el dibujante aguzó la vista y el oído, y empezó a hacer un croquis de aquella pareja.

La joven dejó sobre el mármol de la mesa una novela

de Fu-Manchú. Llamó papá al tipo, y él la llamó Maruja. Hablaron del bajón de la demanda en la fábrica de sombreros del padre.

¡No tienes razón, Maruja! Han desacreditado el sombrero por puro capricho de la moda, y encima se creen gandhis del sinsombrerismo, se lamentó aquel hombre. Pero todo lo que dicen son mentiras, todo.

Papá, una mentira repetida muchas veces se convierte en una gran verdad.

¡Una gran verdad! ¡Cuánta razón!, suspiró el padre.

¿Eso quién lo dijo?

Un hombre muy astuto.

Y muy sabio.

No, no es lo mismo, papá. No es lo mismo saber que acertar.

El padre le dio un sorbo largo a su vaso de agua antes de probar el café, y farfulló que en España ya se contaban más de setecientos mil parados.

La mayoría analfabetos, apuntó la hija, un veintiséis por ciento de la población es analfabeta, y en las clases populares este porcentaje se dispara.

También alcanzó a escuchar el dibujante que la muchacha era maestra. La observó para retratarla y sobre todo la observó porque le atraían las chicas rellenitas.

Empezó ahora haciendo un círculo muy gordo, y a su lado otro muy pequeñito. Sobre la cabeza del círculo gordo esbozó un sombrero de explorador, un salacot. Luego le puso un monóculo al personaje. Del redondel pequeño sacó una niña estilo Shirley Temple, y probó a tocarla con algunos sombreros que estaban de moda aquel invierno. Pero los borraba todos, el de ala doble; el encasquetado al modo de los gorros alpinistas; una boina grande, que ahora se llevaban altas por detrás, y una boina chiquita con dos bolas metálicas. Incluso le dibujó un gorrito con forma de sorbete, y ni de este modo fue capaz de conseguir que su caricatura llevase sombrero. Se resignó por tanto a dejarle la cabeza al aire, y proyectó sobre las dos figuras una sombra alargada. Fue dándole forma hasta que pareció la sombra de un mandarín. Detuvo el trazo y se quedó meditabundo. Pensó en la amenaza amarilla, y luego en los desfiles fascistas de Roma, y también en las manifestaciones nazis de Berlín. Se sonrió al captar las nuevas connotaciones que había tomado en aquellos días la expresión dibujo *a mano alzada*. El nombre de su principal habilidad, la modalidad en que siempre ganaba los concursos, tenía ahora un giro ridículo. Luego dibujó un coche al fondo de la viñeta. Un Chevrolet sedán, de techo alto y formas redondeadas, voluptuosas, como el de los gánsteres del cine. De no haber sido dibujante de tebeos, hubiera diseñado automóviles, pensó. Hizo salir de aquel auto la figura de un hombre con una pistola en la mano. Anotó bajo el boceto un título para la historieta: *La gran verdad*.

Las oficinas de las Misiones Pedagógicas se encontraban en el número setenta y uno del paseo de la Castellana, en el mismo edificio que la Normal número dos. Sentado en el borde de una silla, como un mascarón de proa, un maestro joven, de traje oscuro y boina, modo en que buscaba la elegancia del hombre de acción, gesticulaba conversando con el vicepresidente del Patronato, don Domingo Barnés Salinas, director además del Museo Pedagógico. Cada vez que el joven levantaba un brazo, le asomaba bajo la manga el puño ajado de la camisa.

Querido amigo Guitarra, explicó Barnés, el caso es que este nuevo año de mil novecientos treinta y cinco ha empezado trayéndole buena suerte, y tal como usted quería podemos enviarle al último rincón del mundo, o por lo menos de España, que viene a ser lo mismo.

El brillo febril de los ojos del maestro, su piel transparente, su frente sudorosa, la sensación de fatiga que transmitía, eran la causa de que el vicepresidente le atendiese con un rictus de aprensión.

Pero ¿seguro que se siente usted en condiciones de viajar? Porque a primera vista da la impresión de que antes necesitase un descanso.

Sonrió el maestro y con un gesto le quitó importancia a su aspecto.

Ya sé que no me podrían considerar la octava maravilla del mundo, don Domingo; pero es que de natural soy así. Más bien clorótico. Y con todo y con eso, puedo garantizarle que, a pesar de lo cruento de este invierno, me encuentro en una forma magnífica. ¿Ha visto usted las fotografías de la ola de frío que asola los Estados Unidos? ¿Los Fords enterrados en nieve en las calles de Nueva York? ¡Pues esas Quintas y Séptimas avenidas congeladas de los americanos me las paseaba a cuerpo ahora mismo si estuviese allí!

El maestro dijo esto y alzó la cabeza hacia el retrato de don Francisco Giner de los Ríos, pintado por el aragonés Gárate, como rogando un guiño de aprobación a la autoridad de aquel pedagogo krausista que había fundado la Institución Libre de Enseñanza, y de quien era discípulo y heredero intelectual don Manuel Bartolomé Cossío, el presidente del Patronato.

Y el profesor Cossío, ¿cómo se encuentra de su enfermedad?, quiso el maestro preocuparse por un enfermo que merecía, más que él, así sinceramente lo consideraba, cualquier atención.

Apoyó Barnés sus espaldas robustas y anchas contra el respaldo del sillón, y agachó la cabeza, peinada con raya en medio. Se agitaron sus dos mechones de cabello negro sobre el resto de su pelo blanco como dos grajas bailando en un campo de nieve.

¡La salud del profesor Cossío no mejora, querido amigo Guitarra! ¡Más bien yo diría que, al contrario, se debilita! La mayor parte del día la pasa convaleciente sobre una tabla.

Detrás de don Domingo Barnés se extendía un mueble acristalado, con las estanterías ocupadas por los volúmenes de la biblioteca de Clásicos Castellanos, que él ideó cuando era consejero de la editorial La Lectura, y que luego había confiado a Américo Castro y a Tomás Navarro Tomás, dos de los más avanzados discípulos de don Ramón Menéndez Pidal. Al maestro al que ahora atendía en su despacho lo conocía de cuando éste trabajaba como corrector de la editorial, y ya entonces los redactores rumoreaban sobre la escasa salud del muchacho. En el fugaz transcurso de ciento ochenta días, don Domingo Barnés fue ministro de Instrucción Pública y también de Justicia con tres gobiernos, los de Azaña, Lerroux y Martínez Barrio, sucesivamente; pero tras los resultados de las segundas elecciones generales que convocó la República quedó apartado del poder. Aquélla había sido la primera vez en que se instauraba el sufragio universal y los votos dieron la mayoría a los partidos de derechas. Ahora Barnés hablaba con la voz paciente del hombre que ha dejado de mandar mucho para ponerse a fumar mucho.

Buscó el vicepresidente con la yema de los dedos una hoja entre una montaña de impresos sujetos bajo un Quijote en bronce. Eran las peticiones de bibliotecas escolares que le iban llegando al Patronato desde los más remotos pueblos de España. Un cúmulo de instancias tramitadas con una póliza de una peseta con cincuenta céntimos y el sello de huérfanos de cero cincuenta, donde inspectores de primera enseñanza, maestros nacionales, alcaldes de pueblos y alcaldes pedáneos, curas de aldea, médicos rurales y todo tipo de particulares, exponían la necesidad y los motivos por los que solicitaban la ayuda de las Misiones. A todo lo largo de la pared, unos muebles archivadores almacenaban los miles de cartas en demanda de información que el Patronato estaba recibiendo desde que el día treinta de mayo de mil novecientos treinta y uno don Marcelino Domingo, entonces ministro del Gobierno provisional de la República, decretó la creación de las Misiones Pedagógicas. Tanto don Marcelino Domingo, un hombre de gafas redondas y flequillo espeso que prefería la chaqueta raída del maestro al coche oficial del poder, como don Domingo Barnés, habían colaborado recientemente con Azaña en la fundación de su nuevo partido, Izquierda Republicana.

El asunto, querido Guitarra, es que tengo en esta mesa el informe de un maestro, un tal don Aladino Mariño, de un pueblecito de una sierra de Zamora, que solicita se considere su escuela como zona misionable. Las noticias que nos da son conmovedoras: terrible adversidad geográfica de la comarca, nulo desarrollo económico del municipio, falta de comunicaciones con el exterior, enfermedades endémicas entre la población, pocas posibilidades de hospedaje para los misioneros, grandes dificultades con el fluido eléctrico... Fíjese si encuentra impracticable el acceso a su localidad, que incluso ha adjuntado un plano a lápiz para indicarnos cómo se llega.

¡Ahí es donde yo quiero ir!, exclamó el maestro agarrándose a la mesa del despacho.

Esa desesperación con la que se ofrece un hombre joven como usted, y con tanto que disfrutar en Madrid, es fascinante y encomiable, querido amigo Guitarra.

Tal desesperación es lo que hace que no me desespere, don Domingo.

Ha de saber también que, en esta actuación, las funciones de misionero guía, que haga de eje entre la población y ustedes, no recaerán sobre ningún maestro, sino en el mismo chófer que les va a conducir. ¡Pero no se me asuste! Este hombre es de nuestra absoluta confianza y tiene un arte excepcional para tratar con las gentes campesinas. Y sin embargo, al regresar a Madrid, tendría que ser usted el encargado de redactar el informe de la misión, con los incidentes y las impresiones de todo el grupo.

Ya sabe, don Domingo, que no voy por el dinero.

Los únicos que tienen un sueldo en las Misiones son los auxiliares, del orden de unas trescientas cincuenta pesetas; el resto de los colaboradores va de forma completamente voluntaria, y expuestos a costear de su bolsillo los imprevistos que pudiesen surgir en el viaje, insistió Barnés.

Luego se levantó tras su mesa, y se llevó la mano a un bolsillo interior de la chaqueta. Le miró el maestro sin comprender lo que aquel hombre se proponía. Sacó de la cartera un billete, lo dobló hasta hacer un cuadrado muy pequeño y le estrechó la mano al misionero clavándole el dinero en la palma. La notó helada.

Querido amigo Guitarra, me hago cargo de que un viaje así siempre conlleva unos gastos. Espero que no sean demasiados. Le ruego que me informe también de ello a su regreso.

Al acabar la misa, doña Leopoldina tiró de María Luisa y la arrastró hasta la capilla del Santo Cristo de la Fe. La mujer se dio un beso en los dedos y acarició los pies del Crucificado. Se sintió la hija incómoda ante esa manifestación que le parecía pura beatería, aunque todavía había muchos domingos en los que era incapaz de negarse a acompañar a su madre a la iglesia. La semana pasada, sin embargo, las obligaciones del día de Reyes le habían servido de pretexto para posponer la misa de diez hasta la de doce, y al final no ir a ninguna. Pero esta mañana le había tocado incluso comulgar. Cuando hacía la cola de la eucaristía le entraron ganas de reír y se sintió aterrorizada, pues creyó que no iba a ser capaz de dominarse. ¡Mira que venirle a la cabeza en ese instante la viñeta de Tono donde sale un tipo diciendo que no va a misa porque dan poco pan!

Salieron a la calle madre e hija apretándose la una a la otra, encogidas bajo el viento frío. Había nevado durante la celebración y la mole limpia de la iglesia del Carmen y de San Luis Obispo parecía salida de un belén. Un ciego arrecido por la tormenta de cellisca cantaba a la puerta del templo. Pellizcaba en la guitarra el romance de la loba parda.

¿Por qué no nos paramos a escucharlo, mamuchi?

¡Tú quieres que agarremos una pulmonía doble cada una!

¡Pero si es el romance más bonito de todos! ¡Óyelo, es precioso! Fue el preferido de Giner de los Ríos.

¡Vaya, otra como el padre!

Atiende, mamá, te lo ruego. El romance cuenta la historia de una loba vieja que da su último golpe, igual que en las películas de gánsteres. Se ha cantado a lo largo de los siglos, pero hasta nuestra época nadie lo había impreso.

Claro, porque al que le interesa no le hace falta leerlo, ya se lo enseña su abuela.

¡Ése es el asunto, mamuchi! ¡Que ahora nos interesa a todos! Este romance lo publicó al fin don Ramón Menéndez Pidal en un libro que se llama *Flor nueva de romances viejos*. El profesor Menéndez Pidal ha viajado por muchos caminos recogiendo el romancero castellano.

¿Igual que tu padre anda cogiendo piedras cuando vamos a la sierra?

¡Exactamente, mamá! En el romancero y en la lírica popular está fosilizada la primera literatura. El romance de la loba parda lo cantaban los pastores de la época de Cervantes y siguen cantándolo los de nuestro tiempo. Han sido éstos, los pastores, quienes lo han difundido a lo largo y ancho de nuestra península. Se conoce incluso en portugués. Allí donde hay una cañada, por toda parte por donde pasa la trashumancia, han viajado también estos versos. La gente que mete la nariz en ellos sale maravillada. Encuentran fragmentos de refranes populares, alusiones sicalípticas, restos de cuentos maravillosos, coletillas procedentes de nuestro folclore judío y vestigios de fórmulas bíblicas y de la literatura griega. Los lobos se juegan a suertes en el romance a quién de ellos le tocará atacar, igual que hacían los soldados griegos a las puertas de Tebas o como los ladrones del *Asno de oro* de Apuleyo.

Se apartó doña Leopoldina para ponerse a cubierto bajo un alerón del tejado de la iglesia.

Como tú quieras, María Luisa. Pero los diez céntimos del ciego los sacas de tu monedero.

No fue capaz la madre de quedarse callada mientras la hija escuchaba el romance.

Así que al final te has salido con la tuya y te vas a ir con esos saltimbanquis. ¿Para qué? ¿Para quitarle el pan de la boca a este pobre ciego? Porque tú, ir cantando por los pueblos, para comer no lo necesitas. Y por contra, ya ves que hay otros que bien lo merecen.

¡Mamá! ¡Nosotros no vamos para pedir alimentos! Sino para dar ilusión y libros. A nosotros nos mueve la utopía de la cultura.

¡Utopías! ¿Eso no es lo que está haciendo Hitler por toda Alemania?

No, mamá, eso son autopistas. Les haremos teatro a las gentes de las aldeas. ¿Te acuerdas de lo bien que te lo pasaste el año pasado en la representación de *La sirena varada*, en el Español, donde actuaban la Xirgu y Borrás?

Lo mucho que disfruté y el mal cuerpo que se me quedó, hija mía. ¡Qué drama más mal intencionado!

Pues resulta que su autor, que es don Alejandro Casona, forma parte también de las Misiones Pedagógicas, y anda con su teatro haciendo representaciones de pueblo en pueblo.

¡Qué disparate! ¿Cómo un hombre tan serio y asentado se mete en esas aventuras?

Porque le gusta el teatro. Y sólo es capaz de vivir para lo que le gusta. Cuando Casona estaba de maestro en el valle de Arán, montó con los niños la compañía del Pájaro Pinto. Una vez que le preguntaron lo mismo que tú acabas de decir ahora, Alejandro Casona contestó que cuando él era pequeño llegó a su aldea una compañía de teatro ambulante y se quedó fascinado. Esa misma fascinación es la que hoy quiere llevar a todas partes. Cae como un rayo su teatro en medio del campo, y de ese fuego es de donde nace el afán de cultura.

¡Hija mía! Al confesarte, ¿no le dirías todo esto al cura?


Aun estaba en la cama don Aquilino Pickman, con el desayuno y los diarios, cuando su mujer y su hija regresaron. Fue la madre a atender la fiebre del hermano menor, y el padre se puso el batín para conversar con María Luisa en el salón.

¡Al fin y al cabo será como tú quieras, María Luisa! Y si te toca salir en septiembre, da por seguro que ni tu madre ni yo te pondremos ninguna objeción.

Se agarró la chica al cuello de su padre y le dibujó en la cara un plano geodésico de besos. El catedrático se apartó de ella incomodado.

¡Las cordialidades guárdalas para tu fabricante de latas! ¡Qué fastidio eres, papá! ¡Ese muchacho estudia Filosofía y Letras! ¡Y si con lo de fabricar latas te refieres a la industria conservera de su familia, has de saber que se trata de un comentario presuntuoso sin ninguna gracia!

Don Aquilino se metió las manos en los bolsillos de la bata y sacó buche. Bajo el brazo sujetaba el *ABC,* abierto por un reportaje de tres páginas con grandes fotografías, sobre los hábitos de escritura y las opiniones mundanas de César González Ruano. *La política, como los chistes, son la decadencia de la conversación,* decía Ruano. El catedrático dio ahora a sus palabras un tono de aplomo.

Como tú digas, María Luisa. Al fin y al cabo, los amoríos, como la política, son la decadencia de la conversación. ¡No sabes cuánto miedo me da darte rienda suelta!

Pero, papuchi, ¡si yo sé cuidar muy bien de mí misma!

No es lo que te imaginas, hija mía. Lo que me asusta es verte cualquier día asomar en esta casa con un carné de la FETE de Rodolfo Llopis. Ésos son todos socialistas que consideran a los maestros como un trabajador cualquiera. ¡A picar canteras ponía yo a esos maestros como a trabajadores cualquiera!

¡Ya estás otra vez con la politiquería, papuchi! ¡Pero si eres tú quien siempre saca el tema a relucir!

¡No discutas con tu padre!, regañó a su hija doña Lepoldina, que acababa de entrar en la estancia para llamarles al almuerzo. ¡Y menos de política! ¿Qué bueno nos ha traído la política alguna vez a los españoles? Nada más que envidias y problemas. ¡Mira cómo andan ahora los labriegos! ¡En qué cabeza cabe! Pero ¿creéis que es posible darles la tierra a los campesinos igual que se les dan a los cerdos las remolachas? Dejaos de disputas, y venid a comer.

Fue el padre a su habitación para vestirse, y María Luisa se distrajo hojeando las fotos del periódico. Le pareció que Catalina Bárcena estaba muy desmejorada y triste. Seguro que era por la tiranía del cine. En el pie de foto explicaban que la actriz se estaba sometiendo a una dieta de zumo de tomate y escarola durante su trabajo en Hollywood. Pues eso, pensó María Luisa, con cerca de cuarenta años, que ya los debe de tener, no hay cuerpo que lo aguante. El padre de la muchacha consideraba que el cine era un entretenimiento para gentes de poco avío; pero tirarse el día mirando piedras con una lupa no suponía para María Luisa una distracción más recomendable.

Encendió la radio antes de ir a la mesa. El dial barrió las emisoras como una tormenta de nieve. Le salió al encuentro un foxtrot del Quinteto Nocturno. *Umba, umba, umba, yema-yema yah.* Al oír esto, se le puso a María Luisa carne de gallina, y con su diligente voz de chica que no estaba destinada a conocer el esfuerzo físico repitió desgañitándose el grito selvático: *Umba, umba, umba, yema-yema yah.* Se sabía la canción de memoria, le dio todo el volumen a la radio, y empezó a cantar a la par que los músicos. *Yo me marcho por no verte más, porque tú no me amarás jamás. Siempre sola y feliz viviré y en la selva me instalaré. ¡Pronto ahí estaré! Haré como Tarzán, pero con más afán. Me buscaré a mis pares, como el tigre, la pantera y el león. Y así pregonaré, con gran satisfacción: ¡antes que el matrimonio es preferible el suicidio, que te hagan salchichón!*

El clarinete de la orquesta dibujaba filigranas en las ondas, y María Luisa las trazaba con las piernas dando pasos de baile para celebrar que al fin podía irse con las Misiones Pedagógicas.

# Dos

Fue de guerra en guerra, y al final de sus días, cuando era un tullido de cuarenta años, le entregó el collar de dientes a su hijo, que al igual que él llevaba el nombre con que su tribu celta designaba al cuervo: *bela*, el ave protectora del clan. El hijo levantó pronto la espada, luchó desnudo en bosques de nieve; en llanuras de piedras les arrancó las orejas a los enemigos caídos. En la corriente del Rin vio ahogarse a los suyos. En otra batalla, un soldado de César le clavó mortalmente la lanza. Pero antes de irse de este mundo había dejado un hijo, al que puso asimismo el nombre de Bela, el cuervo, como fueron cuervos sus antepasados. Este otro Bela tampoco echó raíces, pues resulta tan humano quedarse como partir, y con su tribu se asentó en el corazón de la Galia, en los altos valles de la Auvernia donde rumian los rebaños de ovejas y las cabras. Praderas montañosas minadas, excavadas por los hombres de aquella raza en busca de oro, sueño sólido de los muertos. Allí fue donde aprendió el oficio de los herreros y fue allí donde un druida le infundió el respeto a Lug, el dios del largo brazo con el que sujetaba su lanza destructora de todo lo que se le acercaba y con el que sostenía un arpa que tocaba sola. Algunas veces el dios se manifestaba tomando la forma de un cuervo. Tuvo un hijo este herrero y le puso el nombre de

Bela, pues no hay esclavitud tan larga como la de pertenecer a una casta. Pero no fue éste sino otro Bela, descendiente de aquéllos, el que llegó al lugar que en los escritos decían Hispania, y se asentó con su familia en un poblado de chozas. Casas redondas hechas de barro y paja con techumbre de ramas, sobre una colina a la orilla del mar de los cántabros. Las olas le llamaban por su nombre a cada hora, Bela, Bela, y se lo llevaban con su lengua de espuma en una barca pequeña, junto con los otros pescadores del castro. Salían de amanecida en grupos, y remaban en busca de algún banco de sardinas, de arenques, de alosas, peces que se les ensartaban en las redes como agujas de plata. Distinguían el rizo que formaba el huir de las sardinas cuando las perseguían hambrientos los delfines, y entonces se lanzaban hacia ellas clavando los remos como azadas en la tierra, y, con cuidado de dejar aparte a los delfines, las rodeaban envolviéndolas, concentrándolas y en ese momento echaban las mallas al agua para cogerlas a mansalva. Pasaron los siglos, acosado cada siglo también por sus delfines, y los descendientes de este Bela abandonaron las montañas cántabras y siguieron el curso de los ríos de Hispania; pero entonces su nombre ya había derivado en Velasco.

Ningún recuerdo quedaba del animal totémico del cuervo en la cabeza pétrea del joven Velasco Flaínez, hijo, nieto, bisnieto, tataranieto de loberos, a no ser el mechón de su pelo negro y cereño. La sangre de aquellas gentes de la Edad del Hierro fue cambiando de instintos, y desde los años de Felipe IV, el Rey Planeta, estos Velasco vivían el tiempo de los lobos. Al igual que su padre y su tío, y al igual que su abuelo, Velasco Flaínez olía a una legua el paso de una loba preñada y seguía su rastro, y rondando su cubil aguardaba al parto para meterse en la cueva y quitarle las crías. Cuando el lobero va desnudo, el lobo no se atreve a atacarle, recuerda, Velasco Flaínez, lo que te dice tu abuelo. Si los lobos se acercan a la majada saca un tizón del fuego y rodea al rebaño con un círculo de llamas, y si se te acercan cuando estés solo chíscales en el hocico con el pedernal del mechero. Alguna vez que te toque correr del lobo, quítate el cinto y arrástralo por la tierra, porque el lobo seguirá la correa sin atacarte a ti. Velasco Flaínez, cuando el lobero aúlla los lobos le contestan, y si los llama acuden. Pero si los llama mucho, puede convertirse él en lobo. A tu madre, Velasco Flaínez, se la comieron los lobos porque una noche se quedó dormida en el campo con la ropa puesta. En nuestra familia, cada uno tiene que pagarle su tributo a los lobos. Yo les di una mano porque quise vivir sin agarrarme a nada. Poco duró tu padre de viudo. Trastornado por la pena se despeñó en estas sierras, y desde entonces yo te he criado. Nunca te olvides de lo que eres, Velasco Flaínez, pues has de saber que quien ha nacido lobo morirá lobo.

A Velasco Flaínez lo recogió su abuelo al quedarse sin padres y con él y entre las cabras vivió en las cuevas que se abrían por aquellos riscos. Siempre que el abuelo se iba al pueblo, le dejaba metido dentro del tronco hueco de algún árbol para guardarlo de los peligros. De Velasco Flaínez nadie había pronunciado su nombre de pila. Velasco Flaínez, eso de tener nombre es para que te llamen, pero a nosotros nadie ha de llamarnos.

Y aun sin nombre, cuando ya fue capaz de sujetar un cuadernillo, el abuelo le llevó a las escuelas que encontraba por aquellos pueblos.

Velasco Flaínez, tu abuelo no ha podido darte leche materna, pero un poco de instrucción sí que será capaz de proporcionarte, y lo que hoy aprendas jamás nadie podrá quitártelo. Las letras, los números, las cuatro reglas, los libros, los cuadernillos, un lápiz, eso nadie tiene derecho a negártelo porque hayas nacido entre las barrancadas de una sierra. Cuando aprendas a leer, algún día te encontrarás escrito que no hay mejor escuela que la sombra de un árbol; sin embargo, es preciso conocer el abecedario para llegar a esas conclusiones. Verás, nieto, que en estos campos hay pocas escuelas; pero comprende que no pueden hacerse muchas escuelas si aún no se ha empezado a hacer maestros.

Velasco Flaínez estuvo en pueblos donde en un aula para cuarenta niños había ciento veinticinco, y se quedaban en diez cuando venían las labores del campo. En aquel lugar, lo que el maestro enseñaba era escuchado tanto por niños de catorce años como de cinco. En otra aldea, fue a una escuela de la que se salía oliendo a agrio. La casa sólo tenía una ventana y la puerta trasera del aula daba al corral, que servía de patio y de letrina.

Recorrieron campos, llanuras de árboles condenados a secarse. Enebrales y sabinares, que eran mechones de bosque ralo en una tierra pelada. Montes salobres, arrasados por la tala continua desde los tiempos de los caballeros del Greco. Se nos han llevado los montes, señor. Pero pasaran por donde pasaran, aunque fuera sólo un día, Velasco Flaínez iba a la escuela. Remontaron cerros desgarrados por cárcavas y desgalgaderos labrados por torrentes, y dieron con pueblos que metían a los niños en escuelas llenas de mugre y carcoma, regentadas por maestrillos de zamarra que se morían de hambre. En uno de esos villorrios, la escuela de niños tenía el aula en la planta superior de la casa, y el aluvión de chicos subía por una escalera desvencijada a una habitación de ventanas estrechas. En aquel poblachón, la escuela de niñas estaba en un edificio levantado sobre una pendiente, y no hacía mucho que se había partido una viga maestra, y asomaba rota sobre la pizarra. Recalaron en otra aldea a la que había llegado el maestro cegado por una ilusión excursionista. Leyó aquel hombre en algún sitio que el lugar tenía un monasterio artístico y que había una carretera por la que a veces se acercaban los turistas. Le bastaron unas semanas de estar allí para hundirse en la desolación. La carretera de la guía no alcanzaba a entrar en el pueblo, el monasterio era un montón de escombros y los turistas se quedaban en un balneario que estaba a una legua del pueblo. La escuela que se encontró aquel desventurado no tenía ni casa ni habitación para el maestro, de manera que su cama y las maletas con las ropas y las cosas que se había traído ocupaban una parte del aula. La clase era una sala de techo bajo y paredes renegridas. Delante de su única ventana orientada al sol naciente se levantaba un enorme castaño que le quitaba al aula la luz del día. Todos los cristales estaban rotos. Con unos silabarios gastados y manoseados y el método de caligrafía de Iturzaeta, escrito en el siglo diecinueve, el maestro impartía penosamente sus clases. Pero a pesar de todo eso, quiso demostrarle al abuelo el provecho que de sus lecciones sacaban los chicos. Lee en voz alta, Juanillo. En América usan locomotoras de vapor. Muy bien, Juanillo. Y ahora responde a una pregunta que va a hacerte este anciano. ¿Qué es una locomotora, chico? No lo sé, señor.

Pasaron por brañas donde pastaba el ganado en verano y por pueblos de casones hidalgos en ruinas. Municipios de plaza con fuente de tres, siete, doce caños, a los que se entraba por el arco de una muralla caída. Peñas envueltas en niebla, donde la piedra se convertía en médula. Villas colgadas en altozanos, con escuelas que llevaban años cerradas porque no llegaba el maestro, y otras con maestros sin titulación y que no enseñaban otra cosa que alguna oración del padre Ripalda. Hubo un arrabal al que el maestro había viajado en carro y era la primera vez que en aquel sitio veían un carro.

La República ha empezado a hacer escuelas, señor; pero son decenas de miles las que le hacen falta a este país. Otro maestro le contó al abuelo que llevaba años pidiéndole a los inspectores un mapa de España para ponerlo en el aula, y nunca le llegaba. En una aldea situada al borde de unos peñascales, el abuelo y el chico preguntaron por la escuela, y una mujer les indicó que para dar con ella se guiaran siguiendo los gritos de los niños y los gemidos de desesperación del maestro. Ahora, que le está bien empleado, añadió la mujer; porque un maestro es la cosa más inútil que puede haber en un pueblo: se pasa el día leyendo y esperando el correo. Y en una cabeza de partido, el secretario del ayuntamiento le explicó al anciano que instruir al pueblo era soliviantarlo. Aquí no necesitan saber escribir más que mi hijo y el del señor alcalde. En otra ocasión, al abuelo se le ocurrió señalar las malas condiciones en que se hallaba un colegio. Pero si usted les diera una escuela de lujo a estos niños, repuso el maestro, explíqueme cómo iban a conformarse luego, cómo iban a acostumbrarse a vivir los chicos en sus casas. Aquel maestro era un hombre octogenario y casi ciego, que llevaba más de medio siglo en la escuela.

Durante esos viajes, también encontraron un pueblo donde unos militantes del partido socialista habían abierto una escuela para los hijos de los obreros, y antes de empezar la clase cantaban la *Internacional* y la *Marsellesa*. Y en un anejo de una sierra, una maestra les detalló que cuando los niños se quedaban muy quietos y callados durante la clase no era porque estuviesen concentrados en la lección, sino porque no tenían fuerzas para atender. La fuerza les falta porque se alimentan mal, pero esto se curaría si sus padres cobraran mejores jornales. Entre aquellos hierbazales, los chicos más ingeniosos a menudo estaban a un dedo de ser tenidos por los tontos del pueblo, y muchas veces ni el maestro les tomaba en serio. Velasco Flaínez, le dijo un día su abuelo, nunca voy a olvidar la gran lección que durante todo este tiempo nos ha dado el paisaje: cuanto más pintoresco es un lugar, en peores condiciones está su escuela.

Se ahogó el abuelo siendo Velasco Flaínez un muchacho. Quiso atrapar una cerceta para echarla al fuego, un macho con la lista del ojo bien blanca y larga; pero el pato alzó el vuelo antes de que el viejo lo alcanzase. El abuelo siguió corriendo, dio un traspié, anduvo levemente sobre la corriente del río hasta que enseguida se hundió, y su respiración se convirtió en un racimo de burbujas. Su única mano se le había quedado presa entre las piedras del fondo, y ya no asomó la cabeza por el agua. Le esperó su nieto toda aquella noche en que no hubo luna, ni ruido de lobos, y cuando empezó a salir el sol comprendió que se había quedado solo. Hay dos tipos de soledad, Velasco Flaínez, la soledad del mundo y la soledad de uno. La soledad del mundo está en las cosas, en las rocas, en las montañas, dentro de los pozos; pero cuando un hombre se queda solo el mundo no se entera. Recuerda bien esto que voy a explicarte, Velasco Flaínez, ya que alguna vez te hará falta saberlo. Si te quedas quieto, el mundo te come y te caga convertido en una piedra del camino, o en una montaña, eso depende de las aspiraciones que cada uno tenga. Sólo vive quien anda. Con los pies se vive, con las manos se piensa. No dejes que se te enganchen los pinchos, las zarzas, las plantas de espinos en los pies, porque es así como la soledad del mundo va a querer atraparte. El día que te deje solo, Velasco Flaínez, ponte a andar y no pares.

Has de saber que hay un Velasco tío tuyo en unos montes que llaman sierra de la Culebra. A poco que puedas, ve a verle y dile quién eres, pues la familia debe conocerse como los ríos buscan a los ríos. Se llega a los montes donde vive tu tío después de andar unos días con sus noches. Mira allí lejos aquel río, que se llama Esla, y que verás que ni es muy grande ni muy pequeño. Marcha todo el rato de su lado siguiendo su corriente. Pero nunca lo cruces. Y si te apartaras de él, vuelve siempre hacia donde se pone el sol. Las veces en que te sientas triste date aliento con esta canción: Velasco Flaínez, Velasco Flaínez, cuando andes vigila tus calcetines; eres lo que vales, que no te sujeten en los zarzales; las espinas, los pinchos, los palos de punta, llevar compañía es para bestias de yunta; los cardos, el majoleto, todo eso ha nacido para tenerte quieto; por la orilla de ortigas tira adelante, catarás las migas del caminante; pregunta al pastor y te dará la respuesta, no se va por el mundo sin subir su cuesta.

Cantó Velasco Flaínez esta copla por caminos, trochas, senderos, mochas, con su mechón bañándole la frente como una manada de caballos negros. Durmió bajo la sombra de la carrasca y bebió arrodillado en el hule verde de los regatos. Con la rama de un avellano se talló una vara para que le acompañara en el viaje y se cargó al hombro su zurrón sacado del pellejo de una loba vieja. Las aves nocturnas guardaron el fuego de su sueño.

Una noche le despertó el lamento de un cárabo, que provenía de lo más profundo del bosque, y se dirigió hacia allí para mandarle al animal que se callara; pero a las aves la naturaleza no les ha dibujado orejas, aunque los búhos parezcan tenerlas, así que el cárabo observó a Velasco Flaínez con su cabeza de fraile como si no le hubiera oído y continuó columpiándose igual que un tentetieso. Espantó al ave de una pedrada y, cuando quiso encontrar su vuelo para tirarle otra lastra, el muchacho distinguió un relumbrar que parecía el de una casa.

Era una cabaña de madera apuntalada contra un álamo. La luz de un candil bailaba como una mora cautiva detrás de su ventana, pero sólo el humo de la chimenea conseguía escapar de aquella choza. Sin levantar la vista de la escopeta, que estaba limpiando sentado en un tocón, un hombre gordo, con las orejas y la nariz azuladas, cubierto por un hábito negro, alzó una mano y le hizo señas al muchacho para que pasase. Llevaba el sayal sujeto por un cordón del que colgaba una cruz en forma de te mayúscula, y un alfiler de un santo engarzado en el pecho. Por los bajos le asomaban unos pantalones sucios y unas alpargatas astrosas. Los ojos los tenía cuajados de legañas.

Chico, no te quedes ahí afuera, y si vas a quedarte afuera pilla y vete, pero aparta tus morros del ventano.

Velasco Flaínez empujó con prudencia la puerta, que, no obstante, se abrió dando un golpe que hizo temblar los pocos matorrales de aquel claro del bosque.

Di que sí, hijo, échame el cortijo abajo.

Cerró el muchacho con cuidado, y ahora le pareció muy pesada la puerta y no entendió cómo antes había podido abrirla tan ligeramente. Le sacudió el empalagoso olor de la nafta con que el hombre daba lustre a su arma.

¿Has cenado, chico?

Negó con un gesto Velasco Flaínez.

Yo tampoco. Es lo peor que hay, echarse a dormir con la barriga llena.

Pero usted parece tenerla bien cumplida.

El hombre montó la escopeta, encañonó al chaval y disparó muy cerca de él.

El siguiente te lo meto en las tripas para que tú también tengas algo dentro. Siéntate al lado del fuego, y aparta las manos de la cayada, dijo el hombre entreviendo al muchacho tras sus ojos sellados.

Escupió sobre el cerrojo del arma, y siguió restregándolo con el trapo mojado. Era un paño verde, el gorro de algún legionario.

Llevo dos años viviendo solo en esta cabaña, y aún he de pasar otro más. Le hice esta promesa a san Antonio Abad, que ayuda mucho a quien se lo pide. Si me libraba de las visiones, me retiraba tres años entre las bestias del campo. ¿Tú también viajas por alguna promesa?

Velasco Flaínez extendió despacio los dedos para agarrar su mochila, pero los encogió muy rápido cuando el penitente levantó la culata de la escopeta e hizo el amago de machacarle la mano.

¿Qué llevas en la bolsa? Contesta, hijo.

Quería coger un pedazo de queso.

Has de saber que no es posible ni comer ni dormir en esta choza, pues forma parte de la penitencia que me he impuesto. Si quieres menear el bigote, sal al bosque. Enseguida iré yo, y cuando acabes de cenar haremos una hoguera, le rezaremos a san Antonio, y nos echaremos al amparo de las estrellas. ¿Conoces alguna oración?

Se encogió de hombros el muchacho, tomó su macuto y su vara de caminante, y salió a la oscuridad del campo. Al rato, le arañó en el cogote el tubo frío de la escopeta.

Repite conmigo, hijo: Dios Padre Misericordioso.

Dios Padre Misericordioso.

Tú que le concediste a san Antonio Abad.

Tú que le concediste a san Antonio Abad.

La gracia de saber dominarse...

Velasco Flaínez se tragó el queso sin acabar de masticarlo y repitió tres veces seguidas la oración que le iba apuntando el disciplinante. Cuando terminaron el responsorio lo rubricaron con un padrenuestro.

Ya lo sabes, chico, si buscas milagros, no tienes más que mirar lo que hace el santo, y verás la muerte y el dolor desterrados, verás huir de los cementerios a la miseria y al demonio, verás que se curan los apestados y sanan los enfermos. Yo fui un enfermo, y me curé por intervención de san Antonio. ¿De dónde vienes?

De la parte de Saldaña, señor. De donde era Bernardo del Carpio.

¿Ése quién es? ¿Un galán del cine?

No. Un caballero que sale en todos los romances de aquellas tierras.

Entonces, Velasco Flaínez entonó unos versos en voz baja: *con el conde Sancho Díaz, que era conde de Saldaña, de gran linaje y valía.*

Yo no sé coplas de viejas.

Rebuscó el penitente bajo su hábito, y sacó una cuchara de palo, pringosa y roída, y la alzó a la luz de la luna llena.

¿Ves esto, hijo? ¿Ves lo que hay dentro de la cuchara?

No parece que tenga más que un montón de costra pegado.

Se encendió el hombre y le estampó al muchacho la cuchara en la cabeza, que retumbó como una campana. Cayó de culo, con la vista turbia, y mientras se frotaba la cabellera manchada de sangre percibió entre neblinas de dolor los gritos de aquel tipo.

¡Judío, hereje! ¡En esta cuchara se ha aparecido el Sagrado Corazón de Jesús!

Se la plantó al chaval ante los labios.

Anda, bésala, que a punto has estado de hacerla trizas.

En el momento en que Velasco Flaínez puso su boca en trompetilla para besar aquella madera, el penitente la apartó, y cogiendo impulso se la estrelló en los dientes, que quedaron también bañados en sangre.

¿A qué desgraciado se le ocurre que va a poder besar el Sagrado Corazón con la misma boca que lo ha mancillado? ¡Sal de aquí, hijo de mil demonios! ¡Vete de este sitio y no se te ocurra volver!

Entre los puntapiés que aquel hombre empezó a darle en la espalda y en las costillas, recogió el muchacho su vara y su zurrón, y con un zumbido en los oídos, como si tuviese en la cabeza una nube de moscas, dejó atrás aquel calvero.

Una vez que Velasco Flaínez consideró que se encontraba lo bastante lejos de la casa, se tumbó al cobijo de un roble y durmió igual que un lobezno cansado.


Madrugó al día siguiente, y se metió por vericuetos pedregosos, remontó vargas abruptas, riscos ensartados de grietas por donde los chopos asomaban sus ramas como fantasmas de leña. A lo lejos divisó las interminables llanadas, y enderezó sus pies rumbo a un grupo de casas que habían formado un pueblo solitario. Un aguilucho le siguió los pasos desde el aire.

También había llegado a aquellos casares un teatro de carpa, con una compañía lírica que interpretaba fragmentos famosos de zarzuelas, y un mago con chaqué negro y turbante que adivinaba el pensamiento. Frente al público, con los ojos vendados, el profesor Barandiarán reconocía los objetos que una ayudante tomaba de los asistentes, y con acento catalán respondía a las preguntas de la gente.

¿Me casaré pronto?

¡No con ese aspecto, caballero!

¡Tengo muchos problemas pequeños, profesor!

¿Ha probado usted con una friega?

Profesor, una bella dama del público me acaba de entregar un objeto en *prenda*.

¡Un pañuelo!

Profesor, ¿cuántos dedos ha levantado este niño a la *vez?*

¡Tres!

¿Y cuántos levanta este hombre con *ahínco?*

¡Cinco!

¿Y cuántos alza este caballero, que viene de comer *arroz?*

*¡Doz!*

¿Y este anciano que siempre se *mueve?*

¡Nueve!

Profesor, un caballero acaba de lanzar al aire una moneda, ¿qué ha salido?

¿Cara?

¡Concéntrese, profesor!

¡Cruz! Atención, que ahora una muchacha voluntaria se ponga en pie. ¿Ya está? ¡Magnífico! Por favor, señorita, piense un número de dos cifras entre el uno y el cincuenta, pero ambas cifras tienen que ser impares y distintas. ¿Lo tiene ya? ¿Me permite que intente adivinar? Probablemente el número que ha pensado sea el treinta y siete.

Y a la actuación del profesor Barandiarán seguía el coro de la compañía lírica, que interpretaba la escena de las zíngaras de la *Traviata: Somos gitanillas, y venimos de muy lejos. En la mano de la gente leemos el futuro. Si preguntamos a los astros nada nos es oscuro. Y lo que nos reserva el ave-*

*nir lo podemos predecir...* Remataba las atracciones de aquel espectáculo el pedómano, de bigotes rizados, que tocaba canciones con sus pedos, apagaba velas a tres pasos de distancia y ejecutaba melodías sosteniendo un flautín en el culo: el formidable Jean Ventosa.

El público palmeaba aquella tarde al compás del himno de Riego, que el pedómano reservaba como traca final. No conocía la gente la letra oficial del himno de la República, así que por todas partes se coreaban las coplas populares que las turbas partidarias de la República, y también las contrarias, adaptaban a esa melodía. Era una aldehuela de labradores y pastores, con una iglesia, pero sin ninguna escuela. Unos vecinos habían recalzado una herrería que estaba a punto de caerse y fundaron en ella una Casa del Pueblo, y allí era donde en aquel instante la compañía de los Peregrinos Líricos estaba dando su actuación. Cuando el pedómano concluyó el número, los asistentes se empecinaron en pedirle que tocase otra vez el himno de Riego, pero el artista les contestó que sus intestinos se habían quedado sin viento para sacar más música, y prometió cenar aquella noche cuanto hiciese falta y así ofrecer una representación más prolija al día siguiente. Recalcó con vehemencia que, para ello, era necesario que le proporcionasen todo tipo de chorizos, morcillas, tortas, legumbres y gachas cocinadas por las mujeres del pueblo. Esto encalabrinó a los aldeanos. Primero fueron los más brutos los que se subieron al escenario, y muy pronto les siguieron los otros, y sacaron a la calle al pedómano sujeto de brazos y piernas. Un vecino trajo una silla de su casa y otro una soga, y en medio de la plaza amarraron al artista y le obligaron a tragarse las sobras de las comidas que le llevaron: cuscurros de pan seco, cortezas de queso, mondas de patata, un huevo podrido, una sartén de andrajos revenidos, chirimoyas blanquecinas de hongos, y le pasaban todo esto empujado por el agua de un abrevadero, que le hacían engullir con un embudo. Come, hombre, come, que mañana vas a tener una buena orquesta.

Tanta asquerosidad le obligaron a tragar, que al final el pedómano lo vomitó todo y se desmayó. Se retiraron los vecinos, y con la caída de la noche cada cual se recogió en su casa todavía dejando escapar alguna risotada. Una vez se quedó solo Jean Ventosa, sin otra melodía que las castañuelas de las ranas y el violín de los grillos, le liberaron de sus ataduras el profesor Barandiarán y una viceti-ple adornada con unas plumas en la cabeza, y entre ambos le acostaron inconsciente en una cama de la fonda.

El joven Velasco Flaínez, que presenció maravillado aquel linchamiento, sacó de su zurrón un pito de caña, y tocando el romance de la loba parda abandonó el pueblo con el gusto de haber pasado una tarde entretenida. Anduvo ligero aquella noche, y así pudo llegar a donde quería antes de que saliese el sol. Primero entró en la cabaña con cuidado de no hacer ningún ruido, y miró si el penitente estaba dentro. Pero, tal como le había dicho, pasaba las noches al raso dejando que su sueño lo trenzase el peine de las estrellas. Buscó al hombre entre los arbustos, cerca de la casa, y en cuanto distinguió su cuerpo, su carne respirando, tomó aliento y le arreó con la cayada en la cabeza. Se le escapó al hombre un quejido. Le puso enseguida la mano en el cuello para ver si seguía con vida, y el pulso caliente de aquel ermitaño le dio la respuesta. Rebuscó, bajo el hábito con que cubría su ropa, la cuchara de madera en la que se había aparecido el Sagrado Corazón. Regresó a la cabaña, hizo un manojo con brozas, le pegó fuego con el yesquero y lo lanzó dentro de la casa. Esperó a que las llamas crecieran y se multiplicaran. Cuando la fogarada asomaba por la puerta, Velasco Flaínez arrojó la cuchara a la casa y orientado por las constelaciones puso sus pies rumbo a poniente.

# Tres

Te has dejado una mano fuera, dijo el largo. Su compañero empujó con la punta del zapato unos dedos amoratados y acabó de recubrirlos con la tierra. Por ahora está bien, concluyó el tuerto, que llevaba la cara sucia de barba; pero piensa que a la que caigan cuatro gotas el cadáver sale afuera como una flor de primavera.

Eres un poeta, Orfilio.

Lo que somos es unos muertos de hambre.

Por eso estamos en esto, dijo el largo, y se palpó la herida de la pierna, que había vuelto a sangrarle. ¿Continuamos la marcha?

Como veas, el que anda cojo eres tú. Yo sólo estoy tuerto, y desde que era pequeño.

¡Pues vamos!, ordenó el largo arrastrando su pierna herida en dirección a las bicicletas que había tumbadas bajo los árboles.

El ruido de unos pasos que se les acercaban por la espalda les hicieron darse media vuelta a la vez como figuras de un reloj de cuco.

¿Quién está ahí?, gritó el tuerto, y los dos hombres sacaron sus Star de las chaquetas. La pistolas inspeccionaron con su ojo implacable aquellas rastrojeras. Remecía el viento las agujas del pinar donde habían enterrado a su compañero.

Velasco Flaínez avanzó hacia ellos con las manos extendidas y la camisa sacudida por el aire caliente.

Soy gente de paz, les dijo sin apartar de ellos su mirada alobada. La pistola del tuerto le preguntó con un movimiento: ¿a qué vienes? Pero él dio unos pasos adelante sin contestar. ¿A qué has venido?, repitió la pistola.

Voy andando, pero no tengo a dónde ir, dijo al fin el chico.

Pues disfrútalo, porque la buena vida no va a durarte siempre, le aconsejó el largo. ¿Hay algún pueblo cerca de aquí?

A tres leguas hay uno que no es muy grande. De allí vengo. Ayer apalearon a unos cómicos; pero por lo demás me parecieron buenas gentes.

¿Y tienen botica?, quiso saber el herido.

Espero que la tengan, respondió el chaval mirándole la pierna.

Los hombres se guardaron las pistolas en las chaquetas. Uno de ellos lió tabaco y les ofreció a su compañero y al muchacho. Velasco Flaínez lo agradeció y encendió su cigarro con el cigarro del hombre. Le dio un chupetón, tosió, siguió chupando y volvió a toser. Era la primera vez que fumaba.

¿Tendrás la boca cerrada?, le conminó el tuerto, y el chico se encogió de hombros. Era un compañero, continuó hablando el hombre. Señaló con su cigarro hacia la tierra revuelta. El viento hizo chisporrotear la colilla encendida. Un verdadero compañero. Llevaba un tiro en la espalda y hasta aquí ha aguantado. ¿Sabes montar en bicicleta? Velasco Flaínez asintió. Si te portas bien con nosotros, te puedes quedar con la suya.

¿Cuánto hace que no han comido?, les preguntó el

chico. En el morral llevo un conejo que cacé hace un rato, y mostró el animal alzándolo por las patas traseras. Aún está caliente.

Prepararon una hoguera para asarlo. Al tuerto se le ocurrió desollarlo metiéndole la mancha de la bicicleta por una pata, y le fue insuflando aire hasta que el animal se infló y la piel del conejo quedó limpiamente separada de la carne. Sentados los tres en torno al fuego, bebieron el vino que aquellos hombres llevaban en una bota. Luego se tumbaron boca arriba a fumar y a contemplar el cielo interminablemente azul.

Cinco días es lo que ha resistido nuestro Caruso con la bala dentro, explicó el tuerto. No me imaginaba que pudiese pedalear tanto alguien que se está muriendo.

Hay muchas cosas que yo nunca me hubiera imaginado, Orfilio, sentenció el largo. Por ejemplo, que la República fuera a por nosotros.

Fíate tú de los peces de colores, refunfuñó el tuerto y enterró la colilla de su cigarro bajo la tierra rojiza. Muchacho, ¿cómo te llamas?

Velasco Flaínez no contestó, y el tuerto cambió de pregunta.

Muchacho, ¿sabes quién gobierna España?

No.

Mejor para ti.

El viento se llevó las cenizas de la hoguera sin saber dónde dejarlas, y decepcionado enseguida las abandonó cerca de aquellos hombres. El largo observó al chico con ojos astutos durante un buen rato. Volvió la vista al cielo y se aventuró a preguntarle.

¿No me digas que no sabes quién es Alejandro Lerroux?

No lo sé, señor.

¿Ni tampoco lo que es la CEDA?

Señor, tampoco.

Los dos hombres echaron a reír a la vez. Calló primero el largo, pero el otro siguió riendo hasta que se quedó sin resuello.

¡Por éstos nos jugamos el tipo!, exclamó el largo. Pobre Caruso, si no nos lo hubieran matado a tiros, lo habrías matado tú del disgusto, añadió el tuerto. Haces muy bien, muchacho, nunca importa quién manda. La lucha es contra el poder. ¿Te quieres creer que este largo y yo llevábamos todo el día sin comer? Pero hay cosas peores. En Barcelona conocí a una muchacha de muy buena posición que estuvo seis días sin probar siquiera un pedazo de pan. Era una campeona de esgrima. Una noche se enteró de que su novio se la pegaba con una planchadora y se fue a buscarle al periódico donde él trabajaba. Entró en la redacción con el florete en ristre, se lo metió por un ojo y se lo ensartó por dentro de la cabeza. Los otros redactores no fueron capaces de levantarse de sus poltronas, en lo que se corrobora que la prensa burguesa es muy acomodaticia. La muchacha huyó de la oficina y bajó corriendo por las Ramblas, hasta que se metió en un garito del barrio chino, en un baile de mala muerte, donde sortean a las chicas para que los clientes se den el lote con ellas o hagan lo que les dé la gana allí mismo. Entonces yo estaba contratado en aquel tugurio para vigilar que las broncas no se liasen demasiado gordas. Figuraba que trabajaba también en un periódico subversivo. Pero nunca pagaban. Sea todo por la causa. Resulta que la muchacha, sin que ninguno la viéramos, se había escondido debajo de la tarima donde subían a las mujeres, y allí dentro se tiró seis días sin tomar bocado, hasta que la pobre, cuando ya no podía más, salió desmayada. Fui yo el que la vio asomar entre las tablas, y al principio me creí que venía de otra cosa; pero la chavala fue derecha hacia mí y me dijo llorando que la llevara a la policía, que era una criminal, que había matado a su novio. ¡Hazte cargo de la situación, chico! ¡Yo entrando por mi propio pie en una comisaría! ¡Ni hablar del peluquín! Le pregunté quién era su novio, y cuando vi que era un meapilas de buena familia abracé a la chavala y le dije que no se preocupase, que había hecho muy bien en liquidar al barbo, y que con su lección igual aprendían los demás novios. Luego le di cobijo en mi pensión y al final nos enamoramos como perros; pero, justo cuando mejor estábamos, la policía empezó a interesarse por el Caruso, que acabamos de enterrarlo, y por mí; así que planté el baile y el diario, liamos nuestros bártulos, cogimos una moto, llenamos el sidecar de pólvora y nos fuimos a Madrid sin que me diera tiempo siquiera de despedirme de aquella muchacha.

¿Es usted de Barcelona?, preguntó el chico, pero no obtuvo respuesta.

El largo se prensó el torniquete que llevaba en la pierna y se puso en pie tambaleándose. Los surcos de su rostro formaban el mayor labrantío de aquellas tierras. Miró al horizonte y vio que no había otra cosa que silencio. Encendió otro cigarrillo, pero antes escupió las hebras que se le habían pegado en los labios y en la lengua.

¿Sabes disparar, chico?

El hombre hizo con la mano el gesto de la pistola y Velasco Flaínez se lo devolvió.

No sé, señor.

Asustaron con sus risas los dos hombres a un par de urracas que había en un árbol, y echaron a volar. Regresaron los pájaros a la rama con su hábito de dominico. El tuerto, que seguía sentado, se levantó y apuntó con la Star a las aves. El eco del páramo se llevó la detonación hasta las lindes. Cayó a tierra una de las urracas y la otra volvió a marcharse.

Ya tenemos aperitivo. El hombre tomó por las patas la urraca muerta. ¿Has probado alguna vez estos pájaros? Son asquerosos. Pero hay cosas peores. Conozco a un tío que una vez se comió catorce abubillas. Las cazó con una red y se las zampó de una sentada.

¿Con la peste que echan? ¡Ésas sí que son marranas! Se pasan todo el día rebuscando en la mierda, exclamó el largo.

En un extremo de aquel llano se distinguía la mancha de un soto. Velasco Flaínez formó una sordina con las manos y dio tres golpecitos de voz para imitar el canto de la abubilla.

¡Ése es el pájaro!, celebró el tuerto. ¿Quieres que te enseñemos a disparar? Nunca se sabe cuándo te puede hacer falta pegarle un tiro a alguien. ¿Una escopeta sí que la habrás disparado?

No, señor. Nunca se me ha presentado ocasión.

Pues alguna vez la tendrás. Así que ya va siendo hora de que aprendas a pegar tiros. El tuerto le tendió al chico la pistola del amigo que habían enterrado. Al cogerla, le pesó el arma como un mazapán de plomo.

¡Arrea, chaval! ¡Eres zurdo! No tiene importancia, verás que disparar es muy fácil. ¡Pero agarra bien la herramienta, que no es un plátano de Canarias! ¿Ves aquel cantueso? Elige un penacho y hazte a la idea de que es un patrono, o mejor un obispo, porque se visten de morado igual que esas matas. ¿Ves aquél gordo que sale por encima de todos? Muy bien. Separa las piernas. Estira un poco el brazo, pero sin pasarte. Sin embargo, cuando tengas que disparar de cerca, es al contrario: la mano baja, y a la altura de la cadera. Así le descerrajas un tiro a bocajarro a quien te parezca. ¡Aguanta ahora la respiración y apunta al penacho! ¿Lo tienes? Pero baja un pelín la pistola, porque cuando aprietes el gatillo se te va a ir para arriba. ¿Estás? ¡Fuego! ¡Qué fenómeno! ¡Ya puedes respirar, hombre! ¡Menuda puntería tienes! ¿De verdad que no lo habías hecho nunca?

Convencieron los hombres al muchacho de que les acompañase por aquellas tierras, y anduvieron pedaleando por secarrales de lagartos y culebras, aunque la mayor parte del tiempo iban a pie empujando las bicicletas.

¿Se te cura la pierna?

Me parece que lo que tengo es gangrena.

Vieron a unos quebrantahuesos rebañar los restos de una zorra muerta, y de vez en cuando adelantaba a la sombra solitaria de los tres vagabundos la sombra populosa de una bandada de palomas torcaces. Durmieron esa noche al sereno. Al despertar, el tuerto vio que faltaba el chaval, y se había llevado su zurrón y su cayada. Cuando ya se disponían a marcharse, el estampido de un disparo retumbó cerca de ellos. Al poco apareció Velasco Flaínez con una Star en la mano y una liebre en la otra.

Me ha costado trabajo encontrar algo con que empezar el día, pero al final, donde uno menos se lo espera...

¡Salta la liebre!, exclamó el largo.

Aquella mañana llegaron a un villorrio en el que nadie pudo indicarles acerca de un médico. Una anciana oculta bajo un pañuelo negro les cedió su camastro para que tendieran al largo, y sobre una colcha disuelta en hilachas su pierna siguió supurando un líquido parduzco.

¡Te apesta la pata igual que las abubillas!, murmuró preocupado el tuerto.

El oleaje de la fiebre se llevó al herido, y cada vez se ponía más amarillo, y cada vez el corazón le latía más deprisa.

¿Le sigue doliendo, señor?, el muchacho le aplicó un emplasto de hierbas, receta de su abuelo, en la herida putrefacta y el hombre enseguida dejó de sudar.

Salieron Velasco Flaínez y el tuerto a pasear siguiendo el curso de un regato. El ojo pequeño y vidrioso del pistolero se cruzó con los ojos gordos y húmedos de un sapo lleno de verrugas. El hombre buscó un pedrusco, lo alzó con las dos manos y despanzurró al sapo.

Estos bichos son repugnantes, chico. Si te escupen, te dejan calvo. Pero hay cosas peores. Conocí a un músico que tocaba el violín en los cafetines y en los casinos, le contrataban siempre con el mismo pianista. No sé si te haces cargo, sólo tienes que imaginarte a un par de bohemios con capa y muertos de hambre, a la antigua usanza. Tú piensa en dos curas con la sotana llena de polvo y que no hayan comido en tres días. Pues lo mismo. El tío era más pobre aun que todo eso, pero el caso es que prefería la pobreza al trabajo. Tocaba el violín para tener algo que le eximiese de buscarse una ocupación. Y lo que de verdad le gustaba, lo que prefería por encima de todas las cosas, era tumbarse a leer novelas de Harry Dickson. Se las sabía todas de memoria. Y mira que hay. Las aventuras de los hombres lobo, los vampiros que cantan, el monstruo de las nieves, los ídolos negros, las gorgonas resucitadas... El asunto es que una vez les llamaron a él y a su amigo de una casa muy adinerada de Barcelona. Tenían que tocar en el cumpleaños de la hija de los señores. Aquella familia se había hecho rica con el algodón y ahora la hija se gastaba la fortuna de los padres en hacer libros. No en escribirlos, eso es para ilusos. Ella los mandaba imprimir y los vendía. Vivían en un palacete de dos pisos, con muros blancos, balcones circulares, buhardillas de cristal y tejado de pizarra como si en vez del Tibidabo estuvieran en los Alpes. Un jardín con un estanque rodeaba toda la finca. Resulta que al violinista, que entre pieza y pieza le metía mano a los cócteles, se le cayó al agua el arco del violín y cuando se agachó para recogerlo se dio de narices con un sapo, que se le meó en los ojos, y al día siguiente ya estaba ciego. No sé cómo, pero el caso es que la hija de los señores se enteró, sintió pena del hombre y le mandó a su pensión un baúl con todas las novelas de su personaje favorito. Harry Dickson, el Sherlock Holmes americano. Ni te imaginas lo contento que andaba el violinista por las callejuelas del Palacio de la Música, con sus novelas en el bolsillo. Entraba en todas las tascas pidiéndole a los parroquianos que le leyesen los libros en voz alta. Un día se me ocurrió decirle a Vicenç, porque el violinista se llamaba así, Vicente; le dije: Se habrá cubierto de gloria la señorita con su regalo, Vicenç. Y va y me suelta que esas novelas eran el mejor regalo que nunca le podrían haber hecho. ¡Pero si ya no puedes leerlas, mameluco!, le contesté. Y entonces me responde: Pero tú no sabes la compañía que hacen.

Regresaron Velasco Flaínez y Orfilio para comprobar si el largo se recuperaba con el emplasto, y se lo encontraron muerto sobre la vieja colcha bordada con flores. A la anciana le dijeron que el amigo seguía durmiendo, se llevaron su pistola y abandonaron el villorrio pedaleando a todo trapo.

Cuando salió la luna, el hombre y el chico buscaron el cobijo de unos árboles para hacer un alto.

Muchacho, ¿no te gustaría conocer Barcelona?, dijo el tuerto sin dejar de roer los huesos de un conejo que habían cazado. Velasco Flaínez se encogió de hombros.

Como preguntabas por ella. Por lo menos, ¿sabrás dónde está Barcelona?, insistió.

En la otra dirección, dijo el chico y extendió el brazo hacia levante. Más cerca de Francia que de estos breñales.

Al hombre se le escapó una risotada.

Eso es lo que se creen allí, dijo, y siguió mordisqueando el conejo. Antes de hablar de nuevo se limpió la boca con la manga de la chaqueta. Con la puntería que tienes, si vas a Barcelona no te van a faltar ni trabajo ni mujeres. Y a la que sepas juntar cuatro letras, te puedes hacer un nombre en algún periódico revolucionario. Chico, ¿alguna vez te has parado a pensar en cómo está repartido el mundo? Imagínate una manzana que tiene un golpe, y viene alguien que abre una faca, corta la parte oscura del golpe y te la da a ti, y se queda para él todo lo bueno. Pues ésa es la historia.

¿De quién era esa manzana?, preguntó el chico.

Las manzanas, como todo lo de la tierra, son para quienes las trabajan. Eso es lo que decimos nosotros.

El primero en quedarse dormido fue el tuerto, que soltaba unos ronquidos muy aparatosos, como si se hubiera tragado una avioneta. Aunque sabía que ya no le escuchaba, Velasco Flaínez continuó hablándole.

Ronca, hombre, ronca. Sigue triturando manzanas.

El chico echó unas ramas a la hoguera y el fuego alzó sus brazos de alegría. Buscó con cuidado la pistola del tuerto entre su ropa, la encontró en un bolsillo y se la guardó en el morral. Se llevó también la del largo. Tocó un paquete con dinero, pero lo dejó donde estaba. Luego sacó de su macuto una navaja, la abrió y le rajó las ruedas a la bicicleta del hombre. Luego se montó en la suya y se fue.

# Cuatro

Distinguió Velasco Flaínez un reflejo al final del camino, y a la misma vez que él se acercaba a aquel destello metálico, el destello se dirigía fatigosamente en su dirección. Aún transcurrió un tiempo, que más que por horas parecía medirse por rastrojos, hasta que el viejo Ford y la bicicleta del chico se encontraron. Entonces se detuvo el automóvil y el muchacho frenó la bicicleta, y del coche bajaron dos hombres vestidos con traje oscuro del mejor paño, aunque sucio del polvo del viaje. Llevaban también los chalecos abotonados de arriba abajo, camisas blancas y los sombreros ladeados. A Velasco Flaínez le pareció que las ruedas del automóvil eran tan frágiles como las de su bicicleta.

Pregúntele usted, el hombre de sienes blancas, bigote corto y entrecano y cara rellena le dio disimuladamente a su compañero con el codo. Para poner de manifiesto la autoridad de sus palabras agarró con una mano la correa del bolso de cuero que llevaba terciado en el pecho.

Pero el dialectólogo es usted, repuso en voz aún más baja el amigo, de aspecto bastante más joven y con un bigote más ancho y negro.

El de más edad permaneció en silencio. También con la boca cerrada, Velasco Flaínez se inclinó sin desmontar de la bicicleta para ver lo que llevaban en el coche, que, al parecer, no era otra cosa que carpetas y cajas de cartón. Varias de las cajas tenían pegada una etiqueta con las letras TNT.

Por fin el más joven le dirigió la palabra al chico, y vocalizó en un castellano que consideró lo suficientemente neutral.

A la paz de Dios, hermano, ¿podrías indicarnos cómo se llega desde aquí a la posada del Gallo?

Terminó su pregunta aquel joven profesor universitario y con una sonrisa buscó la aprobación del maestro, que la dio por buena bajando la cabeza con solemnidad.

En estas tierras no hay nada, señores, respondió Velasco Flaínez.

Los dos hombres intercambiaron una mirada de excitación.

¿Puedes repetir lo que has dicho?, ahora era el catedrático quien había tomado la iniciativa.

Señores, por estas tierras yo no he visto ninguna fonda.

¡Qué dicción!, exclamó el más joven y masculló la palabra tierras alargando un buen rato la letra e. Y, casi de forma imperceptible, pues tuvo la precaución de no alertar al hablante, añadió: ¡qué diptongos tan bonitos da el español!

¡Y qué hiatos, amigo Zamora Vicente!, murmuró el mayor. Fíjese ante todo en los hiatos! ¡Cuando uno menos se lo espera, salta el hiato!

El catedrático elevó la voz emocionado por su nuevo hallazgo dialectal.

¡Querido Zamora Vicente, en el Atlas Lingüístico de la Península Ibérica, los hiatos se representarán de color encarnado!

Pero ¿ese color no era para los triptongos, don Tomás? ¡A ver si nos aclaramos, Zamora Vicente! ¡Los triptongos tienen que ir señalados en tono grancé! ¡Al final, en vez de un atlas daremos a imprimir un mapa con varicela!

Velasco Flaínez se apartó para tumbar la bicicleta a una orilla del camino, y regresó sonriendo a donde estaban los dos hombres. Cuando acabaron de discutir entre ellos, el muchacho se presentó.

Señores, yo no sé dónde está esa posada del Gallo, del Pavo o del Palomo que buscan; pero a lo mejor puedo servirles de otra manera. Sé andar por estos caminos. Les puedo decir en qué hoyos duermen los conejos, y parece que no tengo mala puntería. Si se acerca un temporal, eso es algo que veo llegar el día antes. Venga un trato: me llevan en coche hasta el primer pueblo que encontremos, y yo les busco agua y comida.

Los dos profesores atendieron boquiabiertos a las explicaciones de Velasco Flaínez.

¡Qué manera tan genuina de pronunciar!, insistió el más joven.

¿Pues acaso he dicho algo incorrecto?, se defendió azorado el muchacho.

¡Todo lo contrario! ¡Cada sílaba está muy correctamente en su sitio! ¡Lo nunca visto! ¡Qué digo lo nunca visto, lo nunca oído!, intervino el profesor de más edad y sin soltar la correa de su bolso apresuró sus pies hacia el coche, abrió una puerta trasera y sacó un micrófono conectado a un aparato grabador.

Entonces ¿hay trato?, pero el chico no pudo seguir hablando pues el catedrático le selló la boca con el micro.

¡Pero no te calles ahora, muchacho!, le animó el más

67

joven. Habla, habla hasta que te canses, y cuando acabes de contarnos cosas y de responder a nuestras preguntas te llevaremos en el Ford hasta el primer pueblo que nos salga en el camino.

El catedrático consideró que Velasco Flaínez merecía la deferencia de una explicación.

Verás, mozuelo, nosotros somos científicos investigadores, y nos hemos echado al monte en busca de la música del idioma.

¿No serán ustedes el violinista ciego y el pianista de Barcelona?

Sonrió el catedrático, y su voz se hinchó de condescendencia.

No somos dos músicos, sino dos lingüistas que quieren contarle al mundo cómo es el acento castellano. Pues has de saber que cada idioma tiene su propia música, su acento particular.

Es algo muy fácil de ver, pero muy difícil de explicar, añadió el más joven. Cuando un extranjero habla castellano, por su acento sabremos enseguida si es francés, inglés o alemán.

Incluso, retomó la palabra el catedrático, en las regiones donde una lengua ha reemplazado a otra, y a pesar de que esto haya ocurrido hace cientos de años, la nueva lengua nunca ha logrado imponer del todo su acento. No es el mismo el castellano que se habla en Aragón, que en Galicia o en América.

Cabría pensar, de esta manera, que el acento no pertenece a la lengua, sino al pueblo, determinó el más joven y devolvió el discurso a su maestro.

A poco que alguien se fije, comprobará que las lenguas, al pasar de una región a otra, van cambiando de acento. Las lenguas se impregnan del acento de cada tierra a la que llegan. Como bien ha dicho mi querido colega, no se habla de igual manera el castellano en Galicia que en Aragón o en Murcia que en León, debido a que en cada región se mantiene la música de la lengua que hablaron los antiguos habitantes de esas regiones, que en nuestra península fueron iberos, vascos, tartesios, fenicios, cartagineses, griegos, ligures, ilirios, ambrones, celtas, celtíberos, romanos, alanos, vándalos, visigodos, árabes, sirios, berberiscos... Por otra parte, tampoco hablan hoy el mismo castellano los catalanes o los gallegos que los habitantes de otras tierras, porque cuando éstos conocieron el romance castellano ya hablaban el romance catalán o el galaico portugués. Y lo mismo ocurre en Iberoamérica, donde antes que el español hablaron el guaraní, el quechua o el náhuatl.

Cuando en Puerto Rico dejen de hablar castellano para hablar inglés, si es que este dislate alguna vez tiene lugar, seguirán pronunciando con acento borincano su nueva lengua, precisó el más joven.

En definitiva, lo que ocurre, sentenció el catedrático, es que el pueblo va cambiando de lengua a través de los siglos sin variar su acento. Y es la descripción de cada acento lo que pretendemos con nuestras indagaciones. Pero nadie conoce todavía la fórmula cabal para descifrar el acento de una lengua, para llegar a la semilla primigenia de donde brota la verdadera voz de un idioma.

¿Y ustedes creen que pueden descubrirlo?, se aventuró Velasco Flaínez.

El catedrático dio un respingo, y señaló con los dos brazos hacia el Ford.

¡Fíjate, mozuelo, en cómo llevamos nuestro vehículo

69

atiborrado de cajones con los apuntes que vamos tomando por el camino! ¿Ves todas esas cajas con mis iniciales? TNT, Tomás Navarro Tomás. ¡Están llenas de muestras de la pronunciación en cada rincón de nuestra península! ¡La ciencia es hija de un padre metódico y de una madre romántica!, el más joven se sintió inspirado. Y tras clavar los ojos en Velasco Flaínez, se dirigió a su maestro. Don Tomás, no debiéramos pasar sin la muy valiosa aportación de este informante.

¿Y a qué aguarda, Zamora Vicente? ¡Traiga enseguida el paladar artificial! El catedrático dio esta orden a su ayudante y volvió a hablarle a Velasco Flaínez.

Muchacho, tú sólo tienes que abrir la boca y repetir las palabras que te vayamos diciendo. ¿Has comprendido?

Llevado por su pasión científica, el catedrático no dejó responder al chico y lo tumbó de un empujón en el asiento trasero del coche. El lingüista más joven se sacó de un bolsillo una planchita de metal, la espolvoreó con harina y se la metió al muchacho en la boca.

Muy bien, zagalillo, dijo el catedrático. Ahora pronuncia la palabra *antena*.

Velasco Flaínez la repitió con dificultad. El más joven le retiró la plancha de la boca, y ambos hombres juntaron sus cabezas para observar las zonas en que había desaparecido la harina, y empezaron a hacer dibujos y a tomar notas. Volvieron al experimento con las palabras *ómnibus, atlas, taberna, fandango, triquitraque, damajuana* y *pelandusca*.

¡Qué manera tan característica de articular! ¡Qué informante de primerísima categoría!, aplaudió el catedrático.

¡Cuando mostremos los datos en el Archivo de la Palabra no van a querer darnos crédito!, añadió su ayudante temblando de emoción, de manera que ya vertía más harina al suelo que sobre la laminilla de metal.

Este hallazgo hay que celebrarlo, y para ello vamos a repetir el experimento a la antigua usanza, tal como aprendí en Montpellier de manos de Grammont y Millardet, anunció el catedrático agarrándose con las dos manos a la correa de su bolso de cuero negro.

¡Pero, no me diga, don Tomás, que ha traído con usted los espejos!, al más joven se le quebró la voz de alegría. Desde que me los regalaron los ilustres sabios franceses, nunca me he separado de ellos.

Sacó el hombre del interior del bolso dos espejitos de mano, ya un poco velados y desportillados.

Zamora Vicente, ¡no se quede usted de brazos cruzados, y traiga por favor el bote de mermelada de grosellas!

Su ayudante se precipitó al maletero del coche y volvió en un plisplás con una cuchara y el bote abierto. Sin que a Velasco Flaínez le diese tiempo a preguntar, los dos sabios le embadurnaron con mermelada el cielo de la boca.

Y ahora no te la vayas a tragar, trapacista. Si te gusta, te daremos un poco con pan cuando acabemos. ¿Estás preparado?

El chico profirió un sonido gutural, que era de asentimiento.

Pues pronuncia lo primero que se te venga a la cabeza y a continuación mantén la boca abierta durante unos minutos, para que así podamos nosotros inspeccionarla con los espejos.

Apenas se lo pensó un segundo el muchacho y exclamó: ¡Don Alejandro Lerroux!, y con su voz salió una salva de perdigones de grosella que hicieron diana en las blancas camisas de aquellos investigadores.

No parecieron inmutarse ante ese espurreo de mermelada los profesores, y al tiempo que el catedrático reproducía en sus cuadernos las manchas que observaba dentro de la boca del chico, murmuraba encandilado: ¡Qué magníficamente aparece aquí la oclusiva velar sorda seguida de su fricativa alveolar!

Una maravilla, don Tomás, añadió el más joven. ¡Y eso que la equis estaba a final de palabra! ¡Lerroux! ¡Como para haberse caído por un abismo!

El catedrático guardó su cuadernillo de notas y, frotándole el cabello al muchacho en gesto de agradecimiento, exclamó: ¡Es que el método científico resulta inapelable!


Llevaron en coche los lingüistas a Velasco Flaínez por hectáreas de pinos, encinas y robles, hasta que se encontraron con un pueblo, que no parecía muy principal, pero que tampoco era poca cosa. Desde lo alto de un cerro, el bullir de aquella población estaba vigilado por las ruinas de un castillo. Resistía enrocada junto a los restos de la muralla una torre con almenas. A los pies del cerro, el río cambiaba de rumbo para no entretenerse con la conversación de la gente.

Tenía ese pueblo alguna casa grande, un ayuntamiento viejo, una iglesia con altar barroco de escasa importancia, dos fondas y unos lavaderos públicos. Sus habitantes celebraban todos los meses una feria de ganado; pero el nerviosismo que aquel día hormigueaba bajo los soportales de la plaza mayor, sostenidos por carcomidas columnas de madera, no se debía al mercado sino a la llegada de un autobús y de dos furgonetas, que traían a una compañía de teatro universitaria, con su vestuario, su tramoya y sus decorados, y que iba a representar aquella noche, en la antigua plaza de las caballerizas, *El caballero de Olmedo*, por conmemorarse ese año en toda España los trescientos de la muerte de Lope de Vega.

*La farándula pasa bulliciosa y triunfante, es la misma de antaño, la de Lope burlón, trasplantada a este siglo de locura tonante, es el carro de Tespis con motor de explosión.* Unos niños cantaban en su juego el himno que les habían escuchado a los cómicos cuando entraban en el pueblo.

En cuanto los profesores tuvieron noticia de que habían coincidido con la llegada de aquella compañía se despidieron de Velasco Flaínez con sincero agradecimiento, y con sinceras manifestaciones de cariño, y con un sincero y crujiente billete de diez pesetas, y fueron disparados en busca de los farsistas.

Se recreó el muchacho en el retrato de la República impreso sobre el billete, le pareció que era una mujer muy guapa y se lo guardó en un bolsillo como el que se guarda la fotografía de una novia. A la espera de que cayera la noche, pues también quiso ver él la representación, entró en una taberna que, con mala caligrafía, tenía escritas en la pared unas letras que decían: Taberna de las Ánimas. Era un sitio húmedo y estrecho, lleno de moscas, con el suelo de tierra. En la única mesa que había ocupada, un viejo con la boina deshilachada y con el cuello de la camisa abotonado contemplaba silencioso el techo.

Le atendió un hombre alto, muy flaco, pelirrojo, que le habló sin mirarle.

¿Qué has venido a buscar aquí?

Nada en especial.

¿Qué quieres? ¿Vino?

¿Qué tiene?

Vino.

¡Y encima será del malo!

¡Peor no lo hay en toda esta tierra!

Lléneme un cuartillo, y déjelo cerca. ¿Qué se puede hacer aquí hasta la noche?

Nada.

¡Vaya, he dado con un hombre amistoso!

Te equivocas, chico.

A mí usted me parece un hombre simpático.

Una vez pasó por este pueblo un hombre simpático. Le dimos una somanta de palos y le tiramos a los lavaderos.

¿Y no ha vuelto?

Nunca más se le ha visto el pelo.

Entonces no sería tan simpático.

Otra vez pasó un tío muy listo.

Tampoco sería tan listo si pasó por este pueblo.

Pero se creía muy listo.

Eso era problema suyo.

Venía a acostarse con una viuda de aquí. ¿Quieres saber lo que hicimos? Lo ahorcamos en una huerta y lo enterramos con el difunto esposo para que discutiese con él si estaba bien lo que quería hacer. ¿Tú no habrás venido a joder con nadie?

Aclare eso.

Aquí hay muchas cosas que aclarar.

Menos el vino.

Eso es lo único claro que hay en esta taberna.

¡Cuánta razón tienes, tabernero!, interrumpió el viejo de la mesa, que salía de su embelesamiento.

¡Cierra el pico, borracho! ¡Bastante tengo con aguantar todo el día tu hocico de comadreja! ¿Te has fijado en ese viejo, chico? Es tan desgraciado que, como no tiene para gastarse ni una perra gorda en la taberna, se queda pimplando en su casa, y cuando ya no se aguanta en pie se viene haciendo eses hasta aquí para dormirla. Y en cuanto se le pasa la curda, se vuelve a su casa, la pilla otra vez y de nuevo se planta aquí bien mamado, a su mesa, a asquearme a las moscas.

Sírvale un cuartillo, que pago yo, dijo Velasco Flaínez y enseñó la foto de su novia. El tabernero contempló el billete con recelo.

Yo no cojo papel.

Fue a poner el muchacho unas monedas en el mostrador; pero antes de que el chico metiese su mano en el zurrón, el viejo se levantó sin poder mantener el equilibrio y, dejando caer la silla al suelo, dijo en voz bien alta: A mí no me invita a nada ningún hijo de puta forastero. Y se fue de aquel chiscón agarrándose a las mesas.

¿Ves lo que has conseguido? ¡Ya me has espantado al único cliente! Y además éste era de los buenos, de los que vienen todos los días.

A la vez que el hombre salía entraban en la taberna otros dos, vestidos con un mono azul y con el escudo de una rueda y de unas máscaras cosido al pecho. Cada uno lo llevaba en un lado diferente del mono.

Para salvar el teatro español, lo primero que hay que darle es un público, dijo el que llevaba el escudo a la izquierda. Y ese público existe ya. Es el pueblo. No podemos quedarnos en la universidad, Ugarte, tenemos que representar por las aldeas y por las ciudades a Calderón, a Lope, a Cervantes, y también obras de noveles que valgan la pena, aunque esto ya es mucho pedir.

Al hombre del escudo cosido a la derecha le brilló un ojo escarchado de cataratas detrás de sus gafas redondas, y agarró del codo a su compañero para hablarle como si le hiciese una confidencia.

Federico, ya no hay teatro. Todo el teatro español se sustenta ahora mismo en el apuntador. Los actores han despreciado su oficio y están en otra cosa. En el cine. Porque toman chocolate con Pemán, se las dan de intelectuales. Y se pasan el día pendientes de los carteles, de que su nombre salga el primero. Por orden de mérito, se justifican.

Es decir, por orden de lo que cobran.

Pero a la hora de representar, salen sin saberse sus papeles, ni haberse aprendido sus escenas. Aunque si se olvidaran de la obra entera, tampoco iba a pasar nada. No se salva ni una.

Se escribe hoy, y se representa hoy, un teatro putrefacto y petrefacto. Un teatro impermeable. En España el teatro se hace por y para puercos.

La gente va al teatro a echar un rato, Federico. Y lo mismo le da que se ponga una obra de Calderón o que Rambal llene la escena con una manada de tigres salvajes.

¡Hay que volver a buscar al público donde esté! Porque el público de Madrid ya pasa con todo. ¡Hasta es capaz de reírse con un chiste de Arniches o de Muñoz Seca!

Y eso que en Madrid tenemos a todo un premio Nobel escribiendo dramas sin parar.

Jacinto Benavente es nuestro mejor dramaturgo vivo del siglo dieciocho.

¡Preferirás las revistas y las zarzuelas de Antonio Paso! *¿El arte de ser bonita* y *El orgullo de Albacete?* Entonces, ¿las originalidades de Azorín? Azorín merecería la horca por voluble. El teatro español es pobretería y locura. Anda, Ugarte, invítame a un pirulino.

Su acompañante le tendió un cigarrillo con su brazo peludo. El hombre del escudo a la izquierda apoyó las manos en el mostrador como si fuese a tocar el piano y llamó al tabernero.

Buen hombre, mi amigo quiere un vaso de vino chorpatélico, pero yo lo prefiero ronronquélico. Ay, Ugarte, qué gracia ha tenido el pregonero cuando ha confundido universidad con universal. ¡La Barraca ya es una compañía universal!

¡Por fin os encuentro! Una mujer de ojos grandes y de mofletes enrojecidos, vestida también con el mono azul de la compañía, entró a la carrera en aquel tugurio y habló con palabras entrecortadas. ¡Federico, Eduardo! Os tengo que decir una cosa.

Federico pidió otro vino para ella.

Agustina, ¡parece que has visto al diablo!

¡Poco les falta! Nos han venido siguiendo los japoneses para reventarnos la representación.

Algo me dijeron por el camino de que venía un Lancia todo el rato detrás de nosotros, añadió Ugarte.

La mujer tomó de las manos a Federico y continuó hablando atropelladamente.

Pues dentro iban cinco majos de las juventudes de Gil Robles, y ahora andan pavoneándose por el pueblo con sus camisas verdes.

Agustina, le apretó los dedos Federico para tranquilizarla, lo más importante es que no perdamos la calma. Nosotros a nuestro teatro, y si sucede algo esta noche ya determinaremos en su momento lo que hay que hacer.

No les basta a los de la CEDA con mandar en España, encima echan a la calle a sus cachorros para mandar en los españoles, protestó Ugarte.

Has dicho muy bien la palabra mandar, intervino Federico; porque lo que hacen éstos no alcanza a gobernar, se queda en mandar.

No gobernarán; pero su gobierno ha recortado la partida para el teatro universitario.

Ojalá fuese sólo eso, Ugarte. Y sobre todo, recordad, Agustina, no tengáis miedo de los milhombres de las JAP.

La Juventud de Acción Popular, recalcó Ugarte y apuró su vino para enjuagarse la boca.

El tabernero, que había estado atento a la conversación, repasó a Velasco Flaínez de pies a cabeza.

Para una vez que traen algo que vale la pena al pueblo, ¿no nos lo iréis a joder?

No respondió el chico, se echó al hombro su morral y salió del tugurio tras los pasos de la actriz, impresionado por lo que se parecía aquella mujer al retrato de la República. Cuando le dio alcance, le preguntó si venía con la compañía de teatro y quiso que le explicase de qué trataba la obra que iban a representar. Le contó Agustina que *El caballero de Olmedo* era una pieza de amores, celos y alcahuetas, y que hasta tenía una fiesta con toros. Al terminar de detallarle el argumento, se dieron cuenta los dos de que estaban rodeados de un grupo de vecinos.

¿Con toros vivos de verdad?, quiso averiguar un hombre de dentadura prominente.

¿Y habrá bailes y canciones?, preguntó una mujer

joven, que inmediatamente se ruborizó por su atrevimiento.

¿Y cómo acaba, y cómo acaba?, insistió una voz chillona salida de un tropel de niños.

La actriz se agachó para hablar con aquel ovillo de críos buscando con sus ojos los ojos de todos ellos, y les explicó que los dramas siempre terminaban igual.

Sí, pero ¿cómo acaba?

Acaba, niños, como en la seguidilla en que se inspira la obra, y que dice: *Que de noche le mataron, al Caballero, la gala de Medina, la flor de Olmedo.* Así que ya veréis cómo el caballero es asaltado y muerto, en un secarral de horizonte infinito, por quienes le debían la vida.

Se fue la actriz en busca de sus compañeros, y sólo volvió la cabeza para recordarles a aquellas gentes que les esperaban a todos en la representación. Velasco Flaínez alcanzó de nuevo a la muchacha, y ésta le pidió que dejara de seguirla tan ridículamente, y la acompañara hasta donde estaban sus amigos si es que quería seguir hablando.

¿Te he asustado?

Tú no das miedo, chico.

¿Vais por los pueblos haciendo teatro?

Sólo cuando estamos de vacaciones.

Velasco Flaínez levantó la vista al cielo y durante un rato observó una nube lejana.

Esta noche os lloverá.

¿Eres de aquí?

Ahora mismo sí.

Me ocurre igual que a ti. Ahora mismo yo soy del teatro.

Estoy de paso en este pueblo, tengo que ir a la sierra de la Culebra a buscar a mi tío.

Ése es un sitio muy pobre. ¡Cuánto queda por hacer en el campo! Pero a lo mejor resulta que tú eres hijo de un marqués terrateniente, que se ha disfrazado de rústico aldeano, y estoy metiendo la pata.

Mi padre se cayó por un barranco y se lo comieron los lobos.

¿No te queda otra familia que tu tío?

Creo que no.

¿Amigos tienes?

Sí, ahora mismo tú. Te pareces mucho a este retrato. Velasco Flaínez le enseñó el billete de diez pesetas y Agustina se puso a reír.

Es cierto, nos damos un aire, pero es porque la han representado a la moda. Todas las muchachas modernas de Madrid nos arreglamos así. Si algo tiene esta República es que sabe ir con su tiempo.

Al pasar delante del ayuntamiento, vieron salir de él a los camisas verdes que habían seguido a la compañía.

Esos de ahí nos van a dar la noche, chico. Agustina señaló hacia ellos apuntando fugazmente con su nariz redonda. Cuando volvió la cabeza, el muchacho había desaparecido.

Encontró la chica a sus compañeros montando el tabladillo. Lo hacían entre una docena de hombres. Siempre ayudaba alguien del pueblo, y apenas les llevaba media hora, pues no lo habían fabricado muy grande para facilitar el transporte y el montaje. Medía unos cinco metros de ancho por seis de fondo. Estaba formado por diecisiete tableros machihembrados, bastidores de madera ligera y soportes de tubo, también ligeros, para colgar las cortinas y el telón. Y sobre esas tablas instalaban la escenografía, que era más sofisticada.

Una de las dos fondas de aquel pueblo estaba en la plaza del ayuntamiento. En su habitación, Velasco Flaínez se miraba en el espejo y elucubraba con las posibilidades que tenía su bozo de convertirse pronto en un bigote. Acarició aquella pelusa con los dedos y la dejó repartida sobre la boca como los frenazos de un neumático. Por la ventana entraron las voces de un arriero que llamaba hija de perra a su mula. Se sonrió el chico y se quitó la camisa, se afeitó con mucha pausa la pelusa, y se lavó los brazos, el pecho, el cuello y la cara con el agua de la jofaina. Se puso una camisa de lino limpia que traía en el zurrón. Extendió el cuello de la camisa por encima de las solapas de la chaqueta y volvió a contemplarse seriamente en el espejo. Cuidadosamente, se peinó y estiró su mechón negro hacia atrás para dejar la frente despejada. Los peldaños de madera crujían a cada paso que daba, y así pareció que bajaba las escaleras quebrando huesos. Tenía la fonda un despacho de vino y unas mesas para comer. En la pared del mostrador, la República mostraba un pecho al aire en una lámina. El chico se sirvió dos dedos de tinto, alzó el vaso a la salud del retrato, se lo bebió de un trago, y salió a la calle con las manos cogidas a la espalda. Andando muy despacio se esfumó entre las casas y callejuelas del pueblo.

Antes de que acabe el primer acto, tenemos que dejarles a oscuras, dijo uno de las juventudes, que tenía los ojos muy separados y las cejas muy altas.

Y tú ten el Lancia a punto, por si hubiera que salir pitando, le ordenó nervioso el del flequillo en triángulo a otro que tenía la nariz quebrada y el pelo rizado.

Los camisas verdes planeaban su actuación en una placeta solitaria, a la sombra del ayuntamiento. La sombra de Velasco Flaínez irrumpió en la rueda que formaban aquellos muchachos. Llevaba una Star en cada mano, y la culata de la tercera le asomaba por la cintura. Esperó en silencio a que los chicos advirtiesen su presencia. Y al verle, callaron de golpe. Velasco Flaínez permaneció sin despegar los labios.

¡Atiza!, ¡nos han mandado a un sindicalista!, dijo al fin el jefe, que era el del flequillo triangular.

Me parece que no os gusta mucho el teatro, también quiso hablar Velasco Flaínez.

No, el que se hace en provincias no nos gusta nada, respondió el de los ojos muy separados.

Ya está muy visto, añadió envalentonándose el de la nariz quebrada.

Precisamente de ese asunto estábamos hablando ahora, el jefe consideró que era más prudente no enfrentarse a alguien que llevaba tres pistolas. Nos enteramos de que iban a poner teatro aquí, y por eso venimos; pero estábamos discutiendo si merecía la pena quedarse.

La verdad es que ya nos íbamos, los chicos le siguieron la corriente a su jefe.

¿Y adónde os ibais?

Habíamos decidido volvernos a Madrid.

¿Cuándo pensabais volver?

Hemos venido en coche. Así que íbamos a irnos ahora mismo.

Eso no va a ser posible.

¿Quieres que nos quedemos?

No hay coche. Se ha caído al río.

Entonces tendremos que pernoctar aquí.

No parece buena idea. Esta noche hacen teatro y la gente del pueblo no os dejará dormir bien.

En tal caso, ¿cómo consideras que podemos irnos?, preguntó el jefe sin quitarle el ojo a las pistolas. Velasco Flaínez levantó una y señaló con el cañón hacia el camino que salía del pueblo. Los camisas verdes tomaron esa dirección y se alejaron a pie por la carretera.

La antigua plaza de las caballerizas estaba a rebosar de aldeanos que se habían traído sus sillas para asistir a la función. Velasco Flaínez se quedó de pie, muy cerca del escenario, y allí permaneció con los brazos cruzados y sonriendo, con la esperanza de reconocer a Agustina bajo su disfraz teatral. La gente se encorajinaba con don Rodrigo, el pretendiente al que doña Inés despreciaba, y le lanzaba vivas a don Alonso, el protagonista. Los focos verdes, rojos, azules con que se iba iluminando la representación cautivaron a aquel público, que nunca había tenido un escenario con luces y escenografía moderna. La fantasía de los tules de las ropas de los actores, de sus trajes de lamé de plata, los colores de sus cabellos y de sus rostros pintados, los escenarios recortados en perspectivas angulosas, como las del cine expresionista, todo esto era lo que aquella compañía de universitarios estaba llevando en su barraca ambulante por los pueblos más atrasados y por las ciudades más adelantadas de España.

Al principio, cayeron unas gotas, y una vieja dijo que era un pajarito que se estaba meando, y su marido le preguntó que desde cuándo meaban los pájaros de noche, y ella le contestó que los pájaros meaban cuando tenían ganas igual que él se levantaba a medianoche para despertar a toda la casa con el repiqueteo de sus meados en el orinal. Pero el retumbar de un trueno se impuso a esa conversación. El temporal sucedió a los truenos, y empezó a llover a cántaros. Los actores dudaron un instante, pero Federico García Lorca, que seguía la obra discretamente desde el escenario, les indicó con un gesto a sus compañeros que continuaran la representación, pues estaba viendo que el público no hacía ninguna señal de querer irse. Se venía el cielo abajo y nadie se despegaba de su asiento, y cada vez caía el agua con más fuerza, y corría la lluvia entre las piedras del suelo, lavaba las patas de las sillas y se arremolinaba en las zapatillas de aquellas gentes, empecinadas en saber de los amores de doña Inés y don Alonso. Los actores declamaban empapados. Entre el público, las mujeres se echaban las sayas sobre la cabeza, pero no se levantaban, y los hombres seguían la obra con la gorra calada hasta las cejas y encogidos bajo la lluvia. Velasco Flaínez continuaba con la mirada clavada en Agustina, que hacía de doña Inés, y todo el mundo estaba chorreando y fascinado. Y Federico, detrás de los decorados, decía a sus actores con voz temblorosa: que siga la obra, que siga, si ellos aguantan, nosotros seguimos.

# Cinco

Paco Castañón cogió su Volvo 121, ranchera, rojo con techo blanco y bandas blancas, modelo de los años sesenta, y se plantó en Bruselas en cuanto supo de la muerte del viejo Arcos Paulín. Aquel tipo de coche había desaparecido de las carreteras hacía mucho tiempo y ahora se lo veía únicamente reproducido en miniatura, en tiendas de coleccionismo y en viejas jugueterías. Para Paco Castañón era como haber heredado una hacienda familiar. Si algunas tierras tuvo su linaje, fueron las que recorrieron dentro de aquel coche, con las maletas y los regalos, y los paquetes a la vuelta, de una punta a la otra punta de España. El coche era la quintaesencia de la casa, porque unía físicamente, porque se apretaban, se amontonaban todos juntos allí dentro. Delante, el padre y la madre. Ella no fumaba, pero le encendía los cigarrillos al marido para que no soltase el volante. Y detrás, la abuela, los hermanos, las hermanas. Y todos los kilómetros que cabían en un día de sol y de carretera a su entera disposición para hacer planes, enfadarse, discutir, no hablarse, quedarse dormido, marearse, devolver en las bolsas del economato, parar en unos pinos para comerse la carne rebozada de los tuperwares, detenerse en el arcén y mear de espaldas al tráfico o adentrarse entre las matas para coger caracoles. El coche les unía en el espacio, pero también en la épica; porque más que una familia que viajaba unida era una familia que huía unida. Dejarlo todo atrás, ahí estaba lo fundamental de aquellos viajes. Correr más que los árboles, que los mojones de las orillas, que las casas solitarias en medio de una huerta, que el paisaje, que la naturaleza en pleno, y huir bien lejos de todo y de todos. La familia sola contra el mundo.

Una familia es el número de gente que cabe dentro de tu coche, se dijo Paco Castañón pisando el gas de su Volvo y leyendo los primeros indicadores que anunciaban la inminencia de Bruselas. El motor no le había hecho el menor ruido en el camino. El vehículo tenía todos los números para ser un cascajo, pero su padre, un pintor de brocha gorda que se murió el día que cogió el retiro, ya hacía de eso cosa de quince años, lo había mimado y mantenido en estado impecable desde el primer momento. Y después lo heredó Paco, y fue entonces cuando sus amigos Elías y Marcelino, mecánicos de raza y de FP, se metieron entre ceja y ceja que aquel trasto no parase nunca de rodar. Era lo único que quedaba verdaderamente antiguo, es decir, lo único que les parecía verdadero en aquellas calles donde se habían criado en la época en que la gente paseaba con mariconera, y que ahora eran calles de aceras anchas con árboles y bancos para que se sentaran los viejos. Aquel coche era lo único que de verdad les pertenecía, aparcado en unas manzanas donde habían tirado las fábricas para levantar guarderías y centros comerciales. No es que el coche fuese un símbolo de un pasado perdido. Era el pasado en persona, renunciando a su obligación de pasar, huyendo de la quema como el tiempo huye de la historia, como la familia de Paco huía los domingos del calor de los bloques en busca del calor de

86

una playa cercana. Hacía unas semanas, un alemán que andaba de turismo por Barcelona detuvo a Paco Castañón en un semáforo y le ofreció en el sitio cinco mil euros por el Volvo, pero ¿quién es el guapo que se corta la retirada así por las buenas?

Paco Castañón había empezado a estudiar periodismo y luego se pasó a psicología. Entonces las carreras duraban cinco años. No fue capaz de acabar ninguna, creyó que por inconstante; pero lo que verdaderamente le ocurría es que le daba vergüenza hacerle preguntas a la gente. A fuerza de no hablar con desconocidos, Paco se quedó embebido en su bosque petrificado, en su cárcel de papel, de la que ya no le importaba salir. Al principio, tenía ese bosque dentro de su casa, como un microclima del museo de ciencias naturales. Cientos, miles de tebeos y de cómics que compraba por todas partes, en los encantes, a particulares, a tratantes de muebles que vaciaban pisos, y que él vendía los domingos en su parada del mercado de San Antonio. Pero también se había hecho feriante, vendedor ambulante de tebeos, y llevaba sus pilas de cajas a los salones del cómic de Barcelona, claro, y de La Coruña, Granada, Madrid..., a las ferias del libro y del papel que se hacían en los paseos de los pueblos, en las estaciones de tren, en los hoteles, y que le hacían seguir metiéndole kilómetros y kilómetros al viejo Volvo familiar. A finales del siglo pasado, el negocio creció con la venta por internet, y a través de un contacto que le procuraron sus amigos alquiló un garaje que utilizó de almacén. Compraba colecciones enteras, lotes de *El Corsario de Hierro*, *Don Mickey*, *Mary Noticias*, y también tocaba mucho la actualidad, sobre todo manga y superhéroes, que era lo que al final le mantenía en marcha el tinglado.

Así fue haciéndose un nombre y un prestigio en ese ambiente. Raro era el año que no le sacaban detrás de su parada en alguna noticia o en algún reportaje de televisión. A veces le llamaban de revistas y de fanzines para pedirle un artículo. Era un hacha, una caña, cuando escribía sobre la escuela Bruguera. *La influencia icónica de James Bond en Anacleto, agente secreto. El trazo cubista de Conti. Los osos en la obra de Segura. Una nueva anécdota de Vázquez.* Abrió además un blog, *El Ave Turuta,* y tuvo tanto éxito que no daba abasto para seguir todos los comentarios que le dejaban.

Aquella semana había leído en una lista belga de correo la noticia de la muerte de Arcos Paulín, un dibujante español, pero que en España estaba olvidado, aunque no así en el archivo de Paco. Sintió entonces la necesidad de tender un puente entre él, un vendedor de tebeos que no sabía dibujar, y la historia profunda del dibujo. Sintió que con su viaje a Bruselas podía devolverle el derecho al presente a un puñado de láminas que se habían quedado sin autor. Montó en el Volvo y salió huyendo rumbo a la capital europea del tebeo.


Bajo el nombre de Paul d'Arc, el dibujante cordobés Arcos Paulín conoció la gloria de ser un segundón en la gran época del cómic belga. En las historias y enciclopedias de este oficio convertido en el noveno arte, a veces se cita su serie *El piloto sin rostro.* La protagonizaba un héroe maldito de la aviación, que decía que su patria era el aire, y duró más de cinco años; pero en los libros siempre se reproduce la misma viñeta de la cabeza del piloto oculta bajo un casco, como si fuese el único dibujo que quedara.

Además de *El piloto sin rostro*, Arcos Paulín publicó muchas otras series, que rellenaron durante las décadas de los años cincuenta, sesenta y setenta las páginas del semanario *Spirou*, en las que concurría con las historietas de las vacas sagradas de la editorial: Franquin, Morris, Roba, Will... Su predilección por la ropa negra, su alta estatura, su rostro característico, nariz ganchuda y calva brillante, fueron motivo de curiosidad en la redacción de la revista, y a menudo sus compañeros le hacían aparecer en algunos de sus relatos. Un día Peyo se inspiró en él para crear el Gargamel de los *Pitufos*.

Algunos años antes de dejar España, en el tiempo de la República, Arcos Paulín publicaba historietas edificantes, protagonizadas por grillos y mariposas, por reyes de piernas largas que vivían en castillos con torreones clavados en las nubes y por campesinos guasones con ocurrencias extravagantes. Trabajaba sin parar para unas revistas infantiles, en aquellos días muy populares, que se llamaban *El Perro, el Ratón y el Gato*, *El Rincón de los Niños*, *Pocholo*, *KKO* y *Don Tito*, y también para otras de menor repercusión, de cuyo nombre no ha quedado rastro. Había dibujado Arcos Paulín en esos tebeos, además, adaptaciones del Gordo y el Flaco, de Charlot y de otras estrellas del cine cómico, que le abrieron la puerta a colaboraciones en cabeceras italianas y norteamericanas. En aquel mercado internacional, y firmando como Paul Archer, sus historias de ciudades de oro perdidas en la selva y de vampiros que asaltaban los *docks* de Nueva York fueron leídas en el *Corriere dei Piccoli* y en las páginas dominicales de una cadena de periódicos distribuida por Arkansas, Kansas, Nebraska, las dos Dakotas y Montana. Al estallar la guerra civil, el pincel de Arcos Paulín no conoció otra tinta que la roja, y en sus historietas de aquellos tres años de hospitales de sangre y de bombardeos, el Gordo y el Flaco salían vestidos de milicianos. Las revistas en las que publicaba tenían ahora nombres como *Pionerín*, *La Vanguardia de los Niños* y *Camaradas*. Derrotado en la guerra, la suerte del dibujante fue idéntica a la de muchos miles de republicanos que se exiliaron en el sur de Francia. No había acabado de cruzar los Pirineos, y ya estaba internado en un campo de concentración. Arcos Paulín fue a parar al de Vernet d'Ariège. El escritor Max Aub, que también estuvo confinado en este campo (y en otros), le nombra varias veces en su *Manuscrito cuervo*. Posiblemente sea ésta la única referencia que da la literatura española a propósito de Arcos Paulín; pero el caso es que en esos pasajes aparece recogida la intención del artista de probar fortuna con la novela. Lo he dibujado todo pero aún no he dicho nada, se lee en la cita textual de Max Aub.

Cuando al cabo de unos meses se desató en Europa la segunda guerra mundial, el dibujante se alistó en la legión extranjera y marchó al frente para combatir a su antiguo enemigo, el fascismo. Pero enseguida cayó preso de los nazis, que lo internaron en un campo de concentración de Alemania donde le cosieron el triángulo azul de la gente sin patria, con una aclaratoria S, de *Spanier*, dentro del triángulo. En aquel lugar de exterminio, Arcos Paulín se procuró su propio sistema de supervivencia, que consistía en hacer dibujos eróticos, o más bien pornográficos, de estrellas como Marlene Dietrich o Irene

Dunne, representadas en todo tipo de cópula con los guardianes del campo. Con la misma desesperación que los presos de los barracones iban desfilando hacia la fosa, Arcos Paulín dibujaba las grandes ingles de Hollywood en hojas robadas de la oficina, en los dorsos de los sobres, en los trozos de papel de un envoltorio, que se convertían en un vale para seguir unas horas con vida.

Tras el armisticio, Arcos Paulín se instaló en París y se afilió al Partido Comunista francés. En aquella ciudad de hombres y mujeres sin rostro, embozados en las solapas de sus abrigos y en bufandas de franela, en aquel lugar de cielo gris y de avenidas anchas y mugrientas, el dibujante frecuentó el exilio del partido, españoles supervivientes como él que andaban con el hato a cuestas por la estación de Saint-Lazare, y se calentó en los claros de sol que a mediodía asomaban entre el puente de la rue Madrid, y con un *café-crème* para toda la mañana se sentó en las tertulias de los altos mandos del ejército republicano, en las terrazas del boulevard Sebastopol donde los generales derrotados repasaban una y otra vez tal batalla o tal retirada con la pasión con que se revive en una taberna tal estocada o tal capotazo después de una corrida de toros.

En menos de un mes, Arcos Paulín ya formaba parte del grupo Vaillant, integrado por unos dibujantes comunistas franceses que durante la ocupación habían editado clandestinamente *Le Jeune Patriote*, el órgano de las juventudes republicanas. En *Vaillant*, la revista que llevaba el nombre del grupo, Paulín aún publicaba con su firma española, y también fue allí donde coincidió con otro dibujante de la República, el catalán José Cabrero Arnal, que enseguida obtendría mucha fama con su serie *Placid et Muzo* y que en las páginas de *l'Humanité*, el periódico comunista, crearía a *Pif, le chien*, el perro más célebre del cómic francés, hasta que llegó *Ideafix*, la mascota de Obélix. Tanta fue la popularidad de aquel perrito que vivía en una casa de la clase trabajadora francesa, que con el tiempo la revista *Vaillant* cambió su nombre por el de *Pif.*

En las navidades de 1950, Arcos Paulín hizo la maleta sin detenerse a mirar lo que metía en ella y abandonó como alma que lleva el diablo su habitación en un quinto piso del distrito once de París, el de la revolución. En el piso de debajo, una muchacha le esperó embarazada, durante días y semanas, pero nunca más supo de él. Apareció muy pronto Arcos Paulín entre los ambientes revolucionarios de Bruselas, que andaban exaltados, pues unos meses atrás su líder Julien Lahaut, el dirigente del Partido Comunista belga, había sido asesinado después de dar vivas a la república en el parlamento. Pateó una y otra vez el puñado de medievales, sórdidas callejuelas de la capital, rue Montagne aux Herbes Potagères, rue Fossé aux Loups, rue Royale..., se hospedó en el hotel Grand Miroir, de la rue de la Montagne, el mismo en que Baudelaire vivió enfermo sus últimos años, buscó las casas de comidas más económicas a la sombra gigante del Palacio de Justicia, acudió a las tertulias de la librería Aurora, y todas las noches acababa plantado en la Grand Place, para rezar su oración roja, a la puerta del café La Maison du Cygne, en el que Marx y Engels concibieron el *Manifiesto comunista*. A los comunistas de Bruselas les explicó que había renunciado a su trabajo en Francia en aras de su lealtad a Moscú. Ocurría que la nueva serie que con tanto éxito la revista *Vaillant* empezaba a publicar, *Les fils de Chine*, obra del dibujante Gillon y del guionista Lécureux, el más notable en aquellos momentos, le había provocado semejante asco y dolor, según las propias palabras de Paulín, que no tuvo otro remedio que volver la espalda a sus antiguos camaradas. ¡No saben en qué berenjenal se han metido!, exclamaba Arcos Paulín llevándose las manos al cabello que no tenía. ¡Pues no están exaltando ahora la Larga Marcha! ¡China, que va a ser la tumba de Rusia y del comunismo! ¡Qué ciegos están!

Sin embargo, en la entrevista de trabajo que mantuvo en aquellos días con Charles Dupuis, el editor de *Spirou*, Arcos Paulín le explicó que se había trasladado a Bruselas porque sabía, porque sentía con todo su instinto profesional, que el gran futuro del tebeo europeo estaba en esa ciudad. El señor Dupuis quedó muy impresionado por estas palabras del dibujante y por la mirada de fanatismo con que las pronunciaba, y le hizo firmar un contrato aquel mismo día. Con el paternalismo que le caracterizó en cada uno de sus actos, el editor le prometió a Arcos Paulín que tendría en su casa un empleo para toda la vida, y que estaba convencido de que un español tan genuino como él nunca le iba a traicionar marchándose, tarde o temprano, a ninguna otra revista. Al tiempo que decía esto, el editor extendía el brazo en dirección al centro de la ciudad, señalando tácitamente hacia rue Lombard, donde se encontraba la redacción del semanario *Tintin*. Aquella misma mañana, Arcos Paulín abandonó los círculos comunistas, y desde entonces permaneció relativamente fiel a Dupuis hasta el día de su jubilación, aunque también, a pesar de que fue descubierto y llamado al orden en varias ocasiones, publicó siempre que pudo y bajo distintos seudónimos en *Tintin, Bravo!, Wrill, Story, Cap'taine Sabord, l'Explorateur, Bimbo, Le Jour-*

*nal de Mickey* y asimismo en una larga serie de cabeceras de Francia.

Tengo noventa y seis años y cinco meses. A mi edad, los años se cuentan por meses, había dicho Arcos Paulín en una entrevista, la única que le hicieron en toda su vida. Salió en la revista escolar que publicaban unos niños del barrio donde vivía desde hacía treinta años, la parte de Ixelles que se conoce con el nombre de Matongué. Pocas semanas después, bajó a cenar, tal era su costumbre, a la rue Longue-Vie, a dos pasos de su casa. Llevaba en un bolsillo de su vieja gabardina la revista escolar, y se proponía releer su entrevista, distracción en la que se había engolosinado y que repetía a diario. Las preguntas le parecían las propias de unos chicos de once años, aunque algunas de ellas las encontraba especialmente acertadas. ¿El que usted sea español o sus simpatías comunistas fueron razón de que nunca adoptase la línea clara? ¿Reivindicarán la línea clara los futuros dibujantes de Bruselas?, especialmente nos referimos a los salidos de este barrio. Y repasando sus respuestas reconoció que estuvo en todo momento inspirado, aunque quizá, ahora, a toro corrido, podría mejorarlas bastante. Yo nunca fui del todo comunista, si por comunismo se entiende todo lo que ha pasado desde la muerte de Stalin hasta hoy. ¿Es usted estalinista?, preguntó con malicia su amigo Patrice, el abuelo de uno de los chicos, que había ido de acompañante. Hay que reconocer que Stalin empezó bien, pero luego fue aflojando la mano. Sin embargo, ni esta última respuesta, ni la pregunta, aparecían reproducidas en la revista. Lo que sí le satisfacía, y no se cansaba de mirar, era su caricatura, el autorretrato que se había hecho a petición de los chicos. La seguridad del trazo, que pervivía más allá de otras seguridades volatilizadas. Y cuando se disponía a darle una nueva hojeada a todo aquello delante de un plato de alitas de pollo asadas, se le rompió la arteria aorta y cayó sobre una mesa de plástico muerto de un ataque al corazón. Los viejos congoleños del barrio, los fundadores de la Maisaf, la Casa de África, a los que consideraba su única familia, no olvidaron que desde siempre les había exhortado a que le quemasen a su muerte y diluyesen sus cenizas debajo del chorrito del Manneken pis.

… Y así llevaban unas noches cumpliendo esta última voluntad a hurtadillas y por entregas, como se lee un tebeo, cuando llegué a Bruselas y di con su dirección y con sus amigos, terminó de explicarles Paco Castañón a Elías y a Marcelino.

¿Y ellos te pasaron las cintas?, le preguntó Marcelino y con su dedo lleno de grasa y de arañazos hizo bailar el botellín de cerveza sobre la mesa del bar. Elías logró abrir por fin la bolsa de patatas y la empujó hasta el centro.

Más o menos fue de esa manera, contestó Paco.

¿Así que por eso no se te ve el pelo? Estás enfrascado escuchando unas casetes que grabó un dibujante más olvidado que Palomo Linares.

A eso me dedico todo el tiempo que puedo.

¿Qué cuentan?, quiso saber Elías.

Es como una historia que se inventó el tío.

¿Una pájara que le dio?, le apuró Marcelino.

Es que no lo sé. Todavía no lo sé, respondió Paco y

permaneció un rato meditabundo. Bueno, ¿os explico cómo termina mi aventura?

Elías y Marcelino asintieron a la vez. Paco describió un círculo en el aire y el dueño del bar les puso otra ronda.

¿Lo mismo?

Lo mismo.


El viejo vivía en un bloque al lado del cine Vendôme. Tenía algo de barrio como el nuestro. En la portería me encontré un grupo de chavales con sudaderas y capucha esperando no sé qué. Estarían zanganeando. Les pregunté, y se refirieron al tipo con cariño. Uno de los chicos se acercó a un interfono y habló con unos vecinos, no me enteré de nada porque hablaban en lingala o en suajili. Yo qué sé. Bajaron enseguida. Eran Patrice y su mujer, un matrimonio de jubilados congoleños. Fueron ellos quienes me explicaron todo lo que os he contado sobre la muerte de Arcos Paulín en el restaurante, la entrevista con los chicos del colegio y toda la pesca.

Patrice tenía las llaves del piso del dibujante. Me dejó entrar. El lugar estaba lleno de originales de Arcos Paulín, montones de láminas repartidas por las habitaciones, por las sillas, por las mesas, por el suelo, carpetas abiertas de par en par como dando bocanadas. Algunos dibujos llevaban fecha del cincuenta y uno, así supuse que serían de los primeros que hizo al llegar a Bruselas. En una pared del comedor Arcos Paulín aparecía fotografiado con Hergé, los dos con americana clara a cuadros y corbata oscura. El dibujante belga clavaba en el objetivo su vista, sus ojos hundidos en tinta, y parecía apartarse de su acompañante con una sonrisa a la vez amarga y sincera, y Arcos Paulín le observaba con orgullo, mirándole desde su altura de hombre demasiado alto como para estar cerca del mundo.

Aquí se ha retratado con el maestro, le dije al viejo Patrice buscando un gesto de complicidad, y señalé a la fotografía.

¿El maestro? ¡Ah, no, no! ¡Él le llamaba rival! Otra fotografía le mostraba en la redacción de *Spirou*, echando arremangado un pulso con Franquin. Sobre la foto había escrito con letra de dibujante: No pude vencer a Franco pero vencí a Franquin.

En la pared de enfrente, una modesta librería estaba atestada de libros en castellano. Se apretujaban caóticamente unos con otros, como en una fosa común del verso, todos los poetas de la generación del veintisiete. Los grandes, los menores y los desconocidos. Muchos de los ejemplares los había subrayado y anotado.

¿Tú entiendes el español, no es verdad?, volvió a preguntarme por enésima vez su vecino, y yo le respondí que sí, que era español y que comprendía mi lengua, aunque eso no significase que entendiera a todos los españoles cuando hablaban, y tentado estuve de imitarle a mi tío de Gibralgalia.

Entonces tendrías que escuchar esto, insistió Patrice, y sacó del mueble del televisor un maletín de plástico. Había dentro una hilera de casetes de noventa, numeradas en el lomo, una, dos, tres..., y con fotos en blanco y negro de paisajes de España a modo de carátula. Y un papelito pegado al forro del maletín, con unos versículos del Antiguo Testamento, del Eclesiastés. Llévatelas, igual es algo muy importante, o quizá no; pero seguro que te interesa. Monsieur Arcos siempre me decía que si alguna vez le pasaba algo empaquetase todas sus cosas para el mercado viejo de Jeu de Balle, excepto este maletín. Quería que las casetes no se desperdigasen y que las enviase todas juntas a alguna escuela de España. Yo no conozco ninguna. Pero ¿verdad que puedes ocuparte tú? ¿Qué hay en las cintas?, le pregunté. He querido escuchar alguna y yo sí que no comprendo ni una palabra. Pero sale todo el rato su voz. Por eso también te ruego que las oigas. ¿No dices que eres especialista en cómic? Por tanto te tiene que interesar todo lo que pueda decir un dibujante. Supongo que hablará de su juventud. Es lo que hacemos todos los viejos. Y, por favor, cuando las oigas todas no te olvides de mandarme una carta con cuatro letras, para contarme de qué hablaba en ellas. Vamos, si no tienes inconveniente. Me tienen muy intrigado. Escríbeme a esta misma dirección, por favor, a la puerta de al lado. Monsieur Adoula, monsieur Patrice Adoula.

Y a eso, a escuchar las cintas, me he dedicado estos últimos días, concluyó Paco Castañón.

¿Y no te trajiste más cosas, dibujos, tebeos, libros?, preguntó Elías.

No, los libros no los toco. Pero sí que aproveché el viaje. O eso creo. He vuelto con una carpeta llena de originales, aunque me parece que tampoco me va a ser fácil colocarlos. En el cajón de las casetes había otra carpetita de gomas llena de dibujos a lápiz. Eran imágenes de lobos. Bocetos, reproducciones de cuadros, de miniaturas, láminas, una portada de un cuento de Caperucita, grabados de historias rusas, el retrato ese de Petrus Gonsalvus, el hombre lobo canario del siglo dieciséis, que sale en pie con la cara llena de pelo, las fotografías de los niños lobo que encontraron en Midnapur en los años veinte, y cosas por el estilo. Todo eso también me lo traje, porque pensé que iba de la mano de las cintas.

Mi abuelo era pastor, intervino Marcelino. Y me contó muchas historias de lobos. Me cantaba una canción que se llamaba el romance de la loba parda. Va de una loba vieja y coja que tenía los colmillos como puntas de navaja.

Pero, entonces, ¿Arcos Paulín no habla de tebeos en esas cintas?, se asombró Elías.

¡Ni los nombra! ¿Os suenan las Misiones Pedagógicas?

Elías respondió que hacía tiempo había visto un documental en televisión, pero que ya no recordaba de qué trataba.

Salían unos coches y una camionetas de época que quitaban el hipo, de eso sí que me acuerdo, añadió.

A Marcelino se le iluminaron los ojos como farolillos en una cabalgata y se alzó para sacarse la cartera del bolsillo de atrás de los vaqueros. Era una cartera de cuero, desgastada. La abrió nervioso. Tomó de dentro un papel doblado. Lo desplegó y les mostró a sus amigos una foto recortada del *Teletodo*.

¡Yo también vi aquel reportaje!, dijo agitando el recorte del suplemento de televisión. La imagen era un fotograma del documental en el que aparecía un grupo de niños en el campo acompañados de un hombre muy elegante. ¿Veis esta niña de aquí? ¡Es mi madre! ¡Anda que no flipó cuando se vio por la tele! Ella ya ni se acordaba de que habían ido unas gentes al pueblo a hacerles cine y teatro.

No se distinguía bien a nadie en aquella fotografía, pero Marcelino explicó que fue en la tele donde su madre se dio cuenta de que la niña era ella.

Me llama por teléfono, y me dice: pon corriendo la segunda, que ha salido el pueblo y yo también salgo cuando era pequeña. ¡Anda!, le contesté, ¡pero si lo estaba viendo!

Pues la historia de Arcos Paulín trata de eso, afirmó Paco Castañón. De esos viajes a los pueblos. Resulta que él formó parte de las Misiones Pedagógicas. Y sin embargo, estoy investigando como un loco y esta labor suya no consta documentada en ningún sitio.

¡Joder, por eso la cuenta antes de morirse!, asentó Elías con solemnidad.

Pero aquellas Misiones Pedagógicas ¿no fueron un plan de la República para abrir escuelas en España?, con esta pregunta Marcelino quiso que su amigo le aclarase qué pintaba un dibujante de tebeos en la historia.

Eran lo que dices, y mucho más que eso. Cuando se proclamó la República, había en España más de un millón y medio de niños sin escolarizar. Eso fue el catorce de abril de mil novecientos treinta y uno. A finales de mayo de aquel año, el gobierno ya tenía puesto en marcha el Patronato de las Misiones Pedagógicas con el propósito de crear veintisiete mil escuelas públicas por todo el país, y cubrir siete mil plazas nuevas de maestros. Para que la instrucción pública pudiera llegar a todas las aldeas, caseríos, cortijos..., el Patronato de las Misiones envió sus mejores maestros a las escuelas de los pueblos más pobres. Ahí veo yo una jugada política. Seguro que también lo hacían con la intención de captar para la República a la gente del campo, Marcelino volvió a hacer bailar la botella sobre la mesa.

¿Y no tenían derecho las gentes del campo a que les llegase la democracia? Las Misiones Pedagógicas iban a ser uno de los mayores éxitos de la República. Los que creían en la cultura se las tomaron muy en serio. Salieron de las cafeterías, de los ateneos y de las universidades, estudiantes, poetas, maestros de escuela, catedráticos, pintores, músicos, actores, hombres y mujeres, que se presentaban voluntarios para cruzar barrancos, vadear pasos y desfiladeros, rodar por precipicios, atravesar llanos, recorrer cañadas y fraguras, si era preciso, bajo la lluvia, o andar por campos yermos bajo un sol de justicia. Fuese como fuese, se habían propuesto llevar, a donde entonces nadie había querido ir, sus coches llenos de libros, mulas cargadas con sus gramófonos y discos, burros aparejados con proyectores cinematográficos y con películas de Charlot y del Gato Félix, sus motos a las que ataban los fardos con el vestuario de las obras teatrales y con los instrumentos de música, sus camiones con copias de los mejores cuadros que había en el Museo del Prado. Lo que llevaban hasta la aldea más miserable eran libros y escuelas, sí, pero eran también conferencias, títeres, cine, teatro, como dice tu madre. Defendían que saber leer y escribir resultaba tan imprescindible para un universitario como para un campesino. Tenían muy claro que la cultura del pueblo no suponía ningún lujo. Soñaban con una escuela para todos. Para los chicos y para los grandes, hombres y mujeres. El propósito de aquellos maes-

101

tros era enseñar a leer a los niños y también a los adultos. Viejas y viejos que estaban convencidos de que ya no les hacía falta porque eran mayores y se pasaban la vida en el campo. Querían persuadir a los que nunca fueron a la escuela y a los que dejaron de ir muy pronto, de que a pesar de todo eso no se podía pasar sin instrucción. Para aquellos hombres, constituía una grave injusticia que la gente de los pueblos viviese al margen de la educación, mientras en las capitales la vida cotidiana daba más oportunidades de aprender a los ciudadanos de la República, aunque fuese por el mero contagio de la convivencia.

Pero Arcos Paulín, ¿de qué modo se comprometió en esta historia? ¿A título de dibujante de tebeos?, insistió Marcelino cada vez más intrigado.

De una forma más soviética. Más acorde con su genio bolchevique. Se puso de chófer de los pintores. Se inscribió como conductor del Museo Circulante. Allí era donde estaban Ramón Gaya, que iba de auxiliar, Eduardo Vicente, Juan Bonafé y otros artistas jóvenes. Lo llamaban también el Museo del Pueblo. Arcos Paulín era un caricaturista, un dibujante de tebeos, y quizá por eso buscó estar en compañía de pintores. Pero no debió entenderse muy bien con ellos, porque al final se fue de chófer de un grupo de maestros.

Entonces, ¿él quería pintar cuadros?, preguntó Elías.

Es que no dice nada de eso en sus grabaciones. Más bien cuenta que cuando iba con los pintores él estaba para llevar el camión con los paquetes, las reproducciones y cargar y descargar los lienzos en cada pueblo.

¿No quería que supieran que era dibujante?, insistió su amigo.

Creo que no. A los del Museo del Pueblo se les había encargado la tarea de copiar en el Prado las pinturas de Velázquez, Zurbarán, Murillo, el Greco, Goya, Ribera, para llevarlas por los pueblos. Cossío, el presidente de las Misiones, se propuso que hubiese un museo ambulante para los que nunca habían visto un museo. Quería que toda la gente supiera que existen esas obras de arte, y que fuesen conscientes además de que, aunque estaban encerradas en el Museo del Prado, les pertenecían también a ellos, al pueblo. Más que a dar lecciones de arte, iban a mostrarle al pueblo sus propios tesoros culturales. Las copias las transportaban en camiones, a veces de alquiler, y buscaban el salón de actos de un ayuntamiento, la sala de una escuela, de un centro obrero, donde montar la exposición. Llegaban, cubrían las paredes con una cortina de arpillera para ofrecer un fondo neutro, y allí colgaban los cuadros. Y era en todo esto en lo que participaba Arcos Paulín. En los sitios donde las pinturas no cabían, por ser los recintos muy pequeños o tener un techo muy bajo, se exhibían desde el balcón del ayuntamiento, y la gente se agrupaba para verlas. Dando voces, agarrados a la barandilla del balcón, estos misioneros les daban una charla a los asistentes. A partir de un cuadro, les explicaban una época determinada. Por ejemplo, con *Las hilanderas* de Velázquez, pronunciaban un discurso sobre la mitología de griegos y romanos y hablaban de las Parcas. La mirada de los niños, la mirada clara de los niños delante de los cuadros. Arcos Paulín no deja de repetir esta frase en las cintas cuando evoca el sobrecogimiento que sentían aquellos misioneros al comparar los ojos ávidos de los niños de los pueblos con los ojos embrutecidos de sus padres. Porque ya sabían que, por la falta de oportunidades, lo que esperaba a esos niños, si la cultura no lo remediaba, era la pérdida de la mirada humana.

¿Y así iba con los cuadros en el camión y con los pintores, por todas partes, hasta el último rincón de España? No tanto hasta el último rincón. Para solucionar problemas de espacio como los que se encontraron al principio, y no verse en el apuro de tener que enseñar las pinturas por un balcón, la mayoría de las veces las exposiciones las hacían en las cabezas de partido, donde había edificios con salas más grandes, y las dejaban el tiempo suficiente para que la gente de las aldeas vecinas pudiesen ir a verlas. Los mismos misioneros se encargaban de anunciar la exposición por los pueblos colindantes. Solían ir coincidiendo con los días de feria, que hay más gente y mayor disposición. Repartían carteles, daban encargos a los pregoneros. A los campesinos que visitaban estas exposiciones les obsequiaban con reproducciones de los cuadros en estampitas, para que los pudiesen tener en sus casas y decorasen las paredes, y hacían también otras reproducciones mayores, enmarcadas en cristal, para donar a los ayuntamientos y a las escuelas.

Bueno, ¿y entonces las casetes van de eso?

En gran medida sí, afirmó Paco Castañón.

Marcelino bebió un trago de cerveza. De nuevo hizo bailar la botella sobre la mesa y sonrió en silencio sin apartar la vista del recorte donde salía su madre de pequeña.

# Seis

Otro relámpago alumbró el escenario sobre el que Agustina hacía la doña Inés de *El caballero de Olmedo*. Declamaba la muchacha con la ropa cada vez más empapada. No paraba la lluvia de estrellarse contra su cara. Velasco Flaínez, también chorreando, aguantaba en pie la tormenta, absorto en la representación. Nadie había abandonado su silla en aquella plaza y ninguno de los que allí estaban se dio cuenta de que un grupo de muchachos, con los zapatos cargados de barro y con las camisas verdes pegadas a la piel, habían llegado sigilosamente al chamizo donde ronroneaban los acumuladores eléctricos.

¿Por dónde corto?, preguntó el de los ojos separados y las cejas altas, agitando la navaja con mango de asta de ciervo que llevaba a las monterías.

¡Serás somormujo! ¿Qué leches quieres cortar aquí?, le increpó sin alzar la voz el del flequillo en triángulo, y luego se dirigió al de la nariz quebrada y a otro de mentón hundido. ¡Tú y tú! ¿Tenéis preparada la lata?

Sí, jefe, respondieron a la vez.

Pues metedle fuego a esto.

Se liaron los camisas verdes a garrotazos con los acumuladores y luego los rociaron con petróleo, y al tiempo que se alejaban arrojaron a aquel destrozo un encendedor que lamió con su lengua temblorosa el combustible. Las llamaradas alcanzaron el escenario, y la explosión hizo temblar a la gente. Empezaron a correr por el pueblo hombres y mujeres gritando fuego, fuego. Velasco Flaínez acudió entre los primeros para sofocar el incendio, pero cuando lograron extinguirlo ya no quedaba nada del entarimado ni de los decorados. Agustina lloraba y abrazaba a Federico y a sus compañeros, y la lluvia caía cada vez más fuerte sobre los tizones que aún brillaban enrojecidos. Ugarte le tendió un cigarrillo a su amigo.

Hizo bien el gobierno de la República en prohibirle a esa gentuza que utilizasen la palabra nacional en sus siglas. Su única nación es el crimen.

Eduardo, peor ha sido el remedio. Se han puesto la palabra popular y ahora dicen que representan al pueblo.

Subidos a una camioneta que les esperaba a un lado de la carretera, los muchachos de la Juventud de Acción Popular se alejaron pegando tiros al aire y dando vivas a la Virgen y a España.

En su habitación de la fonda, Velasco Flaínez se secaba el pelo mojado, y Agustina se desabrochaba la camisa. A Velasco Flaínez le gustaron las tetas voluminosas de la actriz, que parecían vivas como animales del bosque. Cuando estuvieron los dos desnudos, él acarició a la muchacha, y se lanzaron a la cama abrazándose muy fuerte. Y sin importarles que la lluvia golpease sin parar en los cristales para llamarles la atención, Agustina y Velasco Flaínez se mordían en el cuello, en el pecho, en la cintura, en las caderas, entre los muslos, en el culo, pero cuando ya no pudieron aguantarse más, el muchacho se tendió sobre ella, y ella separó las piernas como quien abre los brazos para dar la bienvenida a un amigo al que lleva mucho esperando, y él se puso a empujar igual que quien se pone a dar hachazos. La muchacha volvía la cabeza en la almohada, a un lado y al otro, y el oleaje de su pelo le ocultaba la cara, y Velasco Flaínez también quería hundirse en las olas de sudor de Agustina. Ella le miró a los ojos y le clavó el aspa de sus brazos en la nuca, y lo atrajo hacia sí para besarle la boca, y él le mordió los labios, y continuó con los hachazos. Y de esa manera estuvieron dale que te pego hasta que dejó de llover al día siguiente.

A la mañana, Velasco Flaínez acompañó a Agustina hasta la posada donde estaban sus compañeros, y ella se despidió del chico sin poder o sin querer impedir un arrebato de sonrojo.

Si vas a Madrid, pasa por el Café Castilla, que está en la calle de las Infantas. Lo reconocerás enseguida porque tiene en la puerta unas máscaras de teatro y una lira en relieve. Bueno, y porque en el rótulo dice en letras bien grandes: Café Castilla. Te quiero, añadió por último la actriz.

¿Y yo a ti cómo te distinguiré, si me has dicho que en Madrid vais todas las chicas iguales?

Agustina entró riéndose en la posada. Al salir del pueblo, el muchacho vio las huellas del camión de los camisas verdes, pero tomó dirección a poniente.

Subiendo Velasco Flaínez una pequeña loma que despuntaba en aquel mar de llanuras, vio aparecer por el otro extremo de la cuesta la punta de un sombrero negruzco y roto, y bajo el sombrero asomaron unos ojos brillantes, seguidos de una nariz cosida por una cicatriz, y bajo la nariz apareció un bigote triste. Iba este caminante cantando unas seguidillas, que decían: *los de tu mano ya no se llaman dedos, los de tu mano, que se llaman claveles, cinco en un ramo.* Pero en cuanto aquel hombre vio surgir al muchacho de entre el aire frío de la mañana, dejó de cantar y se detuvo a esperarle en el punto más alto de la cuesta. Una vez que estuvieron frente a frente, el extraño le saludó con voz de pena.

Dios guarde a usted, buen hombre.

Velasco Flaínez le respondió descuidadamente con algo parecido, y se detuvo a contemplar al individuo. Era de baja estatura y robusto. Camisa blanca, chaleco abierto y negro y faja de algodón. Llevaba colgada del hombro una arquilla de madera, con la correa de cuero, y como la caja tenía la tapa abierta el muchacho distinguió en su interior un taladro de cuerda y un rollo de alambre de cobre. Le llamaron la atención esos bártulos y se fijó en que también había un martillo, unos alicates, una lata vacía y una bolsita de papel con unos polvos.

¿No traerás encima algún cacharro para lañar?, preguntó sin ninguna convicción el hombre. Un lebrillo, un cántaro, una orza, una fuente, una perola, un puchero de barro. Lo que yo apaño nunca más se vuelve a romper, al menos por donde pongo el gancho. Y lo dejo muy arreglado de precio. A perra chica la laña.

Velasco Flaínez negó con la cabeza, y el lañador le repasó de arriba abajo e insistió desanimado.

También arreglo paraguas, les pongo varillas y conteras, les cambio la montura, desatasco las lengüetas, mudo los muelles y los cierres, y hasta les enderezo el puño. El hombre volvió el brazo y señaló detrás de él. Miró con curiosidad el muchacho, y vio al otro pie de la ladera un burro aparejado con una albarda, llena de remiendos. En un costillar tenía sujeto un manojo de varillas de paraguas, y en el otro una caja grande. El borrico contemplaba con tristeza la pendiente.

Tiene un hocico muy blanco y bonito su animal, dijo Velasco Flaínez.

Y es muy miedica. Ahora está con que no se atreve a bajar la cuesta.

Querrá usted decir que no quiere subirla, porque nosotros estamos en la cima y el burro está allí abajo.

¡Ay, qué gachó más gracioso! He dicho bajarla, y sé lo que digo; pero bicho más cobarde no lo hay en este mundo ni en el otro. ¿Es que no ves la jindama que le ha entrado? ¡Tira para aquí, *Caramelo*, porque como tenga yo que subir a buscarte te voy a moler a palos!, y después de dar estas voces el hombre cogió una piedra y se la lanzó al animal con buena puntería.

¿Entonces cómo se explica que yo haya bajado esta pendiente cuando estoy ahora mismo en su parte más elevada?, insistió el muchacho.

¡Así me rajen otra vez la nariz los civiles en el barrio chino! Pero si tú no la has bajado. El que la ha bajado soy yo.

Yo diría que usted también la ha subido. Por el otro lado, pero ha tenido que subirla igual.

Compadre, en eso vas tú muy equivocado. ¡Me lo irás a contar a mí, a Cándido el Feo, que tengo este camino más corrido que mi abuelo los botones de su bragueta, que meaba catorce veces al día!

Cándido el Feo sacó del chaleco una pipa hecha con una mazorca, y mientras la cargaba de tabaco permaneció en silencio. Después de la primera bocanada, retomó sus explicaciones.

Aquí donde lo ves, esta parte del camino está encantada. Y no creas que no me hago cargo de que a la bestia le dé canguelo andarla, pero hoy no tenemos más remedio que pasar por ella. Fíjate, chaborró, mira adelante y dime qué ves.

El muchacho no supo bien adónde dirigir la vista y respondió enseguida.

Si sigo andando hacia el burro, lo único que veo es que tengo que bajar una cuesta.

Se acentuó la expresión de tristeza de Cándido el Feo.

¡Mis cojones treinta y tres! Vamos a hacer una cosa. Baja hasta la mitad del drom y quédate ahí.

Velasco Flaínez hizo lo que le indicaba aquel tipo.

¡Sooo! ¡Ahí está bien, compadre! Y dime ahora, ¿no tendrás ganas de mear?

Al muchacho le sorprendió la pregunta. Alzó el brazo y negó moviendo la mano con el dedo índice estirado.

¡Me muera! ¿Y una gotica de agua o de vino, no llevarás en la talega?

Sacudió su zurrón y volvió a negar Velasco Flaínez.

Pues yo tampoco. Pero todo en esta vida tiene arreglo. Vamos a hacer otra cosa.

Descendió la cuesta el lañador, y cuando llegó hasta su burro lo agarró por el ronzal y empezó a tirar de él para subirla de nuevo. Una vez estuvieron el hombre, el chico y el asno reunidos a media cuesta, Cándido el Feo se inclinó sobre el animal y se puso a hacerle cosquillas en la panza.

No te quedes mirando y ayúdame, que este grel se tiene que mear de risa.

Y así fue que al poco rato de rascarle al burro en la barriga, en los cuartos traseros y hasta en el nacimiento del rabo, soltó un rebuzno que se pudo oír en todo aquel páramo, y arrancó a orinar como si hubiera estado aguantándose toda la vida. Pero los orines, en vez de ir cuesta abajo, remontaron parsimoniosamente aquella pendiente. ¿Entiendes ahora lo que te estaba explicando?, dijo el lañador, que cada vez parecía más afligido. Debajo de esta cuesta tiene que haber enterrado, me muera, alguien que no está muy contento con su suerte, si no ¿de qué iba a ocurrir este prodigio? Echas a rodar una bola, y la bola sube sola la loma. Tiras un chorro de agua, y también el agua corre hacia arriba. Una vez traje aquí a un americano que iba con un coche por los pueblos grabando cantes. Era un hombre muy simpático, con un poco de barba y una camisilla de cuadros. Tenía un nombre de loma. ¡Eso! ¡Se llamaba mister Lomax, mister Alan Lomax! El caso es que dejó el beré parado al principio de la cuesta, y el cacharro empezó a subirla él solo, como por arte de magia. Primero, poco a poco; pero pronto fue cogiendo carrerilla, y si el gachó no lo alcanza y le echa el freno vete a saber por dónde estaría corriendo aún el coche. Lo probó aquel día no sé yo cuántas veces. Lo dejaba de morro y el coche siempre tiraba para arriba por la cuesta. Lo ponía de culo, y empezaba el coche a irse para atrás, para atrás, y así en pompa la subía también solo. Entonces se le ocurrió al americano llenar de harina toda la parte del maletero, para ver si había algún mengue, alguna razón incorpórea que empujaba y con el truco se quedaban las marcas de las manos. Pero ni con ésas. No hay manera, compadre, de acertar con lo que pasa en esta cuesta.

Cándido el Feo rebuscó una cerilla en un bolsillo del chaleco, la rascó en las albardas de su burro y volvió a encender la pipa. Miró asombrado el muchacho arriba y abajo de la pendiente, y probó haciendo rodar una bala que llevaba en el bolsillo, y el proyectil subió por sí mismo la cuesta hasta su punto más alto. Luego pasó a la otra vertiente de la loma, pero en esa parte la bala actuaba conforme a la ley de la gravedad.

Cándido el Feo se apoyó en el burro y expulsando el humo de su pipa con solemnidad se dirigió al muchacho.

Entonces, ¿quién estaba equivocado, tú o yo? ¿No hemos bajado *Caramelo* y yo la cuesta y ahora te toca a ti subirla?

Y sin darle ocasión a responder, el lañador señaló la vara de caminante del chico y continuó hablando, ahora muy interesado.

Escucha esto, ¿tú no andarás robando marranos por esos corrales?

No, yo no me gano la vida ni trabajando para nadie ni a costa de nadie, protestó Velasco Flaínez.

Pues tú te lo pierdes. Porque ¿sabes lo bueno que sería ese palo para los balichés? Parece hecho a propósito sólo para ellos. Mira, entras por la noche en una zahúrda con mucho cuidado, sin hacer ruido, procurando que no te oigan los marranos. Cuando veas uno que te guste, le metes muy despacio todo el palo por el culo, y el bicho se queda la mar de a gusto, tan contento que no va a ser capaz de dar ni el gruñido más pequeño cuando lo cojas y te lo lleves. Ese ran que llevas vale una fortuna.

112

Pero como vio Cándido el Feo que no parecían interesarle al chico sus consejos devolvió a su voz su tono quejumbroso habitual, y dio unos pisotones que levantaron el polvo de la loma.

Aquí, vosotros los busnós, tenéis enterrado algo muy malo, y no es cosa de que un hombre decente se quede parado mucho rato en este sitio. Así que a andar con Dios.

Y se fue cuesta abajo tirando de su burro y gritando: lañadooor..., paragüeeero..., se arreglan paraaaguas, se arreglan pucheeeros...

# Siete

Aquellas parameras ya dejaban de serlo, pues estaba próxima la sierra de la Culebra, y empezaban a vislumbrarse algunos rodales de robles y alisos. Cuando más repiso se encontraba el muchacho de haber dejado la bicicleta a un lado del camino para subirse en el coche de los académicos, escuchó el ruido de un motor que se le acercaba por la espalda. Al instante le alcanzó un motorista, le adelantó unos metros y se detuvo frente al chico. Al tiempo que Velasco Flaínez se dirigía hacia el lugar donde se había parado, el viajero bajó de su moto y le puso el caballete. El vehículo, con su carcasa frágil, y sus ruedas grandes, y su depósito abultado, y su motor al descubierto, parecía un insecto que se había posado en los matorrales. Se quitó el viajero el gorro de cuero y las gafas para el camino. El polvo de la carretera le dejó pintadas en el rostro otras gafas, y le dio el aspecto de un lirón careto. Luego se quitó los guantes de piel y los sacudió contra sus pantalones. Esperó a que el muchacho estuviese al alcance de su brazo para tenderle la mano y saludarle.

¿Adónde vas, chico? ¿Puedo acercarte a algún sitio?

Era un joven alto, de ojos grises. Al hablar enseñaba un diente de oro. En su mano derecha, la uña del meñique crecía como la daga de un príncipe. Miró hacia la sombra que dibujaba la sierra en el horizonte y señaló hacia ella con un guante doblado.

Me dirijo hacia aquellas montañas. Creo que allí tengo unos amigos que andan desasnando este país.

Luego alzó la vista hacia el sol.

Oye, ¿tú no tienes hambre? Debe de ser ya la hora de almorzar.

Anduvo hacia su moto y sacó dos panes de una de las carteras que llevaba a modo de alforjas.

Toma uno, muchacho. Tengo el equipaje lleno de pan. Y de latas. ¿Te gustan las sardinas en lata? Mi padre tiene una fábrica de conservas, y mi madre no hace más que mandarme latas. Todas las latas que se hacen en Vigo las guardo yo en la Residencia de Estudiantes.

El hombre volvió a inspeccionar el paisaje con la vista, ahora en busca de un lugar donde comer.

No hay una sombra en todo este puñetero camino.

Velasco Flaínez y aquel motorista se sentaron en unas piedras y extendieron entre ellos una servilleta, sobre la que el hombre puso una hogaza de pan, una botella de vino y una lata grande y redonda. Primero el uno, luego el otro, los dos viajeros iban pinchando las sardinas y cortando pan con sus navajas.

Me llamo Espiridión, dijo el motorista. Ya sé que no es un nombre muy común; pero es el de un santo de Chipre, al que los paganos le saltaron un ojo y le desjarretaron una pierna. Espiridión González, ésos son mi nombre y apellido, aunque para abreviar me llaman Espiri González. En la facultad de Filosofía y Letras no tienes más que preguntar por mí, y te garantizo que absolutamente nadie sabrá darte una referencia, porque no se me ha visto el pelo desde que me matriculé. Sin embargo, quien corre la suerte de cruzarse en mi camino ha ganado un amigo para toda la vida. Ah, pero no te creas que me paso todo el día en los cafés; por las mañanas trabajo en las memorias de etnografía y folclore que está dirigiendo el venerable profesor don Luis de Hoyos Sáinz. Es el catedrático de pedagogía de la facultad. ¡Imagínate que despropósito! ¡Al fundador del Museo del Pueblo Español le sientan en una cátedra de pedagogía y no la tiene de etnología!

Velasco Flaínez pinchó otra sardina y pensó que también le gustaría ver el mar.

Yo también voy a esas montañas, dijo el muchacho. Tengo un tío allí al que quiero conocer, y luego iré a ver el mar.

¿En qué pueblo vive tu tío? Igual vamos al mismo sitio.

Supongo que no vive en ningún pueblo en concreto.

¿Y cómo vas a dar con él?

Bueno, está allí, en la sierra.

Espiridión González dejó su comida a un lado y encendió un Chesterfield. Le tendió el paquete al chico.

¿Quieres uno? Son de los que fuma Glenn Miller.

El muchacho le contestó que no le gustaba mucho fumar y siguió comiendo. Retomó la conversación el motorista con su cigarrillo en una mano y la botella de vino en la otra.

Ando con la moto recogiendo cuentos y leyendas por estos caminos. La gente del campo sabe una infinidad de cuentos, y ninguno de esos cuentos aparece en los libros. Hablan de diablos, de muertos que suben las escaleras, de huesos enterrados que resucitan; pero por aquí no pasaron unos hermanos Grimm que los anotaran. Más bien ha pasado la religiosidad más carca enterrándolos. ¿Tú conoces algún cuento?

Mi abuelo me contaba muchas historias.

Según como lo mires, todos los cuentos son el mismo, dijo Espiridión. Todos giran en torno al mismo asunto. En lo más profundo del bosque, hay una cabaña. Así pasa con Hansel y Gretel, Pulgarcito, Caperucita, Blancanieves. Casi con todos.

Cuando me los contaba mi abuelo, daba mucho miedo, dijo el muchacho persiguiendo con la vista el vuelo acrobático de una ganga, con su vientre blanco y sus alas blancas de puntas negras.

Te daba miedo porque lo hacía bien. Pero ¿sabes lo que te asustaba? No eran ni tu abuelo, ni el cuento. Era el lugar de donde venía el cuento. Los cuentos de hadas proceden de lo más profundo, de lo más antiguo de la humanidad. Vienen de lo más hondo, de la gruta donde se refugiaban los primeros hombres. Estoy convencido de que en las pinturas rupestres de Altamira lo que hay representado a través de los bisontes es la semilla de estos cuentos. ¡Claro que dan miedo! Nos hablan desde lo más ciego del pozo de donde brota la cultura. Las hordas primitivas se reunían en torno al fuego, alrededor de una hoguera encendida con la chispa de una piedra, y contaban la historia de los rituales y de los sacrificios que hacían en el corazón del bosque. Nuestros antepasados habían llevado a sus hijos a la cabaña del bosque, y allí los habían puesto en manos de una hechicera o de un mago, que los tenía sin comer durante días como la bruja de Hansel y Gretel; que les encerraba dentro del pellejo de un animal, y por ejemplo a Garbancito le ocurre lo mismo cuando es encerrado en la panza del buey. Un brujo que les amputaba un dedo, para cumplir el rito iniciático del paso a la adolescencia. La sagrada comunión es lo que entre nosotros queda de aquel rito. El anillo que le regalan al niño en la primera comunión es el dedo amputado de aquellos otros niños. Lo que ha pasado es que el tiempo ha ido edulcorando el ritual. Pero esto también ha ocurrido en los propios cuentos. En muchas historias el dedo en vez de amputado es palpado. En la casa de chocolate, la bruja les toca el dedo a los niños para saber si han engordado. Hoy estas variaciones nos sirven para saber que un cuento es más antiguo que otro. El miedo que tú tenías al escuchar los cuentos de tu abuelo era el reflejo de un miedo anterior, del terror y del espanto que sentían los primeros niños de la humanidad cuando eran conducidos al ritual. Y aunque fueron abandonándose estas prácticas, los hombres quisieron recordarlas, o no fueron capaces de olvidarlas, y las empezaron a contar de manera velada, de manera alegórica, a modo de cuento. Y de ahí procede la primera forma de literatura, de la tribu.

El muchacho sintió cómo un escalofrío le zarandeaba todo el cuerpo, y el motorista, que percibió su estremecimiento, se sonrió y tomó otro trago de vino. Clavó la navaja en el pan y le preguntó a Velasco Flaínez si recordaba aquellos cuentos de su abuelo que tanto le habían asustado.

Sí, hay uno que muchas veces me lo cuento antes de quedarme dormido.

¿Serías capaz de contármelo ahora?, preguntó el motorista y sacó de un bolsillo de su cazadora un cuadernillo y un trozo de lápiz. Antes de que el chico le contestase, buscó una página en blanco y chupó la mina del lapicero.

Luego le miró atentamente a los ojos, con el lápiz en suspenso sobre la libreta.

Velasco Flaínez estiró las piernas cuanto pudo, se tendió hacia atrás y clavando las palmas de las manos en la tierra se puso a explicar su cuento.

Hace mucho tiempo, en un bosque muy lejano, vivía un hombre que se había casado de segundas con una mujer muy mala. Este hombre tenía dos hijos de su otra mujer. El niño se llamaba Periquito y la niña, Mariquita. Un día que aquel hombre salió a trabajar al bosque, Periquito se quedó jugando en la era. Cuando se cansó de jugar, volvió a su casa y le dijo a su madrastra: Madre, tengo sueño. Acuéstate en la artesa, le mandó ella. Y cuando Periquito dormía metido en la artesa, su madrastra le echó una olla de agua hirviendo. ¡Madre, que me quemo!, gritaba Periquito, y la madrastra le contestaba: Calla, hijo, que son los rayitos del sol. Y poco a poco, la madrastra fue llenando la artesa de agua hirviendo hasta que Periquito se murió. Entonces la madrastra troceó al niño y puso los trozos en un guisado. Cuando acabó, la madrastra llamó a Mariquita para que viniera, porque tenía que llevarle la merienda a su padre, que estaba trabajando en el bosque. Cogió una olla y la llenó con el guisado, y se la dio a la niña. A mitad de camino, Mariquita destapó la olla y vio que asomaban los dedos de su hermano, y la niña se puso a llorar. Pero en ese momento se le apareció un hada, que le preguntó: Mariquita, ¿por qué lloras? Y ella le contestó: Porque ha matado mi madre a mi Periquito. Entonces el hada le dijo: Pon sus huesos debajo de la cantarera, y verás como resucita. Y ya contenta, la niña le llevó la comida al padre, y se quedó a su lado. El padre empezó a comer, y conforme iba tirando los huesos de la carne Mariquita los recogía. El padre, que se dio cuenta, le dijo: Mariquita ¿por qué coges los huesos? Y ella le respondió: ¡Son para el perrito! A la que terminó el padre de comer, Mariquita volvió a su casa, y puso la olla con los huesos debajo de la cantarera tal como le había dicho el hada. Se hizo de noche, y volvió el padre del bosque. Se pusieron todos a cenar, pero el niño no aparecía. ¿Dónde está Periquito?, preguntó su padre. Está en la era jugando, dijo la madrastra. Y siguieron comiendo. En medio de la cena, se apareció Periquito cargado de dulces, caramelos y regalos. Entonces la madre le dijo: Periquito, dame. Y él le contestó: No, que me mataste. Y el padre le dijo: Periquito, dame. Y él le contestó: No, que me comiste. Y su hermana le dijo: Periquito, dame. Y él le contestó: ¡Tómalos todos, que me recogiste! Y cuando mi abuelo terminaba de contarlo, siempre acababa diciendo: Y yo, que estuve *pa* aquí y *pa* allá, no pillé *na*.

Acabó el motorista de anotar este relato pataleando de alegría, y empezó a hablar a grandes voces.

Pero, ¡sabes lo que me has contado, muchacho! ¡Es una maravilla! ¡Un tesoro! ¿Te haces cargo de lo que hay en ese cuento? Y ya no me refiero a la cabaña, al bosque, ni siquiera al motivo de los huesos delatores. Te voy a contar una historia que aparece recogida en un libro medieval de viajes de un caballero llamado Juan de Mandeville, que anduvo por Turquía, Armenia, Persia y llegó hasta la India. Resulta que en ese libro habla de una isla donde los hijos se comían a los padres y los padres a los hijos. Y la mujer al marido, y viceversa. Cuando alguien de la familia se ponía muy enfermo, acudían al hechicero, y éste consultaba al ídolo. Si el ídolo vaticinaba que el enfermo iba a morir, los familiares con la ayuda del hechicero le ponían al yaciente un paño en la boca, y le cortaban el hálito, y de este modo le mataban. Luego deshacían su cuerpo en pedazos e invitaban a todos los familiares y amigos a comer un guiso con los trozos. La comida se celebraba en un ritual con música de flautas. Una vez se habían comido al muerto, recogían sus huesos y los enterraban dando una gran fiesta con todo tipo de agasajos. Pues ese mismo ritual del libro es el que aparece en el cuento de tu abuelo. Los cuentos nos hablan de cosas antiguas y escondidas. En ellos han quedado grabados nuestros ritos más antiguos. Hay hasta vestigios de rituales antropofágicos. ¡Qué maravilla!

Pero al acabar de dar esta explicación, tanto el motorista como el muchacho habían perdido el hambre, así que recogieron el pan y las sardinas.

# Ocho

*Del diario íntimo del maestro nacional*
*Reposiano Guitarra*

*Sábado, 21 de septiembre de 1935*

Esta madrugada he vagado como un sonámbulo por la Puerta del Sol. Los anuncios luminosos le daban un dibujo albanado y moderno a la noche, pero yo he ido a encender otra luz más real. O más mía. Atrás he dejado el cuerpo blanco del hotel París, los bares con sus camareros de frac y zapatos de charol, como criados que atienden a una visita a la que el señor no va a recibir. El inminente viaje con las Misiones me ha excitado la neurastenia, así que otra vez necesitaba un poco de luz para calmarme.

He pasado de largo ante las coctelerías de sillones de mimbre, con los noctámbulos más recalcitrantes sujetos a sus vasos de ginebra. En Madrid pocos pueden permitirse tanto esplendor.

Fui por la calle del Carmen hasta Callao. Y luego, conforme he ido adentrándome por la Gran Vía, las sombras vivas se han espaciado o se han aglutinado en la sombra mineral, inacabable, de la noche. No había un alma en la calle, aunque a veces asomaba algún poeta camino de su tertulia. Cuánto se parecen ahora todos los escritores. El cuello de la camisa cortado al estilo *sportman*, y la camisa desabotonada por el pecho, y la corbata flotante igual que el guante ligero de una condesita. Y los zapatos siempre lustrados. Y bronceados como si llevaran una vida de hipódromos y de aire libre. Y de aquí para allá todo el día con un libro en la mano, mejor si es de un escritor ruso.

Se sientan en el café tan anchos y le dicen a uno: En España la traducción está a la altura del betún. A Dostoievski tengo que leerlo en francés directamente porque sus traductores no han sabido comprenderlo.

¡Caramba, chico! ¿Pero Dostoievski no escribió en ruso?

¡Anda a paseo! ¿Es que no sabes dónde está Rusia? ¿No ves que a España el ruso no llega?

Digo que se parecen todos en el aspecto, porque en la pluma no hay más escritor en nuestras letras que Benjamín Jarnés.

También me he cruzado entre la oscuridad con un golfo de tufo achulado, con la caracola de los barrios bajos rizándosele en la frente. He creído durante un rato que me seguía. He aflojado el paso, y le he dejado adelantarme. Y entonces le he dado las buenas noches. Me ha contestado con un rebuzno de garañón en celo. Más adelante los prenderos regresaban a sus Carabancheles, hato a cuestas, doblados y comidos por la roña. Y ya sí. He vuelto a meterme por ese condenado callejón de la Gran Vía. Pero tampoco es del todo un callejón, para qué ser injustos con las calles. Al principio las casas están limpias, son grandes y agradables, y en los balcones hay tiestos con geranios, y enredaderas en las ventanas; sin embargo, conforme se avanza, pasado el giro en cuesta, el empedrado de la calle se convierte en un montón de guijarros recorridos por regueros de agua sucia, y las casas se hacen pequeñas y cochambrosas, con las paredes desconchadas. La mayoría de las ventanas tienen rotos los cristales, y algunas están tapadas con cortinas hechas de pedazos de saco. Son todos burdeles de ínfima categoría. A las puertas, las mujeres esperan con un cigarrillo en la boca que sólo pueden morder con los labios; pues el treponema pálido les ha arrancado los dientes. No me voy a acostumbrar nunca a este paisaje; pero ellas tampoco se acostumbran.

El doctor F. me ha recibido con mucha simpatía en su casa. Y me la ha dejado a muy buen precio, sin apenas necesidad de rogarle, toda la morfina que necesito para aguantar durante el viaje. Me comprende y me considera. Vuelvo a estar en deuda con él y con el bueno de don Domingo, que me la sufraga sin saberlo.

### *Domingo, 22 de septiembre de 1935*

He soñado ciudades submarinas. Edificios dorados bajo el agua habitados por hombres de cristal. Yo andaba todo el rato por el mismo pasillo, pero las paredes iban cambiando, iban haciendo a cada instante una ciudad diferente. ¡Qué delicia! Necesito pronto otra inyección.

### *Miércoles, 25 de septiembre de 1935*

Tercer día de viaje, y ninguno de los tres maestros tenemos muy claro adónde nos dirigimos. Nos mandan a un sitio perdido en la montaña que al parecer no tiene nombre. Menos mal que Arcos Paulín, que es quien conduce, sabe cómo se va.

Muchachos, vosotros dejaos de preguntas, que yo hago el camino con los ojos cerrados, nos dijo al salir, y de vez en cuando hay que despertarle porque los lleva cerrados de sueño.

Pero ¿adónde nos llevas, Arcos?

Tenemos que actuar en un pueblecito de la sierra de la Culebra, eso está en la parte de Zamora.

Hasta ahí también lo sabemos. Pero ¿puedes decirnos cómo se llama ese sitio?

Es que no tiene nombre. Son cuatro casas, que no salen en los mapas; pero por esa misma razón es ahí donde más nos necesitan. Sin periódicos ni libros ni bibliotecas, jamás España podrá ser un país democrático.

Este Arcos Paulín es un tío estupendo, una bendición del cielo. Es un gran conductor y también muy buen mecánico. Tenía un taller en Lasarte; por lo visto era uno de los más conocidos de España. Ahora viaja con nosotros en las Misiones Pedagógicas. Al igual que todos los conductores del Patronato, para compensar el recorte de los presupuestos ha ofrecido gratis su trabajo y el vehículo, y sólo cobra la gasolina.

Para nosotros no deja de ser un orgullo que el Patronato de las Misiones nos envíe al sitio más escondido y miserable del país. El propósito es seguir haciendo por la gente menesterosa lo que ahora el propio Gobierno de la República pretende dejar de lado. El Gobierno de la CEDA ha recortado a la mitad la partida de las Misiones Pedagógicas en los nuevos presupuestos. Y a la larga, o más bien en breve, quiere cancelarlas. Día sí, día no, aparece en *El Debate*, el periódico del Gobierno y de la derecha católica nacional, un escrito, un artículo pidiendo que supriman las Misiones por ineficaces y hasta las califican de elemento perturbador.

¡Las Misiones son un lujo! ¡Un despilfarro! ¡Porque no se puede enseñar al que no sabe!, ha dicho en las Cortes, con estas mismas palabras, el diputado por el Bloque Agrario Lamamié de Clairac. Un abogado, de una familia de ganaderos de Salamanca. ¡Pobre profesor Cossío! No hace un mes que se murió, y ya le están desmantelando su proyecto pedagógico. Lo que no sé es si alguien será capaz de continuarlo, con la deriva que toma el país.

Por lo demás, el viaje me está impacientando, supongo que porque sólo pienso en la misma cosa. Pero también es verdad que los trayectos resultan demasiado largos, llenos de paisaje como una biblioteca puede estar llena de libros que nadie va a leer. Por cierto, Maruja no para de leer en todo el viaje. Va como sonámbula, con sus gafas de aumento que le envuelven los ojos en una niebla de cristal, agarrada a una montaña de aventuras de Fantomas y de novelas de Sax Rohmer, que la semana pasada fue recogiendo por Moyano.

Soy maestra de niñas... Bueno, soy maestra de niñas desde que el Gobierno de Lerroux ha prohibido educar juntos a los niños y a las niñas en las escuelas primarias, es lo primero que ha dicho Maruja.

Y María Luisa, con su melena pelirroja rizada, la raya a un lado, canta a todas horas, hasta durmiendo. No sé cuántos foxtrots y tangos conoce. *Quiero volver a mi Virginia, tierra querida que nunca podré olvidar. Siento en el pecho un cariño profundo, de mi Virginia, tierra donde nací yo...* Pero ¿cuándo habrá estado ésa en Virginia?

Y, para rematarlo, Arcos Paulín no para de fumar y

de escupir por la ventanilla. Esta mañana ha salido con una escopeta de dos cañones y ha vuelto con cuatro perdices, y eso es lo que hemos comido hoy. Pero nos ha prometido que para cenar pararemos en una venta que conoce. Una y otra vez se me van los ojos a mi cajita de marfil, donde guardo las agujas sin estrenar, y la jeringuilla de plata, y los frasquitos de cristal. Le rezo a san Sebastián, que el pobre sabrá de pinchazos, para que no se me rompan.

*Viernes, 27 de septiembre de 1935*

Hemos pasado por el lago de Sanabria, el más grande de España. Parecía un cáliz de piedra lleno de agua sagrada. Ha dicho Arcos Paulín que antes de la noche alcanzaremos la sierra de la Culebra, y llegaremos al pueblo. No tiene la comarca una gran riqueza forestal, lo más que se ve son algunos grupos de encinares; pero de golpe, al meternos por un camino de herradura que alguien ha trazado a mano sobre el plano de Arcos Paulín, todo esto cambia.

A ambos lados de nuestra calzada de pedruscos, se extiende un bosque de castaños y de abedules en el que aún no se ha hincado el hacha del leñador. Parecería un paisaje idílico si no fuese porque la tartana en la que viajamos se queda sin resuello cuando hay que subir una cuesta, y tenemos que apearnos y empujar.

¿Habrá ciervos en estas frondosidades?, ha preguntado María Luisa en un momento en que no cantaba.

¡Hasta osos y lobos!, Arcos Paulín ha querido asustar a la muchacha, y se le ha escapado una risotada.

Vuelta al paisaje desértico. ¿Habrá sido todo un sueño mío?

A media mañana, Arcos Paulín ha frenado en seco, y boquiabierto se ha puesto a señalar con el dedo hacia una oveja gigante que parecía flotar sobre el camino. Era una figura que unos penitentes portaban en andas seguidos de una hilera de encapuchados. Cargaba cada uno con una gran cruz negra a sus espaldas. Y en medio iba un cura. Vistos de lejos, parecía que les azuzaba con un látigo; pero en verdad el sacerdote asperjaba con agua bendita el paso de la procesión. Cuando estuvieron más cerca, nos dimos cuenta de que andaban con las albarcas colgadas del cordón de la túnica. Les asomaban bajo los sayos los pantalones arremangados y los pies llenos de sangre.

Arcos Paulín bajó del camión de un salto y con un impostado fervor religioso que traspasaba lo paródico les rogó a los penitentes que se detuviesen.

Padre cura, ¿qué tipo de procesión tan verdadera es ésta que va por el campo siguiendo un borrego de yeso, cuando en las ciudades se sigue al becerro de oro?

El sacerdote, un hombre rollizo de mirada abismal, con la cara azuleada por una barba refractaria a todo tipo de afeitado, se quedó con la mosca detrás de la oreja, pero al final le pudo la buena fe.

Ya se ve que sois forasteros, pues no sabéis que, por ser hoy veintisiete de septiembre, día de san Vicente de Paúl, tenemos esta celebración, esta procesión, que es muy conocida en la comarca.

Las capuchas de los penitentes se movieron asintiendo al unísono. El cura se enjugó el rostro con un pañuelo, y prosiguió la explicación.

Resulta que en este sitio tuvo lugar un hecho prodigioso que envenenó todas las plantas de la parte de aquí del río. Fue en tiempos de doña Urraca, reina de Zamora. Había unos cabreros a los que se les apareció un ángel y les mandó que antes de la medianoche le levantasen un altar a la Virgen. Los pastores lo dejaron para el último momento. Al ponerse el sol, uno se acordó, y aun así los otros le convencieron de que era mejor cenar antes para tomar fuerzas. Se bebieron un cántaro de vino, y se echaron a dormir a pierna suelta olvidándose de nuevo de su obligación. A medianoche, cuando el ángel volvió montó en cólera y a la vez que enrojecía su cara enrojecieron las bayas y los frutos de todos los matorrales del cerro. Y de tan rojos que se pusieron los frutos se volvieron venenosos. A partir de aquel momento, y hasta hoy, toda cabra y toda oveja que come de esas bayas cae fulminada al suelo, tiesa como un muñeco de paja.

Desde entonces, ni ovejas ni cabras se han visto por esta parte, dijo uno de los penitentes levantándose la capucha hasta la nariz para que sus palabras se oyeran con claridad.

Bien cierto es, corroboró el cura, y agitando la mano le mandó que se volviera a bajar la capucha. Pero en la otra orilla del río, las cabras y las ovejas campan a sus anchas.

Una vez dio estas razones, el cura se cruzó de brazos y retorciendo el pescuezo igual que un pájaro contempló nuestro camión cargado de cajas.

Y a vosotros, hijos míos, ¿qué se os ha perdido por estos campos tan apartados?

Maruja salió del camión y le habló al sacerdote muy animosamente.

Nosotros, reverendo padre, somos maestros, y hemos

venido a esta comarca con la misión de traer algo de instrucción a sus gentes en nombre de la República.

Cuando el cura escuchó esto, se sofocó igual que el ángel ante los pastores.

Pues sabed que por estas tierras no se precisa otra instrucción que la repartida misericordiosamente por la voluntad de Dios entre sus siervos.

Maruja miró con coraje al sacerdote, pero sus ojos pequeños se le estrellaron contra el muro de cristal de sus gafas.

Pongo en su conocimiento, reverendo padre, que la República les ha dado a todos sus ciudadanos el derecho a la instrucción. Pues, como ha dicho Azaña, a quien se le da el voto y no se le da escuela, padece una estafa. Y como el voto se supone que ya lo tienen, con el propósito de hacer escuelas es con el que viajamos.

¡Y tendrá valor! ¡Salir aquí con Azaña!, exclamó el cura y alzó el hisopo. ¡Vienen a hablar de derechos en nombre del energúmeno de Azaña..., que le ha salido una verruga en la boca de tanto mentir!

El sacerdote nos dio la espalda y se dirigió a sus feligreses.

¡Oídme todos! Estos universitarios metidos a arreglapueblos dicen que vienen a instruiros. ¡Pero no os fiéis!

Aunque buscó la aprobación de los penitentes que le acompañaban no tuvo manera de constatarla, porque aquellos hombres seguían con sus cabezas enfundadas en las capuchas.

¡Sabed que en verdad no llegan sino para adoctrinaros! Vienen con el propósito de perjudicaros con ideas extranjeras sobre el voto y sobre las elecciones. Dirán que os van a dar cuartillas para enseñaros a escribir, pero lo que traen son papeletas para que votéis a los suyos. ¡Se les llena la boca hablando del derecho a voto y a las elecciones! Y ¿sabéis la cosa tan ridícula que son unas elecciones? Unas elecciones es cuando se juntan cuatro señoritos para meter un papelito doblado en una caja y así decidir si Dios existe o no existe. Os traen lecturas, pero enseguida encontraréis que entre sus libros no hay ni un solo tomo religioso. No figura entre sus autores, que están todos condenados en el infierno, un solo escritor pío.

Habló entonces Maruja con una sonrisa muy ancha, que le marcó los hoyuelos.

¡Ahí se equivoca! Pues en la biblioteca que traemos viene el más pío de todos los escritores de España, que es actualmente Pío Baroja. Y en efecto, no incluimos escritos religiosos, porque, como usted, señor cura, ha demostrado, en este lugar no hacen falta tales libros, ya que el punto de vista religioso se lo está dando usted a la gente noche y día, y no tan sólo lo da sino que lo impone, y por tanto los libros que hemos traído han sido escogidos entre los que ofrecen puntos de vista diferentes al suyo, para que los campesinos puedan comparar y librarse si quieren de una visión del mundo totalitaria.

Atronó una carcajada del sacerdote.

¡Os creeréis que así sois democráticos! Y vais equivocados de medio a medio; pues no hay nada más democrático que el punto de vista totalitario. ¿Y por qué? ¡Porque la misma palabra lo dice! ¡Está en la esencia del Estado ser totalitario por ser de todos!

Hay que reconocer que en este punto ni María Luisa ni Arcos Paulín ni yo pudimos evitar reírle la ocurrencia al cura; pero Maruja ya había perdido el sentido del humor, y le respondió al religioso que, tanto si le gustaba como si no, íbamos a dejar montada nuestra biblioteca en la escuela más pobre de esa sierra.

¡Eso será si a mí me da la gana!, farfulló el párroco apretando los puños, y fue entonces cuando se armó la gorda. De repente, el cura se empingorotó en nuestro camión y empezó a tirar al suelo las cajas con los libros y con todo el material escolar que llevábamos.

¡Hay que acabar con la ponzoña que va en estas cajas!, gritaba sin dejar de lanzar paquetes contra las piedras. ¡Estos libros son peores que el veneno que mata a las cabras y a las ovejas de estos campos!

Los feligreses, al oír hablar de que las cabras se morían envenenadas, se encendieron y se arrancaron las capuchas, y con sus caras renegridas y cuarteadas por el sol subieron al camión en pos del cura, y en un decir amén, que muchos lo dijeron, lo desperdigaron todo por tierra, los libros, los cuadernos, los lápices, los discos, el gramófono…, y si no llega a ser porque Arcos Paulín se metió con la escopeta en medio del tumulto y pegó un tiro al aire, nos queman las cajas, nos queman el camión y nos queman a nosotros.

*Sigue el 27, viernes. Noche estrellada*

A pesar de que considero un dislate creer que la Providencia también obra milagros culturales, habré de admitir que hoy ha obrado uno con nosotros. Lo hemos devuelto todo al camión. Hemos comprobado cada una de las cajas. No se ha malogrado absolutamente nada. Algo de apóstoles protegidos sí que tenemos.

Por otra parte, está claro que el diablo no se ocupa de los suyos. En el asalto, me han destrozado el estuche. Apenas me queda para tres veces.

Al fin hemos encontrado unas casas. Geográficamente, esto está en España; pero humanamente salta a la vista que no está en el mundo. ¡Lugar más miserable nunca lo habíamos encontrado! Esto es un montón de casuchas, con las puertas podridas y desencajadas. Viviendas hechas con piedras montadas una sobre otra desordenadamente. Entre los pedruscos queda abierto algún hueco para que pase a las casas un rayo de luz. Los techos son de paja y de tierra. No tienen chimeneas, y el humo de los guisotes, cuando cocinan, sale entre las pajas.

Ha entrado nuestro camión siguiendo un camino de pedruscos, que a punto ha estado de hacernos volcar. María Luisa, subida en lo alto de las cajas, se ha quedado colgando agarrada a una soga, y el altavoz con que nos anunciábamos se le ha caído al suelo. Había empezado a entonar una copla que ha compuesto para la ocasión, y que dice: *habitantes de estos terreros, qué ganas teníamos de veros, para saludaros y conoceros, y traeros los versos de un poeta de Fuente Vaqueros, que dijo con voz de cantante: ¡los últimos serán los primeros!* Pero en la parte que hace *qué ganas teníamos de veros...* ha sido cuando se le ha soltado el altavoz, y los versos los ha seguido Arcos Paulín en chirigota, y ha dicho: *para leeros los artículos de Wenceslao González Oliveros.*

Se le ha escapado a Maruja una carcajada, porque González Oliveros, que ahora está de corresponsal de *El*

*Debate* en París, echando pestes de la República, había sido director general de Enseñanza durante la dictadura de Primo de Rivera y enemigo tremendo de don Francisco Giner de los Ríos y de don Ramón Menéndez Pidal, y de todo lo que tuviera que ver con la Institución Libre de Enseñanza. Al parecer de este catedrático de Filosofía del Derecho, existe en España un complot judío masónico marxista institucionista, la definición es suya, que ha dado lugar a la llegada del régimen republicano. Es tan beato y absurdo este González Oliveros, que ni sus propios correligionarios se atreven a considerarle del todo.

En este lugar todos los hombres aparentan tener la misma edad. No se distinguen jóvenes de viejos. Son campesinos agobiados por la calamidad y fatigados por la falta de un trabajo. Parece como si la misma tierra les estuviese consumiendo, como si en vez de alimentarse de ella fuese el suelo el que se nutre de estas gentes. Comen, cuando han tenido mucha suerte, judías y patatas; pero la mayoría de los días se alimentan de serbas y otras bayas que cogen del campo, si las encuentran.

A uno de los labradores más despiertos, y menos raquíticos, le hemos preguntado la edad y ha dicho tener treinta y cinco años, pero podría haber contestado cincuenta y cinco e igualmente le hubiéramos creído. Es de las pocas personas de aquí que conocen su edad. Leer, y no digamos escribir, nadie sabe. Estos campesinos aseguran que nunca habían visto ni un coche ni un camión hasta llegar nosotros, y sin embargo algunos llevan las suelas de las albarcas hechas de neumático.

Muchas mujeres tienen el cuello hinchado por el bocio. De haber dispuesto de sal completa, o algún tipo de pescado, se hubiesen librado de esta plaga que aún azota los pueblos de la República. Demasiados son aquí los niños en los que el cretinismo ha tallado sus síntomas. Miran con expresión apenada y tosen cada vez que abren la boca.

Todos los chicos, tanto los sanos como los enfermos, van vestidos con harapos. Y si alguna vez tienden la mano no es para saludar, sino para pedirnos una limosna. Son manos terribles las de estas gentes. También se han arrojado las mujeres a las ruedas del camión para pedirnos por caridad. Igual se han creído que pertenecemos a aquel séquito de Alfonso XIII que viajó por las Hurdes, con botas de montar y bastón al brazo, para repartir dineros y medicamentos entre los pobres.

A María Luisa se le han quitado de golpe las ganas de cantar, y Arcos Paulín no suelta el cigarro en ningún momento. Se le ha puesto en los ojos un gesto de desprecio que no va dirigido a estas gentes, sino al resto del mundo.

Deme usted algo, por el amor de Dios, me ha suplicado una vieja con la cara afilada y el pelo cubierto con un pañuelo sucio. Ha querido sonreír para complacerme, y entonces ha alzado el hocico y ha mostrado los pocos dientes que tenía, en un gesto más propio de un animal de cuadra, con los que estas pobres familias viven en sus casas.

Cuando han descubierto que, por lástima, les dábamos algunos céntimos, se han arremolinado en torno a nosotros todas las viejas y todos los niños, y así nos ha asaeteado una nube de manos tendidas. Resulta que nuestra conmiseración les ha hecho crecerse y ponerse cicateros y maliciosos, y ya les parecía poco todo lo que les dábamos.

136

¡Mire usted qué hijo tengo!, imploraba una mujer agarrada a una criatura deforme, y no sabría decir si ese niño podría ser su hijo o su nieto. ¿Dos perras me da, señorito? ¡Ya me apañaré, qué remedio, porque es tanta la necesidad! Ustedes, que tienen, no saben lo que es faltar.

Cuando he querido darle dos perras más a la mujer, la mano férrea de Arcos Paulín se ha cerrado sobre mi muñeca, y como si yo fuese un monigote de trapo me ha devuelto la mano al bolsillo.

¡Deja ya de hacer el ridículo, Reposiano!, me ha soltado al oído. ¿No ves que a estas gentes no hay que darles dinero?

Tampoco es para ponerse así, he querido dominar mi enojo. Cuando abramos las cajas, ya les daremos los libros y los cuadernillos.

Vamos finos con las cajas de libros. Estos miserables lo que necesitan son cajas con balas.

Maruja, que le ha oído, no ha podido morderse la lengua.

¿Para qué? ¿Para que se maten entre ellos?

Arcos Paulín se ha vuelto renegando al camión y ha encendido el motor. A golpe de claxon nos ha llamado a los tres, y nos hemos apartado de esas casas rumbo al pueblo del que dependen, que se ve todavía lejos, perdido en una hondonada.

# Nueve

Llegaron a aquel pueblo Velasco Flaínez y Espiridión González montados en la moto, una Triumph negra de trote ligero, y por el camino pasaron junto al cadáver podrido de un burro. Yacía despanzurrado, con el hocico abierto de par en par y la boca llena de un amasijo de larvas rebullentes. Cuando el estudiante lo vio señaló hacia el animal para llamar la atención del muchacho, y éste le gritó al oído algo que no se acabó de entender. Le dio gas a su moto y siguieron corriendo.

Fue el cementerio lo primero que encontraron a las afueras del pueblo. Junto al muro, se levantaba una caseta de piedra destinada a dar refugio a los paragüeros, lañadores, chamarileros, mendigos y otra gente de paso, sin medios para procurarse un alojamiento en la aldea. Espiridión González y Velasco Flaínez sintieron la curiosidad de entrar en aquel cuchitril que apestaba a orines, amueblado con un camastro de paja, y con las paredes tiznadas por el fuego de alguien que asó unas castañas o se calentó una noche. Al salir de la casucha, el estudiante encendió un Chester con su mechero de gasolina, y le habló al chico.

No sé qué da más asco, si el burro que hemos visto por el camino o esta pocilga.

Lo del animal muerto es ley de vida, repuso Velasco

Flaínez. Siguió con la mirada la cuesta del cementerio, corta y derecha al pueblo.

¿Eso fue lo que me dijiste en la moto?

Creo que sí.


Unos niños jugaban a la mula en un campo cercano. Al que le había tocado hacer de mula no paraban de caerle pescozones, pellizcos y talonazos en el culo. A la una parió mi mula, cantaba el primero que saltaba sobre el burro atravesado, y los siguientes repetían la frase y el salto. Daban la vuelta todos y se volvían a poner en fila para seguir saltando. A las dos da la coz, y era en ese salto cuando le arreaban la patada en el culo. A las tres, culazo del tío Andrés, y se dejaban caer de culo sobre el lomo del que hacía de burro. A las cuatro hinca las uñas el gato, brincaban y al apoyarse le clavaban las uñas en la espalda. A las cinco, corro, salto y brinco, y el burro cambiaba de postura, se ponía de culo a sus amigos y ellos tomaban carrerilla y se apoyaban en su espalda para dar un salto grande. A las seis, mierda para los que no juguéis; entonces el burro volvía a ponerse atravesado, y mandaban a la mierda a los que miraban y no jugaban. A las siete, el cura plantó su bonete, y en su salto los chavales iban dejando una prenda sobre el espinazo de la mula. A los ocho robo mi mocho, y diciendo esto saltaban y recogían lo que habían puesto procurando que no cayeran las otras prendas. A las nueve, agarra Mariquilla la bota y bebe, con este brinco se hacía en el salto el gesto de beber en bota. A las diez se la empina otra vez, y se repetía el gesto. Pero entonces irrumpía en ese juego de imitación, en ese ritual de repetición, un romancillo que lo llenaba de lírica y de tradición judía, de aquellas canciones hechas de enumeraciones encadenadas. Y los niños empezaban a saltar cantando nuevos versos: a las once llamaron al conde, a ahorcar una perra, al tronco una higuera, la higuera tenía una rama, la rama tenía un nido, el nido tenía cuatro huevos, un blanco, un negro, un rojo, un *colorao*, al tirar del blanco, todos mancos, y hacían el gesto de estar mancos; al tirar del rojo, todos cojos, e imitaban a los cojos; al tirar del negro, de cabeza al infierno, y al tirar del *colorao,* cada pajarillo para su *lao,* y corrían para esconderse antes de que les pillase el que hacía de mula.

Unas voces distrajeron de su juego a los chicos. ¡Hay miel de caldeeera! Revoloteó una mirada de entendimiento entre los chavales como una paloma en una habitación. Llevaba aquel tipo una chaqueta de pana y unos zapatos con las suelas despegadas. Muy delgado, con el pelo negro y revuelto, el cabello era lo más fuerte que había en él. Tiraba de un mulo, y cuando el animal le alcanzaba podía verse que era algo más alto que su dueño.

¡Hay miel de caldeeera!, repetía el hombre, y la llevaba sobre el mulo metida en dos pellejos. Sujeta al aparejo, una romana sacudía sus ganchos al compás moroso que imponían aquellos caminos. Oyéndole, los chicos volvieron a cruzar sus miradas. Al llegar frente a ellos, el hombre aflojó aún más el paso y por tercera vez anunció: ¡Hay miel de caldeeera! Entonces, los chavales gritaron juntos: ¡Pa tu abuela puñeteeera!, y salieron escapados en dirección al pueblo.

El vendedor ambulante cogió un puñado de piedras y

se las tiró a los chavales. Le acertó al que hacía de mula, que se llevó una mano a los riñones y continuó corriendo. El vendedor de melaza movió la cabeza negando mientras reanudaba su lenta marcha.

Son chiquillos, no se lo tome usted a pecho, le saludó el estudiante.

¡Qué va! Si los buenos son los de este pueblo, respondió el hombre. ¡Veo cada cosa por esos caminos! Hay sitios, y sin necesidad de ir muy lejos, donde las criaturas están tan asalvajadas que te las encuentras en el cementerio jugando a las tabas con los huesos de sus abuelos.

¿Acepta usted un cigarrillo rubio?

Miró el vendedor con mucha solemnidad el paquete de Chesterfield. Se frotó el cogote, se pasó la mano por la nuez y se decidió a contestar.

No, que se me aflauta la voz.

Y sin decir otra palabra, emprendió el paso. A medida que entraba en el pueblo gritaba con más fuerza: ¡Hay miel de caldeeera!


Velasco Flaínez y Espiridión González también entraron en la aldea en busca de la plaza mayor.

Aquí es adonde tendrían que haber venido mis amigos, dijo el estudiante. Y tu tío, ¿también estará en este pueblo?

Habrá que preguntar, repuso el muchacho.

Espiridión González llevaba la moto a su lado, y caminaba empujándola como un torero pasa su capote. Le seguía al otro lado Velasco Flaínez. Anduvieron hasta que en una placeta les detuvo un remolino de gente. En el centro del tumulto, un hombre con uniforme de guarda forestal intentaba explicarse; pero las mujeres y los viejos que le rodeaban parecían no querer escucharle, y se tapaban los ojos y las orejas con las manos, y se deshacían en lágrimas. Los niños más pequeños, asustados por los llantos de sus mayores, hipaban y verraqueaban.

¿Se puede saber qué os he hecho para que ninguno de vosotros quiera hablar conmigo?, protestaba aquel hombre de voz ronca al que le faltaban algunos dientes. Mientras esperaba una respuesta que nadie le daba, se quitó la gorra y le sacudió la tierra. Pero era todo su uniforme lo que estaba manchado de tierra húmeda.

Velasco Flaínez se metió en el grupo y dejó atrás a Espiridión con la moto. Cuando se encontró más cerca del guarda, vio que estaba descalzo. Ahora se limpiaba la tierra de los pantalones e insistía en pedirles a los aldeanos alguna explicación.

¿Alguien será capaz de decirme qué ocurre aquí? Me he pasado toda la noche dando vueltas entre los árboles, sin saber salir. ¡Mira que ir a perderme yo en el bosque! Y ahora que consigo llegar al pueblo me recibís con una cara de espanto, que ¡ni que me hubiera muerto!

Fue esta última consideración del guarda forestal la que barrenó la poca entereza que quedaba entre aquella concurrencia, y los llantos se convirtieron en gritos de desesperación, suspiros y ayes. Un viejo con los ojos amarillentos se retorcía las manos, y las mujeres se hincaban de rodillas y se tiraban de los cabellos. Al fin una que iba vestida de luto logró articular unas palabras.

¡Desdichado Delfín! ¿Dónde has estado? ¿No sabías que te íbamos a enterrar esta mañana? ¿De dónde vienes?

¡Damasia, mujer, que no me he muerto!

Con esas palabras redoblaron los lloros y los lamentos.

Pero ¿por qué iba a morirme? ¡Sólo me he perdido! ¡Y ya estoy aquí otra vez!

No, tú estás muerto, Delfín, métetelo en la cabeza, si es preciso con un martillo de la fragua.

Me lo voy a meter por el culo como una lavativa. ¡De dónde coño habéis sacado que me he ido al otro barrio!

Si hasta te tenía tendido en nuestra cama, Delfín, con tu uniforme de forestal, con el que tanto has presumido en vida. Te estábamos velando ayer tarde, ay, y, en un momentito de nada que te dejamos solo, pillas y te vas. ¡Y mira cómo has vuelto! ¡Sucio de tierra por todas partes! Pero ¿no has visto lo pálido que estás? ¡Claro! ¡Si no te circula la sangre desde hace cerca de dos años!

¡Damasia, que estaba echando la siesta! ¡La manía que os ha entrado a todos con que llevo dos años muerto! Vamos a hacer una cosa. Yo no me doy por muerto, si no es que viene el padre cura y me asegura que, en efecto, soy un difunto. Entonces tendré que conformarme, y ya veremos cómo lo arreglamos.

¡Pues enterrándote como a todo el mundo, Delfín! ¿Cómo crees que esto tiene arreglo?

Pero primero vayamos a hablar con el cura.

Es que el padre Blas no quiere saber nada de ti, porque dice que él ya te dio la extremaunción cuando te tocaba, y que con eso se acaban sus obligaciones, que lo de morirse cada uno es cosa del Señor, y no tuya ni suya.

¿Ves, Damasia, lo que te digo?

¿Y enterrar a los muertos? ¿No es eso un sacramento?, se lamentó su esposa.

¡No, mujer! ¡Enterrar a los muertos no es un sacramento, es una obra de misericordia!

Pero, Delfín, si no pones de tu parte, no podremos darte sepultura.

¡Es que esto ya no hay quien lo aguante! ¡A la que me descuido, hala, queréis meterme en la tumba!

¡Sólo faltaría! ¡Pero como el señorito no quiere reconocer que ya se fue de este mundo, aquí nos tiene a todos con el alma en vilo!, le reprochó su mujer, y lo intentó otra vez: ¿Y don Enrique, por qué no vamos al médico?

¡Sí, con tus cuartos!, se disgustó el guarda y se apartó del grupo. Sin dejar de refunfuñar llegó hasta donde estaba Velasco Flaínez. Le llamó la atención la presencia de aquel muchacho en el barullo, de manera que se detuvo a observarle con la autoridad que los habitantes de los pueblos exhiben ante los extraños. Al cabo de un buen rato de escudriñar la mirada profunda del chico, sus labios finos y rojos, su mechón de pelo negro, se determinó a hablarle.

Nunca te había visto. ¿Vienes de Sanabria?

No sé dónde está ese sitio, guarda.

Le llegó al muchacho el olor penetrante de jaras y de brezo que desprendía el hombre después de haber pasado toda la noche en el campo.

Pero sí sabrás qué hacías entre estos majaderos que quieren enterrarme en vida.

Al parecer, creen que usted está muerto.

¡Qué más quisieran! ¡Y la primera, mi Damasia! Pero tendrán que aguantarse hasta que me dé la gana de morirme, si no me cae un rayo antes. ¿Tú cómo te llamas?

Mi nombre es Delfín Aliaga, pero siempre me han dicho Delfín el Curioso. Aunque también es verdad que últimamente se me conoce más como Delfín el Aparecido. Hasta hace poco, yo era un hombre muy curioso; pero no curioso de limpiarme y acicalarme, pues el agua sólo la veo cuando llueve, sino que sentía mucha curiosidad, un tremendo interés por todas las cosas. A ninguna hora podía sujetar las ganas de enterarme de qué ocurría en la casa de enfrente o en el corral de atrás, o adónde iba un vecino, o qué le habría dicho una vieja a otra, cuando las veía chismorreando en una era. ¡Quería saber más que un guardia civil! Si estaba en el bosque quitándoles las trampas a los furtivos, me obsesionaba con conversaciones que había cazado al azar, desgajaba cada palabra de alguna frase que había escuchado. Y si no había oído nada, hacía y deshacía mil combinaciones para explicarme por qué alguien salía de tal casa a tal hora. Y en la mía, me pasaba horas seguidas, noches enteras, arrimado a la ventana, sin quitarle ojo a la calle. No se puede uno descuidar porque a cada momento está sucediendo algo nuevo. Y por poca cosa que parezca, siempre tiene su miga. Unas hormigas que llevan a una avispa muerta hacia su hormiguero, o un hombre que tira de un hato de leña hacia su casa, o un borracho que arrastra los pies hasta la taberna. Todo esto es la vida, porque al fin y al cabo vivir es ir tirando, ir llevando algo, ir arrastrando aunque sea el cuerpo hasta la tumba. Pero ¿cómo me has dicho que te llamas?

El muchacho le dio sus apellidos.

¿Y dices que no eres de esta parte de Zamora?, insistió el guarda.

Vengo de más al norte.

¿Tirando para León?

Pasado León.

¿Viajas solo?

En el camino siempre se conoce gente.

Ahí tienes mucha razón, chico. También eso es como la vida, que está llena de gente de paso. Pues bien, te voy a poner al corriente de mi historia. Resulta que una noche de hace ya un par de años estaba sentado a mi ventana observando lo que pasaba y lo que no pasaba, cuando vi aparecer por la calle una hilera muy larga de luces. ¡Eso sí que no lo había visto nunca! Se me abrieron los ojos como platos y las narices se me quedaron pegadas a los cristales. A medida que se iban acercando aquellas llamas, fui dándome cuenta de que era una procesión de almas en pena vestidas con túnicas. Cada una llevaba un cirio en la mano, e iban todas en silencio. Tuve mucho miedo; sin embargo, la curiosidad me impidió levantar el culo de la silla. En poco tiempo alcanzó la procesión mi ventana, pero seguían desfilando sin ni siquiera mirarme, y cuando ya creí que pasaban de largo, la que iba la última se detuvo y tocó a los cristales. Toc, toc, toc. No te imaginas el repeluzno que se me metió en el cuerpo. Mortal que nos miras, me dijo aquella alma con una voz cavernosa, tu curiosidad te ha puesto delante de nosotros, pero ten cuidado de que no te ponga también de cabeza en el otro mundo. Esta cosa vamos a pedirte, y es que guardes esta vela en un baúl. Mañana por la noche volveremos para recogerla. Y pobre de ti si abres el baúl en todo el día, ni siquiera una vez, ni siquiera para mirar un poquito, porque entonces tendrás que venirte con nosotros. Y dicho esto, me plantaron un cirio en la mano, y continuaron su procesión, hasta que le dieron la vuelta a la esquina y las perdí de vista. En mi casa hay un baúl, que fue el que trajo mi mujer con el ajuar cuando nos casamos, y allí guardé el cirio, que no había manera de apagarlo. Al principio tuve mucho miedo de que se les pegara fuego a las ropas que teníamos, pero muy pronto se me fue el temor, pues vi que no salía ni un hilo de humo por las rendijas. Aunque también algo me decía que aquel cirio seguía encendido. Fui incapaz de acostarme aquella noche, y la pasé pegado a la ventana sin atinar a fijarme en otra cosa que en mis pensamientos. Cuando a la mañana se levantó mi mujer, la mandé a comprar pan para quedarme solo en la casa, pero en todo ese rato no me atreví a destapar el baúl, pese a que me moría de ganas. Volvió con el pan, y la mandé a comprarle leche a un cabrero que hay en una cabaña lejos del pueblo. Tardó mucho esta vez en estar de vuelta, pero tampoco entonces tuve valor de levantar la tapa, y encima con cada minuto que pasaba más me acuciaba la curiosidad. Regresó con el cantarillo lleno de leche, y yo lo que quería era quedarme solo para mirar en el baúl. Al fin se me ocurrió mandarla a que le pidiera a una tía suya, que vivía en otras casas aún más apartadas, una sartén que le habíamos prestado. Pero ¿qué falta nos hace la sartén ahora, Delfín?, la pobre no salía de su asombro. ¡Hoy tengo muchas ganas de comer migas! ¡Pues le pedimos prestada otra sartén a una vecina! ¡Y un pimiento retorcido! ¡Las migas, como en la nuestra, no quedan en ninguna otra sartén! De esta manera me salí con la mía, y mandé de nuevo a Damasia fuera de la casa. ¿Y quieres saber lo que vi en el baúl cuando levanté la tapa?

Velasco Flaínez asintió en silencio y Delfín el Aparecido no se hizo de rogar.

¡El cuerpo de un hombre hecho carne momia, seco, reseco, consumido, renegrido! Estaba tumbado de costado, como durmiendo, y tenía los brazos cruzados sobre el pecho y las rodillas encogidas. Y en ese instante, aquellos despojos volvieron la cabeza para mirarme y vi que salía una luz negra por el hueco de sus ojos. Cerré con un golpetazo que retumbó en toda la casa. Se llenó la habitación de polvo y de un olor muy fuerte a incienso, igual que el que queman en misa. Todo el resto del día lo pasé sin que me cupiese el corazón en el pecho. Las migas, ni las caté. Tampoco salí a trabajar al bosque. ¿Qué tienes, Delfín, que no has abierto la boca en toda la tarde?, me preguntaba mi mujer una y otra vez; pero yo me había clavado en mi silla delante de la ventana y nunca veía llegar el momento de que cayese la noche. Sin embargo, llegó. Y retornó aquella procesión de almas para reclamar su cirio. Toc, toc, toc. Llamó a la ventana la misma que me había hablado la noche anterior. ¡Dame la vela!, ordenó. Fui corriendo al baúl, y al abrirlo encontré el cirio encendido. Cuando el espíritu cogió su vela, me agarró también de la mano y tiró de mí para sacarme por la ventana. ¡No has hecho lo que te mandamos!, me acusó con su voz cavernosa, ¡has mirado en el baúl y ahora te tienes que venir con nosotros! Volvió a tirarme del brazo, y me metió con ellas en la procesión. ¡Toma, sujeta este cirio!, me dijo otra de aquellas almas, que tenía una barba muy larga y muy negra. Al agarrar el cirio, se me quedaron las manos pegadas en la cera, y ya no pude soltarlo. ¡Quítate los zapatos! Me mandó otra alma. Pisándome los talones conseguí quitármelos. Fuimos toda la noche por unos caminos que nunca había visto. Las orillas estaban valladas con estacas de madera blanca, y todas tenían calaveras ensartadas en sus puntas. Detrás de las vallas, sólo había árboles, pero eran unos árboles retorcidos y muy grandes, tan altos que sus copas se perdían en el cielo, y con un tronco tan ancho que a su alrededor se podrían poner a sestear más de mil ovejas y todas quedarían a la sombra. Nos colamos por el hueco de uno de aquellos árboles y subimos unas escaleras de caracol muy estrechas y que parecían que no iban a acabarse nunca. Cuando llegamos al final, entramos en una habitación de madera, llena de velas encendidas y que giraba todo el rato sobre sí misma. En el centro de la estancia, había una vieja ciega sentada sobre un brasero. Al oírme entrar, dijo a voces: ¡Aún echa peste a vivo!, y se rió a carcajadas. Luego me hizo comer una masilla amarga como la hiel y me dio de beber un aguardiente que tragué quemándome la boca. Una vez hayas tomado esto, ya no podrás volver con los tuyos, me asustó la vieja. A la mujer le asomaban por debajo de la falda los huesos de las piernas mondos y lirondos. Después de aquella cena, me tendieron en el suelo sobre la piel de un lobo, y allí me arrancaron tres dientes, y me llenaron el pecho y la espalda de cortes, que cuando cicatrizaron dejaron el dibujo en relieve de las ondas de un río o de las olas del mar. Mientras me hacían los cortes, la vieja tocaba una música muy triste con una flauta de caña y las ánimas bailaban en corro a mi alrededor cogidas de la mano. Aquella música se parecía a esa canción de los niños que dice que llueva, que llueva, pero daba mucha congoja oírla. Me encontré, al ser de día, solo en medio del bosque, pero del nuestro, del que yo vigilo. Con las carnes temblando, descalzo, magullado, lleno de cortes y con tres dientes de menos, volví a mi casa. ¿Y sabes qué me encontré en ella? Puedes imaginártelo. ¡Decían que me había muerto aquella noche y que me estaban velando! Mi Damasia repetía

sin parar: Estuvo muy raro todo el día antes, y a medianoche se murió. Y cuando acababa, se echaba a llorar y
cada dos por tres se sonaba los mocos con un pañuelo
mío. Al ir a preguntarles qué escándalo tenían montado
y qué cuento se traían con mi entierro, salieron todos
de la casa dándose con los talones en el culo. Y así estamos desde hace dos años. Cada vez que vuelvo a mi
casa y me echo en la cama para descansar, me montan
un velatorio. Y hoy, si me descuido, ¡me entierran vivo!
Porque a ti qué te parece, muchacho, ¿me ves cara de
difunto?

Velasco Flaínez tuvo el impulso de contestarle que
un poco demacrado sí que parecía, pero prefirió ser prudente.

Esa cuestión hay que plantearla de otra manera, señor
guarda.

Delfín el Aparecido enarcó las cejas y apretó los labios sacándolos como el culo de un pollo para manifestar con ese gesto su interés.

A ver, a ver, chico.

La pregunta importante es ésta: ¿usted cómo se encuentra de salud?

El guarda se palpó a conciencia la cabeza, el pecho,
las costillas y la panza.

Nunca me he sentido mejor.

¡Pues no se hable más, porque eso es lo principal! ¡Estar uno bueno! Lo otro, estar vivo o no, encontrándose
uno bien, ¿qué más da?

No voy a ser yo quien te lleve en eso la contraria,
chaval, se rió el hombre, y se fue descalzo detrás del al-
guacil del pueblo, que era gitano.

¿Me das lumbre, Amador?

¡Hombre, Delfín! ¡Dónde se ha visto que los muertos fumen!

Espiridión González volvió a reunirse con Velasco Flaínez. Le sonrió con su diente de oro, puso la moto entre ambos y continuaron el recorrido por el pueblo.

¿Qué te contaba ese consueta? Se te ha enrollado como una persiana.

Es un hombre normal y corriente que no sabe lo que le pasa.

Chico, he preguntado por mis amigos y, en efecto, ya están aquí. Resulta que he ido a darme de narices con el maestro del pueblo. Un gallego muy agradable, aunque al principio hemos estado a punto de liarnos a tortas. Me voy a dar una vuelta, y al doblar una esquina casi le echo la moto en lo alto al pobre hombre. Qué grito ha pegado; creo que me he sobresaltado yo más que él. El caso es que me lo quedo mirando sin saber qué decirle. El andova no paraba de sermonearme, y mientras se desahogaba me ha parecido un alfeñique. Poca cosa, calvo, y con la cabeza grande, eso sí. Por su chaleco de rayas sucio de tiza, me imaginé al principio que era el sastre; pero luego, cuando se ha calmado, ha empezado a hablar muy desenvuelto, y muy atildado, y entones ha sido cuando le he pedido excusas y él ha adoptado una actitud más cordial, y me ha explicado que se llama don Aladino Mariño y que es el maestro y que las Misiones Pedagógicas están desde ayer en este pueblo. Al enterarse de que son mis amigos y que vengo para juntarme con ellos, se ha mostrado muy dispuesto. Y hasta se ha alegrado de nuestro encontronazo. El tío está que echa las campanas al vuelo con la biblioteca que han venido a montarle para la escuela.

Fueron el estudiante y el muchacho en busca de los misioneros, que se hospedaban en las casas de los vecinos por no tener aquel lugar ningún tipo de fonda. Reposiano Guitarra dormía en la vivienda de Serafín, el pañero, en una habitación donde guardaba los paños que iba vendiendo por los pueblos. Allí le habían puesto un colchón de esparto, entre las telas enrolladas y dobladas, las tablas, las correas, las varas y los medios metros de medir, las tijeras, los lápices, las libretas donde llevaba sus cuentas y apuntaba los encargos, y, colgado de un gancho, el guardapolvo de dril que el pañero se ponía para viajar. Como vio Reposiano que ni en la iglesia ni en el ayuntamiento había reloj, le preguntó al pañero de qué manera la gente conocía la hora que era, y su anfitrión le explicó que quienes no tenían reloj, que era la mayoría del pueblo, se guiaban por las sombras de los barrancos, y sabían por ejemplo que si las sombras llegaban a tales árboles o al arroyo era tal o cual hora. También le dijo que en el pueblo los niños aprendían desde muy pequeños que cuando podían pisar la cabeza de su sombra con un solo paso adelante es que era mediodía. Y que por la noche, la mejor manera de guiarse consistía en esperar a que pasase frente a la ventana de su casa Delfín el Aparecido, señal de que era la medianoche clavada.

A María Luisa y a Maruja les dieron posada en la casa de don Enrique, el médico. Era éste un hombre que pasaba la cincuentena, viudo pero con dos hijas mozuelas que enseguida se ilusionaron con la experiencia de compartir sus habitaciones con las maestras de las Misiones Pedagógicas. El caserón de don Enrique tenía unas puertas muy altas y unas ventanas muy grandes. Cuando el sol entraba a raudales, se desataban en los pasillos quietas tempestades de polvo. Tenía el techo vigas de madera lacadas en negro. Muy cerca de la chimenea, nacían las escaleras que llevaban a las habitaciones de la planta de arriba, donde las sombras se mezclaban con la ciencia de provincias. Don Enrique era alto, flaco y de mucha frente. De cara larga y gesto amable, con algo de aristócrata de campo. La nariz, parecida a una berenjena, le daba un aire cómico a su solemnidad. Vestía siempre terno oscuro y pajarita de lunares. Desde la habitación de Sol, que así se llamaba su hija mayor, se veía una era donde iban los hombres a trillar y, cuando estaba desierta, acudía a mear alguna vieja. Y eso fue lo primero que Sol y su hermana Flor les enseñaron a las maestras. Las cuatro muchachas, con las cabezas apiñadas en el vano de la ventana, se aguantaban la risa y estiraban el brazo para señalar a una mujer vestida toda de negro que acababa de llegar. La vieja, creyendo que nadie la estaba viendo, se espatarró en medio de aquel terreno salpicado de pajas, y se puso a orinar en pie agarrándose las faldas con los dos puños y tirando de ellas hacia delante para que no se le mojaran. Cuando terminó, se secó con las mismas faldas y se fue.

¿Decís que todas las viejas vienen aquí a hacer eso?, se sorprendió María Luisa.

Parece que la era no esté pensada para otra cosa, le contestó Sol.

¿Y todas orinan de la misma manera?, preguntó ahora Maruja, que mientras miraba se había sujetado las gafas como si fueran unos prismáticos.

¡En este pueblo no se conoce otra forma!, volvió a responder Sol con fatalismo.

Si, cuando os crucéis con ellas, os fijáis en sus faldas, comprobaréis que todas amarillean de tanto darle ese uso, ahora fue Flor quien habló.

Rieron las maestras con la salida de la hermana menor, pero al instante Maruja se puso muy seria y dijo que eran precisamente estos procederes lo que venían a reformar con los libros.

A Arcos Paulín le recogió en su casa Luciano, el amolanchín, que la dejó a su entera disposición pues pocas veces paraba en ella dado el carácter itinerante de su trabajo. Luciano el amolanchín vivía con un gato que se llamaba *Álvaro*, y andaba por los pueblos y las casas de los anejos empujando su rueda de afilar cuchillos, tijeras, navajas. En un cajoncito metía las tenazas, el martillo, los alicates de su oficio. Y también tenía un bote de hojalata para el agua. Se anunciaba tocando un pito de trece agujeros, hecho con madera de nogal y rematado en forma de cabeza de pájaro.

Es un pito muy bueno, le dijo Luciano a Arcos Paulín, y además de sonar muy bien está tallado con mucha gracia; me lo regaló uno que capa puercos y que ha hecho muchos como éste para la gente de su oficio.

Luciano el amolanchín era gordo y grandullón, con una cabeza tan pequeña que parecía una cereza encima de un pastel de carne. Rara vez se quitaba la boina, de modo que prácticamente se le había quedado pegada al pelo como una aureola. Tenía carné del partido socialista y bebía aguardiente de una damajuana forrada de canasta; pero su bigote, corto y estrecho, le acharlotaba el gesto de gravedad que a veces quería adoptar.

En nuestro oficio, si se vale, se llega muy lejos, le decía el afilador a su huésped. Un conocido mío de Orense llegó hasta Nueva York. Yendo detrás de la rueda, se va a todas partes. ¡Ruedas! Eso es lo que España necesita. Ruedas para ponerse en marcha y salir de su atraso. ¿Y con qué llegan ustedes? ¡Con libros! Pues bienvenidos sean, pero los libros no son redondos; sólo con libros un país no rueda. Hay que arrancar de cuajo el atraso económico de estas tierras; porque si no se cambia eso, las Misiones Pedagógicas de ustedes acabarán reducidas a un capricho, o lo que es peor, convertidas en la variante laica de la Compañía de Jesús.

Sin embargo, nuestros compatriotas están también necesitados de cultura, protestó Arcos Paulín. A una sociedad no se la puede considerar completa si carece de bibliotecas para los niños y aun para los adultos. Las pequeñas bibliotecas que llevamos a los pueblos van a despertar en la gente el amor y el afán del libro; porque, con ellas, el libro llega a todas las manos, se hace asequible y, de esta manera, deseable. Una biblioteca bien formada es un instrumento de cultura tan eficaz como una escuela. Los libros tienen un componente biológico en relación con las personas. Forman parte de ellas. Los libros, al igual que el cerebro, dan opinión a la gente.

Tener opinión es de señoritos, refunfuñó el amolanchín. Es a los ricos a los que les gusta opinar; pero la gente trabajadora no pierde el tiempo dando opiniones. O hace las cosas, o no las hace. Hechos, no palabras. Opinando no se llega a ninguna parte. Los rusos no han hecho su revolución opinando. Opinar es algo estático, que se hace sentado en el casino. Y el mundo es dinámico, es una rueda.

Después de decir esto, agarró el afilador la suya y se marchó por unos días. Pero antes de despedirse de Arcos Paulín, le pidió que si les sobraba de la biblioteca algún libro de Carlos Kautsky se lo dejasen en la casa.

Tuvo ocasión el chófer de apuntar que las bibliotecas de las Misiones, desde que gobernaban las derechas, eran sometidas a censura y expurgadas.

No consienten que las clases populares escuchen otras palabras que las que ellos dicen, añadió. Recientemente los diputados Lamamié de Clairac e Ibáñez Martín han ordenado retirar de nuestras bibliotecas todo lo que se les ha antojado. Por supuesto, lo primero que quitaron fueron libros como *El origen de la familia*, de Federico Engels, o *La defensa de los trabajadores y la jornada de ocho horas*, de Kautsky; pero también han mandado retirar la biografía de Riego, que ha escrito la Colombine. No hay más historia de España que la que ellos quieren.

Aquellos maestros habían traído la típica biblioteca que las Misiones Pedagógicas destinaban a las escuelas. Estaba formada por cerca de ciento cincuenta volúmenes. Incluía un diccionario enciclopédico, un atlas, varias obras de geografía e historia de España, novelas de Juan Valera, el autor preferido de Azaña; de Benito Pérez Galdós, de

Ramón Pérez de Ayala, de Carlos Dickens, de León Tolstói, de Víctor Hugo, de Remarque, el *Quijote*, *Platero y yo*, y la *Breve historia del mundo*, de H.G. Wells. No faltaban antologías de poemas de Antonio Machado, de Quevedo, de Rubén Darío y de Gustavo Adolfo Bécquer. Selecciones de las serranillas del marqués de Santillana y de fragmentos del conde Lucanor. Para los niños traían cuentos de Perrault, de los hermanos Grimm, de Hans Christian Andersen y de *Las mil y una noches*. Adaptaciones de Swift, cuentos de Poe, novelas de Julio Verne y relatos de Kipling, y adaptaciones también de la *Odisea* y de *La Divina Comedia*. Y para enseñar a la gente a forrar los libros, no habían descuidado llevar hojas de papel.

La inauguración de la biblioteca se celebraría con un discurso sobre la escuela y el niño en la Constitución española. Y además de la biblioteca iban a dejar en el colegio algunos discos de música popular y de música clásica, y un gramófono de la casa Columbia, de los que van en una maleta y funcionan con cuerda sin necesidad de alimentación eléctrica. Llevaban también material escolar para el maestro y los niños. Un mapa físico de España y Portugal, cuadernos, lápices corrientes y lápices de colores de las casas Standard y Faber, gomas de borrar, barras de plastilina, tijeras, tubos de Sindeticon para pegar, cartulinas, papel de charol, papel de barba, imanes, tizas blancas y tizas de colores, un encerado, una regla de un metro de largo para el encerado, un compás, un semicírculo graduado, cartabones, y un juego de medidas de hojalata para enseñar a los niños las pesas y medidas.

# Diez

Encontraron el muchacho y el estudiante a los misioneros reunidos en la escuela con el maestro. Arcos Paulín ayudaba a don Aladino a colocar el nuevo encerado, Maruja y María Luisa se habían puesto a encalar las paredes, y Reposiano martilleaba unos tablones para montar las estanterías de la biblioteca.

¡Si encima te pillarás un dedo!, el chófer se burlaba del maestro madrileño. Cómo se nota que no has tenido que coger muchos martillos. ¡Dale con ganas, hombre! ¿Sabéis lo que me ha dicho el afilador del pueblo? ¡Que somos la variante laica de los jesuitas!

¡Pues parte de razón tiene!; porque muchos de los libros que traemos vienen incautados de bibliotecas de la Compañía de Jesús, observó Maruja frotándose la frente con el antebrazo manchado de cal.

También habían hecho una mesa muy larga para quienes quisieran quedarse a leer en la biblioteca. María Luisa se sintió inspirada y sin dejar de encalar empezó a cantar al estilo de la orquesta de Ellington en el Cotton Club: *Al amor cantan en la yungla y a danzar con suaves cadencias. Bailan y cantan conjuros de amor, gritos de ardor, gime eterno el dolor. ¡Yungla, yungla, yuuungla...!*

Reposiano y Arcos Paulín se pusieron a rugir como fieras y a chillar como monos, pero la maestra no les hizo caso y siguió la canción. Las ventanas del aula estaban abiertas de par en par y por ellas entraba el primer aire del otoño. También se colaba de vez en cuando algún pajarillo.

¿Qué es eso? ¿Un colorín?, preguntó Reposiano.

¡Ahí se ve que no eres de campo!, bromeó Arcos Paulín; pero don Aladino intercedió por el muchacho.

¿Y quién ha dicho que por ser de campo se ha de conocer el campo? Hacéis muy requetebién al traernos todas estas novelas y atlas universales; pero tenéis que decirles a los que programan estas cosas que la gente de estas breñas también necesita libros que la enseñen qué plantas convienen a una tierra y cuáles a otra, a qué distancia se plantan unos árboles de otros, la manera de podarlos, cómo y cuándo se hace un injerto... Faltan en estas cajas libros de agricultura y de arboricultura. Se dice que el campo español está atrasado, pero es porque al pueblo no se le ha enseñado cómo cultivarlo. Éste es un país de braceros, de jornaleros, más que de agricultores. No encontraréis en estas tierras a muchos aldeanos impregnados de eso que se llama sabiduría popular. La mayoría de la gente anda por esas laderas igual que las cabras.

¡Algo habrán aprendido en esta tierra con tantos siglos como llevan aquí!, protestó María Luisa.

Si uno es listo, repuso don Aladino, lo primero que se aprende en la miseria es a escapar de donde hay miseria.

María Luisa, con la camisa arremangada y el pelo cubierto por un pañuelo, señaló de repente hacia la puerta con la escobilla de esparto llena de cal y salpicó a todo su alrededor.

¡Anda!, ¡mirad quién está aquí!, se alegró la muchacha. ¡El mismísimo Espiri González!

De golpe, los misioneros abandonaron sus tareas y se

160

abalanzaron a abrazarle y a celebrar su llegada. Don Aladino tuvo que hacer equilibrios para no caerse con el encerado.

¿Cómo has dado con nosotros? ¡Te diría que ni siquiera sabemos dónde estamos!, le dijo Reposiano.

Pero Luis Cernuda sí que lo sabe.

¿Y desde cuándo te has hecho amigo tú de tan distinguidas personalidades?, se interesó María Luisa.

¿Cernuda? ¡Pero si yo con cargos intermedios no me codeo! ¡Coordinadores a mí! A mí Cernuda tiene la obligación de contestarme cuando le pregunto. Yo sólo trato con mandos.

¿Y en este caso?, insistió ella.

No te lo vas a creer, María Luisa. También es poeta y dirige una sección de literatura de la Junta para la Ampliación de Estudios.

¡El profesor Pedro Salinas!, silbó Maruja.

Fue don Pedro quien enchufó a Luis Cernuda en el Patronato de las Misiones, para ver si espabilaba, explicó con malicia Espiridión, y prosiguió sin variar el tono: Resulta que Salinas había sido profesor suyo en la Universidad de Sevilla, y desde entonces tienen muy buena relación. Durante algún tiempo, Cernuda ha vivido de una fortunita que le dejó su madre, pero al quedarse sin blanca visitó a su maestro, que le consiguió esta ocupación de coordinador del servicio de bibliotecas de las Misiones Pedagógicas. Y lo hace muy bien, no creáis que está para calentar la silla; pero la mejor coordinadora de las bibliotecas es la de la zona de Valencia, una mujer muy lista que se llama María Moliner.

Maruja removió la escobilla dentro del cubo, y se sentó junto al recién llegado.

¡Con lo sieso y estirado que es Cernuda! ¡No sabes el trabajo que me cuesta imaginármelo por el campo repartiendo libros que no sean suyos!

Pues cuentan que cuando actúa cambia una barbaridad, contestó Espiridión, y sonrió enseñando su diente de oro. Vamos, que se transforma y es la mar de divertido, sobre todo cuando se pone detrás del estaribel para mover las marionetas.

¡Vivir para ver!, intervino Arcos Paulín. El año pasado estuve llevando por los pueblos de Segovia una furgoneta llena de libros; pero no era para dejarlos en las escuelas. Era una biblioteca circulante. Fue entonces cuando tuve la ocasión de estrechar la mano de don Pedro Salinas y de don Antonio Machado, que estaban los dos de consejeros de las Misiones. ¡Me emocioné tanto que no me lavé esa mano en todo el viaje! ¡Y eso que para mí leer poesía es como hacerse aire con un paipai en el culo!

Al acabar de decir esto, Arcos Paulín se escupió en las manos y se las restregó, y volvió a ayudar al maestro del pueblo a cambiar el encerado. Encaramado a un taburete y de espaldas a los presentes, prosiguió con su discurso.

Pero lo que no se me va a olvidar nunca es cómo las gentes de aquellas aldeas nos salían al paso. Nos pedían ¡libros, libros!, con la ansiedad con que se pide ¡pan, pan! Esto mismo que os explico me hicieron ir a repetírselo a don Antonio Zozaya, en su despacho de la Biblioteca Nacional. Un anciano muy animoso y amable, con barba blanca y boina negra. Se puso muy contento de oír todo lo que le conté, y al salir me dedicó un libro suyo, *La sociedad contra el Estado*. ¿Os queréis creer que empecé a leerlo y no me enteraba de nada?

Es que es un libro filosófico, le aclaró Maruja. Ahora está de moda ensayar sobre la sociedad y las masas. Los filósofos hablan como si fueran físicos, se pasan todo el día con la masa, el movimiento, la fuerza...

Arcos Paulín acabó de cambiar la pizarra, y se dirigió de nuevo al corro.

Entonces nosotros hemos venido a chafarles la guitarra a los filósofos; porque con la lectura las masas dejan de ser masas.

Pues yo más bien veo masas de gente consumiendo masas de libros, vaticinó Reposiano Guitarra.

A ti, lo que te ha dado rabia por alusiones, contestó Arcos Paulín, es que haya dicho chafar la guitarra, pero reconoce que hubiera resultado más vulgar si hubiera dicho joder la marrana.

María Luisa pasó su brazo por el de Espiridión y se quedó agarrada a él.

Bueno, pues bienvenido otra vez con nosotros. ¿Y este muchacho tan callado y tan bien plantado que viene contigo?

Es un amigo del camino. Se llama Velasco Flaínez, y como puede verse no tiene ni nombre de pila, ni tampoco mucha vergüenza en contra de lo que aparenta, añadió el motorista guiñándole un ojo al chico.

Te estaremos aburriendo una barbaridad con nuestra conversación, se excusó María Luisa.

Le habrá parecido, intervino Reposiano, que es cierto lo que van diciendo de nosotros, que las Misiones son excursiones campestres que organizan unos cuantos señoritos privilegiados de la Junta de Ampliación de Estudios para divertirse.

Arcos Paulín, que ahora ayudaba a Reposiano a montar las estanterías, abandonó a su compañero, molesto por lo que había oído, y se dirigió hacia el muchacho con un martillo en la mano y unas puntillas sujetas en los labios. Sin que apenas se distinguieran sus palabras, le pidió con cara de enojo que no atendiese a lo que decía su amigo.

Sólo faltaba eso, gruñó, que hagamos nosotros ahora propaganda de lo que dicen las derechas. Chico, ¿quieres saber lo que cuentan los de la CEDA y muy en serio? ¿Sabes lo que soltó el otro día un diputado del partido del Gobierno? ¡Que con las bibliotecas se han desatado las ambiciones y ya todos los aldeanos quieren tener hasta una cama en su casa! ¡Pues sí, señor, eso es lo que traemos! ¡El derecho de la gente a tener cama!

Velasco Flaínez consideró que él nunca había tenido necesidad de cama para dormir y se encogió de hombros.

Yo he venido a esta sierra para buscar a mi tío, dijo tanteándoles a todos con la mirada.

Don Aladino Mariño se sacudió en el chaleco las manos, blancas de colocar los paquetes de tiza, y se interesó por el muchacho.

¿Cómo dices que se llama tu tío?

Es un Velasco.

El maestro se rascó la calva, y en voz baja pronunció varias veces el apellido a la vez que negaba con la cabeza.

Velasco. Velasco. Velasco. En estos pueblos no hay Velascos, que yo sepa.

Miró al chico en silencio un buen rato, y repitió de nuevo el nombre. Entonces alzó la frente y se cruzó de brazos.

Un momento..., murmuró. ¿No te referirás a uno que era lobero?

Asintió el muchacho sin decir palabra. Se quedó boquiabierto don Aladino, y cuando acertó a reaccionar exclamó que las casualidades eran el único derecho que aún no les habían quitado a los pobres.

¡Eso sí que es una coincidencia! ¡Venir ahora a preguntar por Velasco el lobero! ¿Sabes que tu tío se fue de estos montes cuando tenía más o menos tu edad? Desapareció y de él nunca más se supo. De eso hace por lo menos veinte años. Pues mira por dónde, bajó hace unos días un pastor de la sierra diciendo que le había parecido ver a Velasco brincando por esos cejos. Al rato, vino otro con lo mismo. Y ahora llegas tú y preguntas por él. ¡Me dejas con las patas colgando! Chico, tendrás que ir a buscarle por esos montes.

Salió de la escuela Velasco Flaínez y contempló los collados. Decidió que iría a la noche a buscar a su tío y acabó de pasar el día con los misioneros. A lo largo de aquellas horas les ayudó en los trabajos de la escuela, y cuando se puso el sol quiso despedirse de ellos.

Por el campo uno anda mejor de noche si lo que quiere es encontrar un lobo, les dijo.

Insistieron todos y con tanto énfasis en que era una temeridad aventurarse a oscuras en la montaña, que, por aliviar la congoja de sus amigos, el chico accedió a los ruegos y se fue con Espiridión y Arcos Paulín a dormir en la casa del afilador. Al acostarse se dieron los tres las buenas noches desde sus jergones y también le desearon felices sueños a *Álvaro*, el gato.

Poco antes de la madrugada, el ruido de un motor despertó a Espiridión González y a Arcos Paulín. Cuando fueron a salir de la casa, Velasco Flaínez ya había desaparecido montado en el negro lomo de la Triumph. Volvió renegando a su lecho Espiridión y al meter la mano debajo de la almohada dispuesto a conciliar el sueño la larga uña de su meñique rascó un puñado de balas. Le había dejado también una Star desconchada.

# Once

Toda esta literatura a la que te refieres, Reposiano, está cambiando. Ya no se llevan los folletines de Pablo Féval, ni las andanzas de Dick Turpin, ni las novelas de Julio Verne o de Laurie. Pero si hasta se han quedado obsoletos los disparates de Le Rouge, con sus viajeros al planeta Marte propulsados por la energía psíquica de diez mil faquires.

Maruja y Reposiano paseaban del brazo por las calles del pueblo, y entre el vuelo bajo de los grajos hablaban de lecturas compartidas, de folletines y novelas populares.

Se había adornado Maruja la solapa de la chaqueta con una ramita de flores blancas que compró en Madrid, en una rimbombante perfumería de la zona de Acacias, y que se anunciaba con carteles de Penagos. Perfumería Floralia: arrebol al jugo de rosas, rojo-líquido a base vegetal, lápices al humo de sándalo, gomina argentina.

Con eso de poneros floripondios, le dijo el maestro a su acompañante, las mujeres mostráis que sois más generosas que los hombres, porque siempre lleváis a la vista algo para regalar a los demás.

Reposiano, aunque ojeroso y pálido, andaba con paso firme, sin reparar en el polvo, que se le iba pegando en su traje oscuro y en sus zapatos de liquidación, seis pesetas en la calle de la Magdalena. Se encontraba de buen humor, pues estaba dándose cuenta de que aún podía concentrarse en la conversación con su amiga, a pesar de que, a cada paso que daba, los riñones le arreaban una punzada, y de que el cerebro parecía arderle cada vez más. No había podido pegar ojo en toda la noche, y, en su desesperación, más de una vez estuvo a punto de despertar al pañero que le daba techo para preguntarle si por un casual no guardaría en su casa un frasquito de Veronal, o de isopral, o por lo menos de valeriana.

Esa clase de novelas han dejado de tener sentido en el mundo actual, y poco futuro les queda en España, insistió Maruja, que sostenía bajo el brazo una historia de Fu-Manchú titulada *La falange sagrada.*

El maestro, con las pupilas encendidas, puso cara de disconformidad, pero no se atrevió a protestar intimidado por el prodigioso sentido de la actualidad de Maruja. El pelo escaso y alborotado del muchacho le dejaba al descubierto una frente espaciosa y llana, igual que una pantalla de cine, adonde iba siempre que podía.

El libro popular, Reposiano, viene ahora de América y de Inglaterra. Llega de esos países donde se piensa rápido y se actúa de inmediato. Los escritores ingleses y americanos no dilatan sus relatos durante meses, como ocurre aquí con las novelas por entregas. En el mundo anglosajón, cada día, cada hora, es trascendental, *time is gold*, el tiempo está hecho de lingotes de oro, y por eso dan una historia completa en cada novelita. Las entregas, los episodios, han dejado de ser de interés popular y se han convertido en residuos literarios. La novela galante de hace diez años tiene más sentido ahora en un museo romántico que en el quiosco. El acierto es encontrar un protagonista con gancho, y escribir novelas sueltas sobre él.

No creo que con eso los americanos estén inventando nada nuevo, protestó Reposiano, y buscó la sombra del barranco para ver si era capaz de acertar la hora guiándose por ella. Luego consultó su reloj de bolsillo, y chasqueó la lengua en señal de triunfo. En el fondo, lo que hacen en América es contar las aventuras de siempre, pero con protagonistas más modernos.

Pero es que ser moderno consiste precisamente en una cuestión de traje, repuso Maruja. La gente quiere leer en nuestros días historias donde salgan aviones, hidroaviones, turbinas, y donde los protagonistas beban cócteles y champán de verdad, y no sidra-champán, y bailen jazz de Chicago en vez de cantar zarzuela, y que conduzcan coches deportivos, y que boxeen cuando se peleen, y jueguen al tenis en hotelitos de la playa, y asalten villas de lujo con un revólver Smith & Wesson en la mano. Aventuras en que las mujeres fumen y lleven zapatos de piel de serpiente. Lo que la gente ha visto en el cine lo quiere ver ahora en los libros. Al público ya no le intriga el rumor de las alcantarillas, ya no quiere saber nada de los horripilantes crímenes que perpetraron mano a mano el barbero y el carnicero de la rue Marmousets. Las empanadas de carne humana se han quedado desfasadas ante el refinamiento de la alta repostería. ¿Quién se conforma con el rapto de una sola niña o con el asesinato de un miserable ciego? Hoy se produce en cadena. Se hacen las cosas de manera industrial. Se mata a tiros de metralleta, no a una persona, sino a cinco, a seis, en un asalto, durante el ataque de una banda. Y todo eso se escribe pulsando las teclas de una máquina. ¡Se fabrica en serie! ¡No hay un ladrón solitario! ¡Hay una banda de pistoleros, gánsteres! ¡La ciudad es de las masas!

Reposiano quedó cautivado por las opiniones de su amiga.

Sin duda, Maruja, tú te refieres a ese tipo de novelas como la que llevas bajo el brazo. Todo eso que ha empezado a imprimir la editorial Molino, en la Biblioteca Oro. En Barcelona van en todo un paso por delante.

La maestra sacudió la cubierta amarilla de su novela con el dibujo de un chino alumbrado por el redondel de una linterna y encañonado por una pistola.

En efecto, esos catalanes han importado una manera de publicar que en América ha mandado a pique a las novelas por entregas, a las revistas baratas... Se trata de un nuevo formato de novelas impresas en un papel muy malo, y por tanto muy económico; de forma que pueden tener más páginas. Así son más largas que las antiguas novelitas populares, que aquellas publicaciones escuchimizadas del Cuento Semanal, los Contemporáneos, la Novela de Hoy. Tienen la misma extensión, por ejemplo, que cualquier novela larga de Pearl S. Buck, o de Francisco Mauriac. Y están sensacionalmente presentadas, con dibujos a color en las portadas, que reflejan siempre un tema de acción, un disparo, un puñetazo, una carrera, una muchacha insinuante. ¡Algo con movimiento! Y en el interior traen plumillas muy sugestivas. Y para remate las encuadernan de manera que en las estanterías queden como libros.

Algunas de ésas he leído, Reposiano se decidió a exponer lo que pensaba. Y los temas y los personajes me parecen tan momios como los que había hasta ahora.

Luego de hablar, el maestro pensó que estando siempre al lado de aquella muchacha sería capaz de pasar sin la Pravaz, su jeringuilla, su palacio de cristal, coronado por el pararrayos del sueño.

Pues para convencerte de lo contrario no tienes más que ir a la Biblioteca Oro de Molino, que tú mismo has mentado, Reposiano. En ella están apareciendo los grandes personajes que hoy se leen en todo el mundo. Sobre todo detectives, investigadores como el abogado Perry Mason...

Creación de Stanley Gardner, que también es abogado, empezó a lucirse Reposiano, y que sabe que el ciudadano es tan víctima de quien infringe el código penal como de quien lo redacta. Sí, éste es de los buenos, y ha causado una sensación tremenda entre los lectores de América y de Europa.

Vaya, así que tampoco estás tan fuera del mundo. Entonces si te gusta Perry Mason, también te gustará Nero Wolfe.

¿Ese pesado hortelano de la orquídea? ¿Cómo puede tener tanto éxito un gordo cursi? ¿Y ésa es la acción, el movimiento que tú celebras? Pero si Nero Wolfe no puede ni levantarse de su silla, si ni siquiera sale del despacho para solucionar sus casos. Pues vaya con la deportista de hoy. Si uno tuviera que fiarse de Nero Wolfe, el futuro de la humanidad sería quedarse cada uno encerrado en su casa bebiendo cerveza.

No le pondrás también reparos a Philo Vance. Es un detective cultísimo.

Otra soberana filfa, salida de la pluma de S.S. van Dyne, del cual se dice que está terriblemente enfermo por su afición a la cocaína. Mientras el autor va dándose cabezazos de desesperación contra las paredes, su personaje no pasa de ser un finolis pedante incapaz de mancharse la vuelta de los pantalones.

¿Y a Jim Dale, el gigoló que por la noche se enfrenta al crimen? ¿Lo has leído?

¡Ya me dirás tú qué novedad tiene que Pimpinela Escarlata se ponga ahora una margarita en el ojal! ¡Y si aún se la hubiese puesto en el ojete!

Rieron los dos, y el ramillete de flores de Maruja se agitó sobre sus pechos. Los ojos del maestro, con un cerco morado en las pupilas, se quedaron clavados en aquel zarandeo, y aunque los apartó de inmediato, Maruja ya se había dado cuenta. Las miradas de los maestros se cruzaron una y otra vez, como en un torpe tiroteo donde lo que se quiere es no acertar en el blanco.

Reposiano, pero al padre Brown no le quitarás el mérito, preguntó ella, una vez sanos y a salvo de las balas.

Resopló el maestro, se agachó para recoger una piedra del suelo, y la lanzó contra el paisaje igual que un golfo arroja un pedrusco contra un escaparate. A Maruja le gustó el vuelo de la chaqueta de su amigo. Vieron caer el canto entre unas zarzas y contestó el hombre.

No es que yo comparta el latoso clericalismo de Chesterton, pero hay que reconocer que sus relatos están escritos con una inteligencia, una ironía y una delicadeza de observación admirables. En cualquier caso, lo incluiría en el índice laico de los libros prohibidos, pues el autor nos recuerda que la Iglesia siempre tiene los oídos y los ojos bien abiertos.

¡Menuda sorpresa me estás dando, Reposiano! ¡Y yo que pensaba que no leerías más que a Gabriel Miró! Está visto que no dejas escapar una. A ti, el que te iría como anillo al dedo es el chino Charlie Chan.

Lo conozco por el cine, pero jamás he leído ninguna de sus aventuras. Aunque si es como aparece en las películas, menudo topicazo. Un chino que habla en proverbios de sabio chino. Si en el fondo, lo que dice son sentencias de zapatero remendón. Y por si fuera poco, lo presentan como un sibarita de la cocina. ¡Eso es para las clases desahogadas, que en vez de hambre tienen apetito! Los burgueses están dejando de ir a la iglesia en domingo para llenar los restaurantes. Están fundando su propia religión.

Siguió hablando el maestro con las manos metidas en los bolsillos de los pantalones, arrascándose los picores que le producía todo el traje, que le producía la propia luz del día.

Pero, ¡no sé cómo me atrevo a meterme con los chinos, delante de ti, que eres una devota de Sax Rohmer! ¡El malévolo Fu-Manchú, capaz de los asuntos más delirantes! ¡Fabricante de explosivos secretos y de armas hechas con bacterias y animales venenosos! ¿Y decías que todo este dislate viene para renovar las aventuras de Le Rouge?

A Maruja le gustó que su acompañante le buscase las cosquillas, y aceleró para ver si la alcanzaba.

Pues has de saber, Reposiano, que todo lo que hemos dicho ya está viejo, y que en la editorial Molino preparan para el año que viene otra colección, que va a llamarse Hombres Audaces, y se publicarán en ella las aventuras de La Sombra y de Doc Savage, que es lo que ahora verdaderamente se lee en América con auténtico deleite.

¡Paparruchas! Todavía no se han superado en intriga las novelas de Hércules Poirot, de Agatha Christie. En realidad, desde Shakespeare poca cosa de interés se ha escrito.

Esta propensión de Reposiano al arcaísmo le fascinaba a Maruja, pues contrastaba enormemente con su apariencia de madrileño moderno. Todo lo contrario ocurría

173

con ella, muy audaz en el gusto y sin embargo instalada en esa forma de vida tan clásica y ordenada, que incluso su padre, don Artemio Quintana, un liberal, fabricante de sombreros que se iba a la ruina a causa de la moda del sinsombrerismo, le insinuó alguna vez que quizá se le había ido la mano en el rigor de su educación, y al final la niña le había salido un poco pazguata.

Entonces, señaló Maruja, lo que de ninguna manera te debes perder son las aventuras del actor Drury Lane, que sobre las tablas había destacado como intérprete de obras de Shakespeare; pero que al quedarse sordo tuvo que retirarse de la carrera artística, y se empleó como detective. Se trata de un personaje muy ocurrente creado por Barnaby Ross, que es como firman dos escritores que también utilizan otro nombre de pluma, el de Ellery Queen.

¡Arrea, un detective que sordea! ¡Con el Beethoven de los investigadores hemos dado, amiga Maruja! ¡Barnaby Ross! ¡Ellery Queen! ¿Ésta es la producción en serie que tanto celebras? ¡Escritores condenados a producir sin parar bajo un nombre falso, que tiene más de marca que de nombre! Sabrás que, además, en España a varios de estos autores americanos les ha sido usurpada su firma por escritores de aquí, castigados éstos a la impostura, que es más humillante que el anonimato. Porque asimismo recordarás que las editoriales españolas nos han vendido esas obras como originales.

No comprendo por qué te llevas las manos a la cabeza, si ése es un secreto a voces, Reposiano. Sin embargo, ¡lo fenomenal de la nueva colección de Molino es que publicará siempre traducciones de originales! Tanto de obras de novelistas populares como las de los grandes novelistas de nuestro siglo, del tipo de James Oliver Curwood, E. Phillips Oppenheim y Edgar Wallace.

No compares el siglo con el momento, observó el maestro.

Maruja apretó con fuerza el brazo de Reposiano, y éste apresó la mano de la muchacha entre su músculo consumido y su cuerpo baqueteado por el amor a las calles. Al acercarse a él la cabeza de la chica, le llegó el intenso olor de su pelo.

Dieron algunos pasos en silencio, y ella se acordó de cuando paseaba con su padre, cogida de la misma manera, por la calle Jorge Juan, tocando ya a Fuente del Berro, donde se encontraban los talleres de su sombrerería. Su padre despotricaba por la campaña contra los sombreros que acababa de emprender Ramón Gómez de la Serna. ¡Eso de ir por la calle sin sombrero sólo se le podía ocurrir a un humorista! Y entonces Maruja sentía la necesidad de tomar partido por su época. ¡Papá, el sinsombrerismo es un paso más hacia la paz social y la igualdad entre las clases! ¡Un operario joven sin sombrero se parece un poco más a un señorito sin sombrero! Pero el padre se ponía hecho un basilisco. ¡No me seas pazguata, Maruja! ¡Donde un obrero quiere parecerse a un señorito es en la mesa, a la hora del almuerzo! Y ella le replicaba: ¡Ay, papaíto, qué poco conoces la naturaleza humana! La fábrica de la familia tenía por nombre comercial La Estrella del Sur. No es que el padre procediese de una provincia de Andalucía, o de la Argentina, como podría suponerse por aquella firma, pues pertenecía a una estirpe leonesa establecida de muy antiguo en Madrid, sino que mediante la marca de sus sombreros el fabricante había querido plasmar su entusiasmo, su incondicionalidad hacia las novelas de Julio Verne. Pero lo que nunca supo aquel empresario, bien se guardó su hija de desvelárselo, es que *La estrella del Sur* era una de la varias novelas que Verne había firmado sin ser su autor. En el dibujo de las etiquetas que llevaban sus sombreros, salía representado un hombre con salacot corriendo a lomos de un avestruz, inspirado en el frontispicio original de la obra.

Cuando Maruja advirtió que se acercaban a la era que se extendía cerca de la casa del médico don Enrique, tiró de la manga de Reposiano y le hizo cambiar el rumbo.

El maestro se sintió inspirado y habló con vehemencia.

Todos estos autores, Maruja, se dedican a entretener, y eso es maravilloso; pero a mí no me entretienen. A lo mejor es que estoy demasiado resabiado. Lo que sorprende a la gente, a mí me aburre. El *nunca lo había visto* de los demás tengo que traducirlo como *otro que llega tarde*. Sin embargo es el delirio, el disparate, lo que más me divierte. Tanto como las ocurrencias de Fu-Manchú, me pirran las ocurrencias del padre Herrera Oria. Me fascina, por ejemplo, hojear *El Debate* y el *Ya* para leer que la coeducación es un crimen tremendo contra las mujeres decentes. En *El Debate*, día sí día no piden la supresión de gastos innecesarios como los de las Misiones, La Barraca, los Consejos regionales de primera y segunda enseñanza de Cataluña, la Inspección central, las revistas inútiles y buena parte del presupuesto de la Universidad Internacional de Verano de Santander. El diputado Ibáñez Martín ha censurado en las Cortes las subvenciones a los profesores Menéndez Pidal y Asín Palacios para dedicarse a la investigación fuera del recinto universitario. Y Romualdo de Toledo, que es otro diputado de los tradicionalistas, ha exigido que se retire en lo posible la ayuda a la Universidad Internacional de Verano, porque en unas conferencias que se han dado en ella se atacó el dogma católico. Dicen como argumento principal que con el paro y la crisis que hay en España sólo cabe imperiosamente pensar en el *primum vivere*. Que, en boca de ellos, significa *vivir de los primos*.

Pero esas cosas no te las puedes tomar a chunga, contestó Maruja. El Gobierno ha dejado de crear plazas de educación primaria. En las facultades, los falangistas vacían los libros para meter las pistolas. Una bala vale para ellos más que una página. Una pistola, más que una pluma. Tu cinismo es una risa de superioridad. Sólo se puede ser cínico cuando se sabe que no le va a faltar a uno un plato de comida. Los monstruos existen, Reposiano, pero dan miedo, no dan risa.

El maestro se mordió los labios para no estamparle un beso de sopetón a su acompañante. Cuando pudo contenerse, retomó la palabra.

Por otro lado, Maruja, a todos los autores que hemos dicho les tengo en mucha consideración por un motivo trascendental. Porque sus novelas vienen para popularizar la lectura, y sobre todo porque estoy antes con Fu-Manchú que con los mandarines de la cultura.

Ya te veo, tú con tal de fastidiar..., la muchacha enrolló el ejemplar de las aventuras de Fu-Manchú y le atizó a su amigo en el hombro. El maestro le arrancó la novela de las manos, y la abrió al azar. Salió una ilustración con una mujer y un hombre tendidos sobre un charco de sangre.

No, Maruja. De verdad, lo que admiro de estos autores dedicados a la literatura popular es eso, lo que tienen de popular más que lo que tienen de literatura, dijo Reposiano señalando el dibujo. Hay algo en ellos de poetas malditos. También en éstos su literatura tiene un gran valor de uso, pero ningún valor de cambio.

¿Estás defendiendo que cien novelas de Sax Rohmer leídas por miles de lectores no valen lo que un soneto de Shakespeare?

¡Eso es!, el maestro le devolvió la revista a la muchacha, y ella la volvió a enrollar y contempló a su acompañante a través del canutillo como si fuese un catalejo.

Y sin embargo, insistió Maruja, Shakespeare es el más popular autor de teatro.

El más valorado, matizó Reposiano, el más reconocido, pero no el más visto. En España, la obra más representada de nuestro tiempo es el *Juan José* de Dicenta, y ¿quién crees que se acordará de ella cuando nuestro tiempo se haya muerto?

Pues si no me la recuerdas ahora, ni hubiera pensado en ella.

Sí que creo ciegamente en una cosa, Maruja. Y por eso estoy aquí, en este pueblo perdido. Creo radicalmente en la cultura. Menéndez Pidal ha dicho que el lema de la República tendría que ser Cultura. ¡Y tiene más razón que un santo! No hay esclavitud peor que la de la ignorancia. Y te lo digo como esclavo que soy de unas cuantas cosas, y Reposiano guardó silencio varios segundos. De entre todas, mi mayor esclavitud es la de la lectura, y como esclavo de la lectura necesito desesperadamente que la sociedad sea culta, como los esclavos del trabajo necesitan que la sociedad sea justa.

Sin dejar de andar, el maestro arrancó un tallo de correhuela y se lo dio a Maruja.

# Doce

Pero, Orfilio, ¿cómo que se vuelve usted al campo? ¿A qué campo? ¡Si a usted los únicos campos que le sientan bien son los de tiro!

Al apoyar las manos en la mesa del director, se le subían las mangas de la chaqueta a Orfilio Velasco.

Tal como lo oye, señor Cuixart. No se hace usted cargo de lo mal que me sabe; pero es preciso que abandone el diario hoy mismo. ¡Qué digo hoy mismo! ¡En este instante!

Tras los cristales de su despacho, el director de *El Insurrecto* apartó la vista del hombre que tenía plantado enfrente, y miró aburrido la oscura redacción. Una hilera de mesas vacías con salpicaduras de tinta. Sólo un periodista, que dormitaba cabizbajo. Por la pared se sucedían láminas de revolucionarios, políticos y bailarinas, retratos de Angiolillo, Pi y Margall, Ferrer Guardia, Emilio Zola, Tórtola Valencia arqueándose como una cobra india, Mercedes Serós con un tocado de plumas; también estaban el gánster John Dillinger y el bandolero Pasos Largos, ambos muertos a tiros el año anterior, y Carlos Gardel, muerto en accidente hacía apenas un mes, y un cromo, cubierto de polvo, con la declaración de los derechos humanos inscrita en unas tablas de la ley.

Orfilio Velasco permaneció todo ese rato con la mirada de su ojo sano clavada en la mesa. El otro ojo se le había quedado inútil por el zarpazo que le dio un lobo cuando era niño, en las faldas de Peña Vieja. Era el tributo que cada Velasco tenía que pagarle a su estirpe, le explicó su padre. Creció cazando lobos por los montes, y se juntó con otros loberos, que le descubrieron lo más antiguo de su ciencia. Le enseñaron los chorcos, callejones levantados desde hacía mil años al borde de aquellos barrancos para acorralar al animal. Eran pasillos de cientos de metros de largo, hechos unos con piedras, otros con empalizadas, que descendían por las laderas de la montaña y confluían en un pozo cercado. Los perseguidores azuzaban al lobo con voces, palos, horcas, hondas, hasta que la bestia entraba por uno de esos callejones y acababa en el hoyo. Frente al pozo, había unas cabañas de piedra donde los hombres se metían con lanzas y varas para cortarle la retirada al lobo. Y ya sin escapatoria, acorralado en la fosa lo mataban. Pero desde que la gente tenía escopeta, estos chorcos estaban cada vez más olvidados. También le llevaron a los cortellos, grandes fosos cavados en las laderas de los montes, y amurallados por un cerco de piedras. La parte que daba a la zona más empinada de la ladera apenas tenía muro, y por el otro lado el muro se elevaba tan alto como un hombre puesto en pie sobre otro hombre. Dentro de la fosa se dejaba un cebo, y tarde o temprano aparecía algún lobo que se metía para comérselo y ya no podía escaparse de allí porque todo el cerco estaba rodeado por una visera de lajas afiladas que le cerraban la salida cuando quería saltar afuera.

Orfilio sintió que aquellas construcciones más que trampas eran templos donde adorar y sacrificar al lobo, y que el lobero era un mago, un brujo que estaba desde siempre en secreto contacto con el animal. En la carrera huidiza de la criatura vio el correr de un espíritu que buscaba el camino de vuelta a los tiempos ancestrales, cuando el fundador del clan se transformaba en lobo a su voluntad.

A partir de entonces, Orfilio ejerció su arte con tanto afán que espantó al viejo Velasco. Recorrió aquellos bosques para atestarlos de trampas, de cebos, de cepos. Cavaba una fosa y la tapaba con ramas, y ataba sobre ella una cabritilla herida.

Padre, la cabra bala más que la oveja, y el lobo la oirá antes.

Preparaba lazos de acero que ahorcaban a los animales, o cuando menos les podían cortar una pata. Colgaba de los árboles morcillas envenenadas con nuez vómica, y luego buscaba el cuerpo del lobo por esos campos. Tanto empeño puso en su caza que, todavía siendo un muchacho, el padre le pidió que abandonase la región. No porque no hubiese en el territorio lobos para todos, sino porque ahora Orfilio le parecía más lobo que los propios animales.

El olfato empujó los pasos de Orfilio hasta la sierra de la Culebra, y allí persiguió uno a uno a los lobos de pelo rojizo, hasta que todos aprendieron a reconocer su olor a leguas de distancia. Habló con los pastores más viejos y le llevaron a las olvidadas loberas, los chorcos que los remotos pobladores de la sierra habían levantado.

Una noche que Orfilio Velasco fue a dormir a la cabaña de un chorco, se encontró con un lobo alborotado que se había metido en ella. Era un macho viejo y enfermo, que al instante reconoció el olor del lobero; pero en vez de asustarse se revolvió para morderle. Le lanzaba cuchilladas con sus dientes amarillentos y astillados. Orfilio Velasco lo mantuvo a raya sujetándole con sus manos, hasta que pudo encararlo a la puerta y le enseñó el camino de salida. Cuando se hizo de día, se encontró al viejo lobo muerto al otro lado de la cabaña. Le asomaban los colmillos entrecruzados igual que sables rotos. Quiso enterrarlo, le levantó un túmulo con piedras y le pronunció las palabras como se le dicen a una persona. Luego pensó que no quería morir como un viejo lobo y fue aquel día cuando desapareció de esa sierra. Se llevó un saco de pieles de lobo para venderlas por el camino.

Ahora que le iba a procurar una máquina de escribir, Orfilio, para que sus ideas hagan vibrar a todos los lectores del mundo, ¿pilla y se marcha?

El director del periódico reclamó la atención de Orfilio Velasco con esta pregunta. Creyó que el periodista se había quedado absorto admirándole los zapatos de charol que acababa de estrenar y bajó los pies de la mesa, pero enseguida empezó a alisarse ostentosamente su corbata de seda pura con el fin de atraer la curiosidad de aquel hombre sobre esta nueva compra. Sobre la mesa tenía un ejemplar del semanario cultural *Mirador*, abierto por la página dos con una fotografía de la cineasta nazi Lenni Riefenstahl y un titular que decía: *La «vamp» de la creu gamada*.

Orfilio le miró a los ojos y contestó a la pregunta del director.

¿Cómo voy a destacarme en sus páginas, señor Cuixart? ¡Si hace más de un mes que no sale el periódico!

Marcó las diez de la noche en números romanos un reloj blanco y enorme. En el suelo se amontonaban ejemplares atrasados de *Le Temps* y *Le Figaro*. Y también había números del semanario *Gringoire*, que proponía reducir a los ingleses a la esclavitud, y que alentaba la invasión de Etiopía por las tropas de Mussolini, y aplaudía el Estado Novo de Salazar. El director del diario almacenaba estos periódicos y revistas para repartirlos entre los pobres cuando venía el frío; pues estaba convencido de que la prensa conservadora europea abrigaba más por tener muy buen papel.

Un batacazo llamó la atención del director y de Orfilio, y despertó al redactor dormido. Acababa de desmoronarse una grasienta estantería de libros, pero nadie hizo el gesto de recogerlos a la espera del botones. Inundaba toda la redacción el agrio olor de atarjea de los desagües de la finca.

El señor Cuixart empezó a elevar la voz.

¡Pero irse justamente al campo! ¡Con lo revuelta que anda la tierra! Y lo tranquilamente que se vive en Barcelona. Usted mismo lo ha dicho. Ni siquiera nos hace falta sacar el diario. ¡Al campo! ¡Donde todo es miseria! ¡Se referirá usted sin duda al camposanto!

El despechado vociferar del director, que iba en aumento, volvió a sacar de su pesada modorra al redactor. Entre el picor de los ojos, contempló los puños de su camisa manchados de tinta. Tiró de las bocamangas de la chaqueta para taparlos y continuó durmiendo.

Llegó el botones con la guerrera abierta y un cigarrillo en la boca. Se sacó un paquetito de un bolsillo. Lo desenvolvió parsimoniosamente. Lo dejó sobre una mesa apartada. Se dirigió hacia el archivador, abrió un cajón, buscó el salero y le echó un poco de sal a aquel huevo duro que era su cena.

Por una ventana de la redacción entró un gato que inspeccionaba los balcones y las cornisas.

Marcharme me duele más de lo que se imagina, señor Cuixart. Fíjese que acababa de echarme novia fija y todo. Pero no puedo seguir más tiempo en esta ciudad.

Encendió la radio el botones y la música volvió a despabilar al redactor. Actuaban en directo los Demon's Jazz de Lorenzo Torres, una orquesta que trabajaba mucho en el cine Urquinaona. *A la plaça d'Espanya hi ha una font monumental, que sembla un panteón amb trenta mil fanals. Allà han picat més pedra que no hi ha al Pueblo Español, i en comptes d'una font és un bunyol...*

Orfilio Velasco siguió el compás con el pie, pero la mirada con que le reprendió el director le recordó que estaba despidiéndose de toda aquella manera de vivir. Dejó de dar golpecitos con el zapato. Buscó en un bolsillo la cajetilla de tabaco y sus dedos tropezaron con la pistola. Además de redactar panfletos para *El Insurrecto*, Orfilio Velasco se ganaba la vida como pistolero y matón de baile. Sacó el paquete de Camel de su chaqueta, lo golpeteó y asomó un cigarro. Se lo llevó directamente a la boca, pero no lo encendió. Siguió hablando con el pitillo en los labios.

Señor Cuixart, probablemente mañana o pasado vendrá alguien preguntándole por mí. Le ruego que tarde unos días en atenderle.

Sabe usted muy bien, Orfilio, que en este periódico lo único que no se da es información, dijo el director.

Al fin entró el botones en el despacho con la guerrera manchada de huevo y empezó a recoger los libros caídos. Preguntó dónde tenía que dejarlos ahora. Nadie le contestó, y se los llevó haciendo una pila. Orfilio Velasco tomó uno de arriba. Se pasó el cigarrillo apagado de un lado al otro de la boca.

*El fuego...* Me lo llevo como recuerdo, si no le importa, señor Cuixart. ¿Usted lo ha leído?

Yo he leído todo lo que se ha publicado de Enrique Barbusse, si no ando equivocado. Esta novela, *El fuego*, constituye la denuncia más terrible que la literatura ha hecho de las atrocidades ocurridas durante la Gran Guerra, de las espeluznantes experiencias de los combatientes en las trincheras. Es un libro que ha escandalizado a toda la sociedad francesa.

¡Precisamente, ése es el problema, señor Cuixart! ¡Más aun que la guerra! ¡La sociedad!

¿La sociedad, ha dicho usted, Orfilio? ¡La sociedad ha muerto! ¡Está descuartizada en clases sociales!


A los pocos días de abandonar la sierra de la Culebra, el joven Orfilio Velasco llegó a Astorga, la vieja ciudad amurallada. Recorrió fascinado su perímetro de piedra tocándolo cada dos por tres con los dedos. Pasó adentro por una de las varias brechas de aquellos muros, y a una mujer que iba a un huerto cargada con una espuerta le preguntó dónde había un mercado o un sitio con trabajo para ganarse unos cuartos. La hortelana no se detuvo al responderle, y arrastrada por el paso de sus zuecos de madera le envió a las fábricas y a los almacenes del paseo de la Estación. Un comerciante de Mansilla de las Mulas, que se dedicaba a chalanear con pieles de bueyes, vacas, caballos, burros, y que también tocaba huesos, pezuñas y tripas, le compró sus pellejos de lobo por cien duros que se sacó de la faja. El resto de la mañana, Orfilio se lo tiró observando a los estibadores que descargaban sacos de harina, de azúcar, cestas de huevos... Le pareció que en la ciudad los hombres hacían trabajo de animales. Cuando quedaron vacíos los carros y los vagones, los trabajadores se fueron a comer, y el muchacho se pegó a dos de aquellos hombres. Eran un ebanista y un empleado de una fábrica de vidrio, catalanes que estaban de paso en la ciudad y que echaban unas horas para pagarse el regreso a Barcelona. Venían de El Ferrol, de participar en un congreso internacional por la paz. Ya habían trascurrido nueve meses desde que Alemania emprendió la invasión de Francia, y ahora los zepelines del káiser bombardeaban París, Londres, y por los campos de batalla de Varsovia y de Bélgica se extendía la nube del gas venenoso. Aquel congreso estaba organizado por sindicatos y asociaciones pacifistas. Habían contado con la llegada de delegados de Portugal, Francia, Brasil; pero el gobierno conservador de Eduardo Dato prohibió su celebración, de modo que en la frontera la policía les negó la entrada a los asistentes extranjeros. Aun así, se atrevieron a organizarlo clandestinamente.

Desde el periódico *Tierra y Libertad* fueron llamados a asistir todos los trabajadores del mundo en nombre de una paz impuesta por el pueblo, que sería la única paz estable y duradera posible.

Y entonces se colaron por las fronteras españolas representantes de todas partes. De Italia, de Francia, de Lisboa, de Oporto, de Vidago, en Trás-os-Montes; de Dowlais, en Gales, y se mezclaron con los delegados sevillanos, barceloneses, bilbaínos, zaragozanos... Eran miembros de ateneos, centros obreros, sindicatos, asociaciones de inquilinos, redactores de periódicos. Eran peones, braceros, canteros, mamposteros, mimbreros, toneleros, tipógrafos, mecánicos, dependientes de comercio, empleados de cajas de ahorros, trabajadores de astilleros, obreros del textil, mineros, camareros, cocineros, fogoneros, ferroviarios, metalúrgicos, torneros, zapateros, relojeros, gabarreros, agricultores, ajustadores, pescadores, linotipistas, electricistas, albañiles.

Orfilio Velasco escuchó muy atentamente todo lo que le contaban aquellos dos hombres en una casa de comidas que había frente al palacio episcopal, un edificio que simbolizaba el fuego de la fe, pero Orfilio dijo que no hay más fuego que el que quema. Les explicó su historia a los hombres, que oyeron con mucho agrado, y al ver que andaba solo por esos caminos le convencieron de que se fuese con ellos a Barcelona, donde se brindaron a proporcionarle un oficio e instrucción. Y así pasó Orfilio Velasco en esa ciudad donde el dinero escucha ópera los últimos veinte años.

Antes de abandonar la redacción de *El Insurrecto*, Orfilio quiso despedirse del periodista que dormitaba en la redacción. Al tocarle el hombro para despertarlo, el tipo entreabrió los ojos con fastidio. Con la mano floja, le hizo a su compañero un gesto de que le dejara tranquilo y reanudó su sueño.

Salió Orfilio a la calle con la chaqueta al hombro. La visera le hundía aún más en la oscuridad la cicatriz que le atravesaba el ojo. Encendió su cigarrillo y siguió con paso resuelto calle Hospital adelante. Giró en dirección a Conde del Asalto, y al llegar a esta calle, donde tenía la pensión, continuó rumbo al Paralelo. Pasó de largo por delante de los garitos de las timbas clandestinas. Escuchó salir de una ventana abierta la música del piano de una academia de baile, y vio entrar a un grupo de hombres con gorra y corbata en un club de jazz. Toda la calle estaba alumbrada por las luces que salían de las cafeterías y los bares. Sobre una acera, flotaba la columna de letras luminosas del *dancing* Eden Concert, con la estrella de cinco puntas encendida en la cumbre. Actuaba la cantante Elsie Bayron. En la otra acera, había aparcados dos Studebaker negros, modelo Dictator, frente a la tertulia que tenían los ideólogos y escuadristas de Falange. Allí se atiborraban de embutido y se pasaban las CampoGiro que escondían en una mercería de la calle Casanova. El número de serie se lo borraban a las pistolas con un torno en la consulta de un dentista. Durante un instante Orfilio quedó preso en su camino por el ámbar que proyectaban las lámparas modernistas del London Bar. Detrás de sus cristales bebían absenta los equilibristas y los malabaristas del circo.

En el cruce de Conde del Asalto con el Paralelo, unos músicos negros, que iban con los instrumentos a cuestas, se dirigían a su reunión de la granja La Estrella. Hablaban en inglés entre ellos, y lo único que Orfilio acertó a distinguir fue que uno repetía todo el rato el nombre de Sidney Bechet, y que otro hacía ba-dah-dum, ba-dah-dum, ba-dah-dum marcando el compás con la mano. Por las aceras del Paralelo iba y venía el público de los teatros y de las varietés. Cuarentones beodos y estudiantes modélicos que se habían tomado una noche libre. Hombres viejos y hombres jóvenes, todos recién afeitados, que paseaban del brazo a chicas arregladas con falda estrecha. Orfilio Velasco siguió en dirección al puerto, y al cabo de unos metros empujó la puerta del Ric-Rac. Un cabaret de mala muerte, pero entró con la solemnidad con que un primado entra en una catedral. Bajó una escalinata despegando las suelas de cada peldaño. Le esperaba una sala llena de tabaco y abarrotada de mesas costrosas. En un rincón unos hombres en mangas de camisa y con la gorra ladeada jugaban al subastado. En cuanto le vio aparecer, uno al que le faltaba un trozo de oreja, y que llamaban el Caruso, saludó a Orfilio guiñándole un ojo, y éste le indicó con otra señal que le aguardaba en una mesa vacía. El Caruso abandonó la timba sin mediar palabra y se sentó junto a Orfilio.

Conviene que en todas partes se sepa que nos vamos, le dijo Orfilio a su amigo. Así la policía se olvidará de nosotros más deprisa y podremos volver antes.

Tampoco tienen nada claro que colgarnos, protestó el Caruso.

Mejor. Más pronto nos dejarán en paz.

¿Entonces, marchamos a Madrid?

Y en moto, a lo grande.

¿Y una vez allí?

Lo mismo que aquí. Siempre es lo mismo todo en todas partes.

Ahí llevas razón, Orfilio. Todo es una jodienda. Nunca pasa nada, ni pasó nada, ni va a pasar nada en ninguna parte.

Yo no he dicho eso.

Pero es una verdad como la copa de un pino.

A veces pasan cosas.

Pero siempre pasan lejos.

Si pasan, digo yo que en alguna parte pasarán.

Te equivocas, Orfilio. Pasan tan lejos que es como si no pasaran en ninguna parte. Cuando vas a llegar, ya han pasado.

Pasan, pero es como si no pasaran, porque siempre les pasan a los mismos.

Eso es un espejismo que tienes. Las cosas no les pasan a nadie. Pasan tan lejos, que allí no hay nadie.

¿Dónde pasan entonces, en el desierto?

Puede que sí.

¿Y aquí qué pasa?

Aquí nunca pasa nada, si te lo estoy diciendo. Aquí sólo pasa la gente. En tranvía o en una caja de muerto. Pero el decorado siempre es el mismo.

Pues ya pasa algo, Caruso. Pasa gente.

Esta noche no te saldrás con la tuya, Orfilio. Es como cuando vas en el tren. No se mueven los árboles, te mueves tú.

¡Y dale!

Orfilio, ¿quieres que te diga un sitio donde de verdad pasan cosas?

No.

Pues te lo voy a decir igualmente. Las cosas pasan en Zaragoza. ¿Tú has oído hablar del sitio de Zaragoza?

No.

Sí, hombre. Si hasta tiene una pieza muy bonita para pulso y púa.

No sé.

Pues precisamente es en ese sitio donde pasan las cosas. ¿No dices tú que las cosas tienen que pasar siempre en un sitio? Más claro el agua. Pasan en el sitio de Zaragoza.

¡Toma castaña! ¡Y en la boda de Luis Alonso!

¿A qué te refieres?

A eso, Caruso. A que en la boda de Luis Alonso también pasaría alguna cosa.

Seguro que tampoco pasó nada en aquella boda. Nunca ha pasado nada en ninguna boda en ninguna parte.

¿Ni siquiera en Zaragoza?

En Zaragoza nunca se ha casado nadie.

¿Y eso por qué?

Porque se quedan en el sitio antes de casarse.

A lo mejor cada ciudad tiene un sitio, que es donde pasan las cosas.

De acuerdo, Orfilio, pero a condición de que ese sitio siempre esté muy lejos.

¿De toda la gente?

No. De la gente como nosotros.

# Trece

Solemos creer en los pueblos que el hombre de ciudad, y sobre todo el hombre culto, es tieso de espíritu, y que por temor a pasar vergüenza sólo se ríe cuando está en su casa. Sin embargo, fijaos en que estos maestros, que son un dechado de amabilidad, han venido desde su ciudad para traernos una biblioteca y acondicionarnos la escuela, pero también para distraernos y provocarnos la más noble de las risas a pequeños y a mayores...

Don Aladino Mariño se sacudió la tiza del chaleco y con este discurso empezó a presentar el teatro de fantoches que los misioneros habían preparado. En el aula, detrás de una mesa cubierta con una tela negra asomaban las manos de Maruja y de Reposiano enfundadas en unos muñecos que representaban a una muchacha y a un anciano. Unas cartulinas con montañas y un castillo dibujados rodeaban la mesa y servían de decorado de la obra. Las cabezas de las marionetas las fabricaron la tarde anterior con papeles viejos, yeso y cola, y al tiempo que aquella pasta se endurecía en un horno, los misioneros adaptaban para la farsa el romance de la doncella guerrera. Así les había enseñado el escritor gallego Rafael Dieste a preparar estas funciones, que era quien introdujo los títeres en las Misiones Pedagógicas. Todo el mundo en el Patronato contaba la historia de amor entre Dieste y su mujer, la inspectora de primera enseñanza Carmen Muñoz. Fue un flechazo. Se conocieron en marzo del año anterior, y a los seis meses ya estaban casados. Había ocurrido durante unas misiones en un pueblo de Extremadura. Tan dispuesta como era, arreglada con su lacito al cuello y sus zapatos de tela anudados a los tobillos, la muchacha se puso nerviosa y se quedó en blanco cuando iba a presentar una función teatral. Parecía que el público no tenía intención de callarse. El murmullo de los aldeanos, poco acostumbrados a asistir a una representación, la distraía; pero acabaron de confundirla las bromas chocarreras que, de una fila de sillas a la otra, se lanzaban aquellas gentes; las voces de los más palurdos que querían hacerse los graciosos; la desconsideración del vecino que se levantó cuando la vio aparecer y se marchó de la sala diciendo bien fuerte *esto no vale pa na*, y la bellaquería del otro que aflojó una ristra de cuescos en cuanto ella dijo su primera palabra. Entonces, cuando Rafael Dieste vio el apuro que Carmen estaba pasando, pegó un brinco y se subió al entarimado. Fue abrir él la boca y quitarse todos los hombres la gorra. Con su verborrea galaica y su mirada profunda y su flequillo revuelto y ensortijado, dejó en silencio a todo el mundo, se metió al personal en el bolsillo, sacó a la chica del aprieto y presentó la pieza. En ese momento se quedaron prendados el uno del otro.

A Arcos Paulín se le escapó un gesto de resignación al escuchar las primeras palabras de don Aladino.

¡Un *dechado!* ¡Al final se ha llevado el gato al agua!, le dijo entre dientes el chófer a María Luisa.

¡Sabrá él mejor que nosotros cómo hay que hablarles a estas gentes!, le reprendió la muchacha.

Pero no es lo que habíamos convenido. Se le ha metido entre ceja y ceja decirlo, y mira cómo lo ha soltado.

No hay para tanto, Arcos. A mí me parece que la palabra *dechado* no es tan refinada como para que no la entienda la mayoría de la gente común.

No, no y no. Acordamos que era mejor no decirla.

En fin, hijo, para ti la perra gorda. Pero ¿no te has dado cuenta de que a ratos estos aldeanos hablan mejor que nosotros? Esta gente aún utiliza la lengua que conoció Cervantes. Saben de forma natural lo que nosotros aprendemos en la universidad. Ayer se pusieron a contarme cuentos, y eran ¡los ejemplos del conde Lucanor!

En nuestra literatura, todo lo que no es folclore es pedantería, gruñó Arcos Paulín.

… la República, proseguía don Aladino su discurso de presentación, no se propone garantizarle a nadie la felicidad personal. Pero esto no significa que no se esfuerce por encontrar el momento y la manera de enseñarles cosas a sus ciudadanos y de procurarles diversión honestamente. Nuestros amigos, los maestros que han venido estos días a visitarnos, llegan precisamente con este propósito.

La palabra *propósito* era la señal acordada para que María Luisa se pusiese las manos en bocina y empezase a aullar imitando el sonido del viento. Arcos Paulín y Espiridión González corrieron a cada extremo del decorado y comenzaron a agitar las cartulinas figurando que las nubes y los arbolillos entraban en movimiento. Reposiano asomó la marioneta de un soldado a caballo, y sus compañeros hicieron correr hacia atrás los cartones para dar la impresión de que el animal galopaba presuroso.

¡La gueeerra! ¡La gueeerra! ¡Viene la guerra de Francia para Aragón!, anunciaba a voces el jinete.

¡Pero, atención!, don Aladino se llevó las manos a la cabeza. ¿Qué es esto? ¡Ya ha empezado la función y hay una guerra! ¡Me retiro antes de que me den un lanzazo los soldados!

Los campesinos y los niños que se agolpaban en la escuela se rieron de ver al maestro hacer esos disparates, y don Aladino se apartó del escenario corriendo y encorvado como una alcayata. Una niña con un delantal de cuadros y un sombrero de paja en las rodillas sujetaba en el regazo a su hermano pequeño, mofletudo, pelado al rape, con la camisilla abotonada hasta el cuello. Cuando se reía apretaba contra ella la cara del chiquillo sin darse cuenta de que así no le dejaba ver la representación. El crío, que no llevaba calzones, vuelto de espaldas al escenario parecía mirar los títeres con el culo bien atento. Los hombres se quedaban en pie, todos en el fondo de la clase. Iban sin afeitar y a veces se le escapaba a alguno una sonrisa de entre lo más adusto de sus facciones. Pero a uno, que le llamaban el Compás porque andaba espatarrado, se le saltaron las lágrimas de sentimiento cuando reconoció en aquella obra el romance que le cantaba su madre de pequeño, y empezó a secarse los ojos con el puño de la camisa. Las viejas reían su risa sin dientes, y la hija de una de ellas, que decían que era medio tonta y se había quedado para vestir santos, se mordía los labios y abría los ojos de par en par maravillada. Arrellanada en una silla del colegio, una mujer muy joven que tenía en brazos una niña de meses, en cuanto notó que la criatura empezaba a rebullirse, se desabrochó la camisa y le dio teta. Llegaron andando desde las casas de los anejos otros aldeanos más miserables. La gente del pueblo les hizo un lado junto a ellos, y les trató con lástima. Sólo un pobre puede entender a un miserable; porque un pobre no es más que un miserable que come cada día. También fueron a ver el guiñol el médico don Enrique y sus hijas Sol y Flor. Las dos muchachas no le quitaban los ojos de encima a Maruja y a María Luisa, y en ese momento estaban decidiendo que querían ser maestras para viajar y divertirse como ellas. El médico contaba secretamente todos los zapatos que faltaban, todos los pies descalzos que unos con otros se juntaban en aquel sitio.

Don Aladino Mariño se quedó en el rincón del aula donde los misioneros habían instalado el gramófono, y volvió a comprobar que el disco del himno de Riego estaba puesto por la cara correcta, pues tenía que dejarlo listo para que lo cantaran, o por lo menos lo escucharan, todos los asistentes al final de la representación. Don Enrique, que captó su nerviosismo, le preguntó con la mirada si andaba todo en orden, y el maestro asintió trascendentalmente. Otro hombre respondió también a la mirada del médico poniendo cara de inocente que va al patíbulo. Era Delfín el Aparecido. Le habían dejado solo, al lado del gramófono y de los discos. Don Aladino se colocó junto al guarda para que no se sintiese tan aislado, pero al acercársele no pudo reprimir un mohín prejuicioso.

Con la picardía de ganarse al maestro, Delfín cogió al azar un pequeño volumen de las estanterías de la biblioteca. Era la semblanza de Juan Martín el Empecinado, que había escrito Gregorio Marañón, y se puso a hojearlo contemplando detenidamente cada página, aunque sin tomarse la molestia de leer una sola palabra.

*El Empecinado visto por un inglés*, pronunció el maestro el título en voz baja, y se dirigió al guarda. Buen libro has elegido, Delfín. Pero no te creas lo que pone en la cubierta, porque el autor no es el Federico Hardman que figura en ella, sino el mismísimo doctor Marañón, que aquí dice haberlo encontrado y traducido.

Se frotó las manos don Aladino, satisfecho de su explicación. Agradeciendo el trato como un perrillo chico, Delfín el Aparecido se arrimó más al maestro.

Don Aladino, ¿es que nadie va a dirigirme la palabra hasta que no me muera de verdad?, susurró con cuidado de no distraer a la gente de la función.

Su acompañante se llevó el dedo a los labios para mandarle silencio, pues tampoco se le ocurría qué responderle, y empezó a darle vueltas a la cabeza en busca de una solución para el extraño drama del guarda. Al cabo del rato, don Aladino se percató de que se había distraído del problema de Delfín y del asunto de los guiñoles, y de que estaba mirando embelesado los anaqueles de su nueva biblioteca. Cayó entonces en la cuenta de que su biografía consistía en un montón de libros sin leer, y sonrió. Alzó la barbilla en dirección a las estanterías a la vez que tiró del brazo de Delfín para acercárselo. El guarda miró desorientado hacia la biblioteca, pero enseguida bajó la cabeza cuando don Aladino golpeteó con el nudillo el tomo del *Empecinado*.

Las puertas que a la gente, que a todos vosotros, os cierra la desigualdad de oportunidades sólo os las podrán abrir los libros, le dijo el maestro muy flojito.

No acabó Delfín de comprender qué le mandaba don Aladino y pensó que le estaba enviando a abrir la puerta del colegio. Aunque le extrañó semejante orden con la fun-

200

ción aún a medias, salió como una flecha a empujar aquel portalón de madera, sobre el que había una chapa con el escudo de la República y una leyenda que decía: Ministerio de Instrucción Pública. Escuela Nacional... Pero quedaba en estas letras el claro de dos palabras borradas: ... De Niñas. Fue don Aladino quien las hizo desaparecer disgustado porque aquel escudo que le habían mandado era para una escuela de chicas, con lo que resultaba evidente que nadie en el ministerio sabía que en el pueblo no tenían más que un solo edificio y un solo maestro para dar instrucción a todo el mundo. Al tiempo que pintaba las letras de color azul, para que se confundieran con la franja sobre la que estaban impresas, el maestro suspiraba aliviado de que no hubiese entre ellos ninguna Margarita Nelken capaz de preguntarle qué hubiera hecho con el rótulo si le hubiesen mandado un escudo para una escuela de niños.

Al abrir Delfín la puerta de la escuela, se encontró frente a frente con un burro que alguno de los aldeanos había atado a la reja. El animal, quizá porque reconoció a su dueño entre el público, se puso a rebuznar como si estuviese cantando el premio gordo de la lotería justo en el momento en que la doncella guerrera, ya haciéndose pasar por don Martín, decía en el romance *¡Oh, qué varita de fresno para el caballo arrear!* Maruja cogió al vuelo la morcilla del pollino, y acentuando todavía más el tono hombruno con que le daba a la doncella la voz de un guerrero gritó desde debajo de la mesa: *¡No temas, que no va por ti, garañón, y deja seguir la representación!* Algunos se rieron con la ocurrencia de la maestra, pero lo que celebró la mayoría de la concurrencia fue la voz del burro. También Delfín el Aparecido se desternillaba en medio de todo aquel jolgorio. Y como volvió el silencio a la función, pero el guarda aún continuaba riendo, don Aladino quiso preguntarle dónde seguía la gracia del asunto.

¡Pues en el nombre que la maestra le ha dado al burro! ¡Le ha llamado como al doctor!, le contestó Delfín procurando hablar más flojo de lo que reía.

¿Como don Enrique?

¡No! ¡Como el de los libros!, replicó el guarda extendiendo el ejemplar del *Empecinado* que tenía en la mano para ilustrar su explicación.

Don Aladino se quedó un rato en silencio, y al darse cuenta de que el guarda se refería al doctor Marañón se golpeó la frente con la palma de la mano. Le cogió el libro, y fue a reponerlo en su estantería, pero no acabó de hacerlo y se lo devolvió de inmediato.

Delfín, mañana te vienes a verme con el libro, para que te enseñe cómo se forra, le dijo, y de un paquete sacó un cartoncito y lo metió al principio del volumen. Esto es para que cuando te canses de leer lo pongas en la página donde has interrumpido la lectura. Así luego no tienes que marearte buscando por dónde ibas. Se llama marcapáginas, y verás que está escrito. Sobre todo, léelo con mucha atención antes de empezar el libro.

En una cara de aquel cartoncito decía: Patronato de Misiones Pedagógicas. Cuando acabes tu trabajo, lávate las manos y coge el libro que has pedido en la Biblioteca. Busca un sitio tranquilo y lee. Recordarás siempre con placer estos ratos. Guarda luego el libro cuidadosamente hasta que puedas volver a seguir leyendo. Procura que, al devolver el libro, ya leído, esté tan limpio como cuando te lo entregaron. ¡Buena idea se tendrá de un pueblo donde los libros se leen mucho y se conservan limpios y cuidados!

# Catorce

Orfilio Velasco escuchó el gorgoteo de un motor. El sol del mediodía abrasaba la tierra y los rastrojos. Orfilio salió de la sombra en la que se había echado a descansar y se frotó el cogote queriendo aplacar el picor del calor. Anduvo ligero hacia unos peñascos, conocidos en el pueblo con el nombre de cerro de la Horca porque allí se colocaba antiguamente el patíbulo para que quedase bien a la vista de todo el mundo, y encaramado a la punta contempló el correr a campo traviesa de un muchacho montado en una moto negra. Le pareció que se dirigía hacia él. Volvió dando traspiés para apagar rápidamente el fuego en el que había asado su comida, una culebra descamisada y destripada, y recogió su escopeta. Buscó un escondite donde aguardar al extraño, y lo esperó con la boca del arma asomada entre dos rocas como un erizo que saca la punta de la nariz entre las matas.

Tío, ¿eres tú?, preguntó Velasco Flaínez con la moto en marcha y los ojos clavados en el brillo metálico del cañón que le vigilaba desde lo alto.

Orfilio disparó y le reventó una rueda. El muchacho pegó un salto, dejó caer la motocicleta al suelo y se escondió detrás de un árbol. Montó la Star. Su respuesta arrancó un trozo de piedra del escondite del tío.

¿Eres tú, tío?, insistió el muchacho.

¡Devuélveme esa pistola!, fue la respuesta de Orfilio. Tengo otra igual.

¡No mientas! ¡Tienes tres!

¡Eso era antes!

Chico, como asomes otra vez el brazo por el árbol te lo arranco de cuajo, gritó Orfilio.

Velasco Flaínez volvió a preguntar.

¿Así que eres mi tío?

¡Tira las pistolas al suelo! ¡Donde yo pueda verlas!

Cesó el runrún de la moto y bajo su tripa abombada creció un charco de aceite y gasolina. Llegó el silencio, que se arrojó torpemente, cansinamente, sobre el vehículo muerto, sobre el paisaje, sobre aquellos dos hombres. El aire empezó a inflarse igual que se hincha un globo. Transcurrido un largo rato se hicieron insoportables las dimensiones de aquel globo de silencio, y Orfilio lo reventó de un tiro que se llevó por delante una rama del árbol donde se cubría el muchacho. Pero volvió a crecer la bola de silencio, a crecer de nuevo llenándose ahora de sol y de olor a retama, tomillo, jara.

El muchacho lanzó sus dos pistolas contra el cadáver de la motocicleta.

¡Muy bien!, dijo Orfilio y el cañón de la escopeta cabeceó asintiendo a la voz de su dueño. ¡Ahora sal con las manos en alto y no hagas ningún movimiento raro!

Obedeció el chico. El hombre surgió de entre las rocas sin dejar de encañonarle. Anduvo hasta llegar al muchacho y le miró fijamente a los ojos. Con un pie empujó las pistolas más lejos. Movió el cañón para indicarle al chaval que ya podía bajar los brazos. Velasco Flaínez obedeció. Le sonrió al hombre, que le devolvió la sonrisa y dejó el arma al pie del árbol. Extendió los brazos como para recibir al chico y, cuando el muchacho se le acercó lo suficiente también con los brazos abiertos, Orfilio le arreó un puñetazo y el chaval cayó de culo al suelo.

Esto para que aprendas a robarle a tu tío.

Velasco Flaínez se incorporó tambaleándose con un zumbido en los oídos y se arrojó contra el hombre, que le endiñó otro puñetazo en la cara. La cabeza del chico se volvió como una veleta. Se tocó la mandíbula dolorida y escupió contra las ortigas la sangre de su labio partido. Permaneció resollando unos minutos, palpándose la boca y mirando fascinado sus dedos manchados de sangre. Esperó a recuperarse e intentó esta vez agarrar al hombre por la cabeza, pero Orfilio se agachó y le pegó en el estómago. El chico se dobló como una rama partida. El hombre le empujó por la nuca y le hundió la cara en la tierra. Sin fuerzas para levantarse del suelo, se revolvió Velasco Flaínez contra su tío, le sujetó por los tobillos y le hizo perder el equilibrio. De un salto, se sentó sobre el hombre. Hincándole las rodillas en los músculos le inmovilizó los brazos. Cogió un pedrusco y lo alzó con las dos manos sobre la cabeza del tío. Una sonrisa recorrió la boca de Orfilio como una grieta en una pared. Alzó rápidamente las piernas, las pasó por delante del muchacho y le dio dos zapatazos en la cara. El pedrusco cayó junto a la cabeza de Orfilio y el chico salió disparado hacia atrás.

El hombre esperó fumando a que el muchacho abriese los ojos. Cuando lo hizo, le tiró un chorro de agua a la cara.

Y ahora dime, ¿cómo está tu abuelo?

Se ahogó en el río, respondió el chico.

Le pasó a Orfilio una sombra de tristeza por el ojo vivo. Pero enseguida se despejó la nube y su mirada volvió a brillar. Se acuclilló para hablarle más cerca al chaval, que continuaba tirado en el suelo.

¿Y por eso vienes a buscarme?

Sí.

Es la segunda vez que nos encontramos.

Sí.

Eso significa que nuestra estrella quiere que estemos unidos. Te repito la pregunta que te hice la última vez. ¿Te gustaría venirte conmigo a Barcelona?

Me esperan en Madrid. En el Café Castilla, de la calle Infantas.

En Barcelona tengo muchos amigos. Y podrás ver el mar. ¿Quién te espera en Madrid?

Una artista de teatro.

Ese pájaro ha volado ya a otra rama, chico. Levanta el culo del suelo, recoge toda esa mierda que has traído y sígueme, el hombre señaló las pistolas. Su mirada expresaba cansancio y desolación como la de un gorila enjaulado.

Velasco Flaínez le dio una Star a su tío y se guardó la otra para él. El hombre no dijo nada al respecto. La moto quedó tendida entre las piedras igual que un caballo muerto. Llegaron a un barranco donde había una cueva que el tío utilizaba para dormir y recogerse. El muchacho vio que el techo de la cueva estaba forrado de murciélagos que dormían bocabajo. Cada vez le dolían más los golpes. Se sentó de costado sobre una lasca de bordes apretados como las páginas de un libro.

¿Tienes hambre, chico?

No.

No importa. Cuando te recobres tendrás hambre. ¿Quieres que te cuente una cosa?

Vete a la mierda.

Es sobre una moto, como la que traías. ¿De verdad no quieres oírlo?

No.

Eres fanático, intransigente y sin embargo estás en guerra contra los dogmas. ¡Me gustas!

Será de familia.

Tu padre era más cobardica. Se cansaba enseguida de pelear.

El muchacho dio un respingo y quiso tirarse encima del hombre, pero Orfilio lo sentó de nuevo tocándole levemente el hombro.

No te sulfures, chico. Las cosas son como son, pero siempre hay cosas peores. En Barcelona tuve mucho trato con un tal Magín... Magín Olivella, se decía. Muy buen chaval. Era el carpintero de la plaza de toros de la Monumental. Fíjate que un trabajo puede hacer a un hombre o también anularlo. No es lo mismo ser el carpintero de un sitio que trabajar de carpintero en un sitio. Si uno no consigue ser lo que trabaja, está perdido. El chico era una figura en su oficio. Sabía encontrar el claro de una faena, el momento en que el público aplaudía al torero, o cuando el toro andaba enzarzado con el caballo, para coger su mazo y, sin llamar la atención de nadie, ponerse a arreglar los listones astillados de los burladeros. Y pimpam, pimpam, los dejaba como nuevos en un minuto. Pero el hombre tenía una obsesión. Las motos. No paraba de hablar en todo el día de motos y del toreo moderno. Se le había metido en el cráneo que quería aprender a ir en motocicleta para acompañar al gran Aresta. ¿Sabes quién es Aresta? ¡Es lo nunca visto! ¡El campeón, el inventor del toreo en moto! Cuando lo ves rejonear aupado en la moto, el alma se te separa del hueso, y empiezas a rezarles a los dioses para que te devuelvan a tu estado habitual. Magín hacía sus cuentas delante de todo el que se le ponía a tiro. Te pillaba por banda y no te soltaba. Como era muy bajito, cuando hablaba parecía que estabas viendo títeres. Te decía manoteando: ¡Siete mil pesetas, Orfilio, eso es lo que vale una moto! ¡Pero luego todo son ganancias! ¡La gasolina la amortizas en cada función! Yendo con Aresta, todo es ganar dinero. Yo voy delante, de piloto, y detrás Aresta, de rejoneador. Imagínate qué cartel: ¡Aresta y Magín toreros de postín! Pobre Magín, chico. Ahora hasta me da pena haber empezado a contártelo. El caso es que Magín y Aresta eran vecinos. Se conocían del barrio de Gracia. Magín se hacía el encontradizo con Aresta y buscaba al torero por todos los bares para repetirle que tarde o temprano él sería su piloto. El muchacho, Magín, estaba casado con Fausta, una chica muy guapa, con los ojos verdes, los labios grandes y muchas pecas, como si su cara fuese un mitin del Primero de Mayo. En la casa de ellos había dinero porque entraban dos semanadas. La de Magín en la Monumental, y la de ella, que trabajaba de taquillera en el Metropol. Todo un señor cine, en la calle Lauria. En verano tiene hasta aparato de refrigeración. Cuando pasan en el Metropol películas con actuaciones de las grandes figuras del jazz, y más si son negros, el cine se pone de bote en bote, se llena de músicos y de bailarines que vienen de todas las academias de Barcelona, y se chupan las películas con la baba caída. Fausta quería mucho a Magín, y como no sabía decirle que no a nada se pusieron a ahorrar para la moto. Le habían echado el ojo a una Indian de color rojo que había en un autosalón de la calle Trafalgar. Modelo Chief, como la de la policía de Nueva York. Demasiada moto para lo que necesitaba, pero la gente tiende a dejarse llevar. La gente es eso, sabe lo que quiere; pero algo la lleva siempre más allá. Y mejor dejarse llevar, chico, porque uno no es lo que necesita, ni tampoco lo que tiene. Uno es una habitación muy grande y vacía donde se amontona todo lo que ha ido dejando pasar de largo. Como con los ahorros de Magín y de Fausta nunca iba a alcanzar para las siete mil pesetas de la moto, al final le pidieron prestado a la familia. Pero el mismo día que reunieron todo el dinero se murió Fausta. Habían ido a merendar a la falda del Montseny, para celebrar que la moto ya tenía dueño, y allí mismo le mordió a la muchacha una culebra muy rara. Una especie de víbora; aunque nunca se supo aclarar exactamente qué tipo de animal era. A partir de entonces, Magín empezó a trastornarse. Decía que había visto aquella serpiente, y que tenía dos cabezas. Como era carpintero, quiso hacerle él mismo la caja a su mujer. Y ¿sabes cómo la enterraron?, dentro de un ataúd hecho con las tablas de los burladeros.

¿Y la moto?, quedó intrigado el muchacho por esa parte de la historia.

Chico, cuando te pasa una cosa así se te quitan las ganas de que te hagan cosquillas en los cojones con un depósito de gasolina. Magín le devolvió los cuartos a la familia, y continuó trabajando con su mazo, sus clavos, sus puntillas. Cada día, peor de la chaveta, eso también es verdad. Pero olvidar es un derecho. ¿Y si la cabeza te lo niega? ¿Entonces qué haces? La cabeza es una dictadora terrible, sobrino; por eso el corazón es rojo.

El muchacho se rascó la suya en silencio. Luego lanzó sus ojos como piedras contra su tío y le preguntó.

¿Así que se quedó sin moto?

# Quince

Don Aladino estaba explicando que había empezado a disponer los preparativos. Ya tenía preparadas las sábanas y también le había pedido permiso al padre Blas, al que con mucha mano pudo convencer para que les dejasen proyectar las películas sobre un muro de la iglesia.

Pero ¿sabrán llegar Gonzalo y su técnico?, preguntó Maruja.

Si nosotros hemos sido capaces..., comentó Arcos Paulín con ironía.

¿Qué programa traen?, preguntó don Aladino.

La verdad es que el programa no sé precisárselo, dijo Maruja, pero por otro lado sí le puedo adelantar que nuestros compañeros quieren impresionar unos metros de película con esta experiencia. A la vuelta, la proyectarán en Madrid, en la sede del Patronato, en el Museo Pedagógico, en la Residencia de Estudiantes..., en todas partes. Me imagino que Gonzalo se presentará aquí con algunos dibujos animados, o con algo de cine cómico, de Charlot; pero *El vagabundo*, no, que desde el Patronato nos la han hecho retirar porque en ella salen muy mal parados los gitanos, y tienen toda la razón, porque no es cosa de ir sembrando el racismo por los pueblos. Seguro que también pasarán algún documental instructivo sobre la vida en los países lejanos, o sobre ciencias naturales, o de temática agrícola, del tipo de sistemas de riego, cría de abejas... Y luego, el propio Gonzalo impartirá una charla a la concurrencia. Porque encima, don Aladino, si no lo sabía le va a gustar mucho enterarse de esto, resulta que nuestro querido amigo Gonzalo, que es un cineasta muy bueno y un valor en fotografía, es ni más ni menos que hijo de don Ramón Menéndez Pidal.

¡Entonces está todo dicho!, celebró el maestro.

Gonzalo es de los que defienden que hay que aprender a filmar como se aprende a escribir, intervino orgulloso Reposiano. Parece que hoy día los intelectuales se sienten atraídos por las bombillas de los proyectores igual que las mariposas por la luz.

Arcos Paulín chasqueó la lengua.

¿Qué intelectuales ni qué ocho cuartos? El cinematógrafo es precisamente todo lo contrario de la intelectualidad. ¡Se trata del medio de comunicación antiintelectual por excelencia! ¡El cine es la imagen en libertad! ¡No se ocupa de la inteligencia, ni de la comprensión! ¡Va directamente al instinto!

¿Ahora negarás que interpretar una imagen requiere un proceso intelectual?, preguntó Maruja.

¡Las imágenes no son para entenderlas! ¡Son para sentirlas!, persistió enojado Arcos Paulín.

Las imágenes también necesitan intelectuales que las salven de los artistas. Si no es por Cossío, en España nadie se entera de que existe el Greco, intervino Maruja.

Arcos Paulín se dio media vuelta todavía emberrinchado y protestó alzando el brazo con un gesto de desprecio.

¡Pero si al Greco le celebran hoy hasta los de Acción Francesa! ¡Hasta lo más rancio que te puedes echar a la cara admira ahora al Greco!

No te vayas, Arcos, saca pecho cuando te enfades, intervino Maruja. ¡Así que Acción Francesa! ¿Lo dices porque has leído el libro de Mauricio Barrès sobre el Greco en Toledo? ¡Pero si está todo sacado del estudio del profesor Cossío! Hasta que Cossío no escribió su estudio sobre el Greco, nadie le entendió en el extranjero, y nuestro país estaba lleno de Madrazos que iban y venían por la Academia de Bellas Artes quitándole importancia a su pintura, diciendo que era un aglutinado a la corriente italiana.

Reposiano pegó la frente a los cristales de la ventana para mitigar la sensación de fiebre que cada tarde le acometía. Contempló un buen rato el cielo y lo vio retorcerse como en un cuadro del Greco. Luego habló en voz alta, sin dirigirse en realidad a nadie.

Al Greco, si te fijas, le pasa como le ha ocurrido a don Antonio Machado, es el hombre ultramoderno que se extasía ante la España vieja.

Pero además pensó que un poco de eso también le ocurría a él, y de esta manera se sintió profundamente unido al arte.

Como no tenían otra cosa que hacer, sino esperar la llegada del camión con el cine, Maruja y Reposiano salieron a dar un paseo por las afueras del pueblo. Esta vez acabaron encerrándose en la caseta para la gente de paso que había junto al cementerio. Atrancaron la puerta con un trozo de viga quemada. Unas rendijas cribaban la luz de la tarde. Los maestros no se distinguían las caras, pero se reconocían los cuerpos. De la iglesia llegaba una campana pequeña llamando al rosario. Treinta y tres campanadas, los años de Cristo sustanciados en bronce. También la mano de Reposiano pareció de bronce sobre las costillas de su amiga.

Menudos ojos misteriosos que tienes, Maruja, dijo el maestro con las gafas de ella en los dientes.

¡Pero si ahora no me los puedes ver!

No hay manera de olvidarlos.

¿Es eso lo que más te gusta de mí? ¿Mis ojos miopes?

No, también me gustan mucho tus tetas, añadió Reposiano buscando la boca de ella. No les he quitado ojo desde que te vi en el Patronato, muy al principio, cuando estaba en la calle Daoíz, y ahora no les pienso quitar mano.

Maruja no contestó, pero le entregó los labios. Rodeó con su brazo el cuello del maestro y lo estrechó muy fuerte contra ella. De repente dejó de besarle y se puso a reír.

Yo también me acuerdo mucho de aquel día, Reposiano. ¡Por entrar en el Museo Pedagógico me metí en el Colegio Nacional de Sordomudos y Ciegos!

¡Si es que allí lo tienen todo junto, como tú, Maruja!, añadió el maestro volviendo a abrazarla.

Ya hace tiempo que lo han separado, cariño, quiso aclarar ella azorada.

A Reposiano no le gustó la rápida familiaridad con que le dijo *cariño,* pero ahora no se detuvo en darle importancia a esta manía suya. Empezó a buscarle los pechos por debajo del vestido, se los apretó, cogió sus pezones entre los dedos como cigarrillos, los mordió con la desesperación de un anémico. Regresó a su boca, y también se la mordió, y lamió la sangre de sus labios.

214

No sabía yo, le dijo a la maestra, que la vida al aire libre diera tanta alegría de vivir.

Se quedaban pegados igual que cromos ella y él con el hilo del sudor. Maruja le desabrochó el cinturón al maestro, y agarró su miembro nervioso y despierto. Pero ella lo despertó todavía más.

Reposiano, le susurró ella al oído, ¿sabes que estás muy guapo cuando te pones contento? Tendrían que hacerte de la Real Academia sin más tardar.

¿Por qué, Maruja?

¡Pues está bien claro!, rió ella sin soltarle. ¡Porque en España hacen falta miembros como éste!

Luego Maruja separó las piernas y arqueándose ayudó a Reposiano a empezar la faena. El maestro la sujetó por la cintura, atrajo a la chica hasta él y se apretó a ella con todas sus fuerzas. La maestra pasó las manos por detrás de su amigo para hincarle las uñas en los glúteos, para oprimírselos como el que aprieta una lavativa.

Maruja, el maestro le hablaba en el cuello, ¿quieres que te lo diga en cateto?

¡Sí! ¡Dímelo!, pidió ella con una voz hecha de telarañas rotas.

¡Te ponía a repartir jamones!

Se le rompió a ella la voz en carcajadas, se dio media vuelta, tomó la picha de su amigo y la guió hacia su culo.

Pues ahora, lo haremos así. Aunque dada nuestra actividad actual, habló ella resollando, quizás hubiese resultado más procedente que adoptásemos la postura del misionero.

Reposiano se sintió desconcertado, pero prefirió seguir follando al desconcierto. Apoyó Maruja las palmas de las manos contra la pared de aquella casucha, y pensó mientras empinaba el culo que también a la industria sombrerera familiar le convenía una prospección de nuevos canales. Cuando se corrieron, Reposiano giró a Maruja para tenerla cara a cara, y ella le agarró las muñecas y le mordió la barbilla.

Menuda chimenea tienes, muchacho.

Chimenea de mi fábrica de amor.

Continuaron besándose un rato, buscando ciegamente ella en todos los rincones del cuerpo del maestro, y rebañando él en la maestra igual que el niño que rebaña una olla de flan. A ratos, se les iba la conciencia entre las sombras, y sólo eran cuerpo y olor a cuerpo, y se lanzaban entonces a una aurora de palabras incendiadas, de voces de apremio. Al final se quedó todo en silencio, como en un alto el fuego entre trincheras. Los amantes se tomaron de la mano con los dedos entrelazados, echaron de menos el sonido de las campanas y sin darse cuenta se soltaron y se vistieron.


Asomados al filo de un barranco Maruja y Reposiano contemplaron cómo se metía el sol en su bañera de sangre. Un coro desquiciado de pájaros entonó el primer himno a la noche. El maestro dejó de dar patadas a las piedras cuando reparó en que sólo tenía ese par de zapatos. Regresaba la pareja al encuentro de sus compañeros subiendo la cuesta del cementerio. Durante el paseo de vuelta, la maestra evocaba la figura de Cossío.

Una vez hablé con él, en una conferencia que dio en

el ateneo. Poco después empeoró de su dolencia de la espalda, contó Maruja, y dejó de salir de casa. En sus últimos tiempos, se pasaba el día tendido sobre una tabla, con el cuerpo escayolado. Tenía que recibir a las visitas en esas condiciones tan penosas. Pero aunque estuviese consumiéndose de dolor en su cama, dicen que nunca renunció a su sonrisa, y que en todo momento asentía cordialmente con su típico *sí, sí, claro, claro...*

Se murió dos días después que Enrique Barbusse, añadió Reposiano. Guardo los dos recortes de *El Sol*. Barbusse falleció el viernes treinta de agosto, y don Manuel el domingo uno de septiembre. Y ya ha pasado un mes.

¿Que Barbusse falleció?, repuso la maestra, ¡más bien le ha mandado envenenar Stalin!

Hoy día no se puede morir uno en Rusia sin despertar suspicacias, protestó el maestro.

Hizo un alto Maruja para contemplar el lento aleteo de una bandada de vencejos adormilados, y se imaginó a Reposiano paseando con *El Sol* bajo el brazo por la Casa de Fieras con aires de esnob. Retomó enseguida el hilván de la conversación.

Cuando el profesor Cossío supo que en España se había proclamado la República, vino corriendo de Suiza. ¡Le faltó tiempo! Llevaba un par de años jubilado de la universidad y de la Institución Libre, y se había afincado en Ginebra para tratarse de su afección en la columna, aunque ya estaba hecho a la idea de que su mal no tenía cura.

¿Cómo era, Maruja?, le preguntó su amigo.

¿Cómo era quién? ¿El profesor Cossío?

¡Claro! ¿Te parecía atractivo?, estaba dispuesto Reposiano a competir en todas las modalidades por la exclusividad de la muchacha.

La verdad es que a pesar de su edad y de su enfermedad, tuvo que ser de siempre un hombre muy guapo. Con la frente despejada, y peinado pulcramente; la raya al lado, como si hubiera dejado una marca en un libro para seguir leyendo. Con la nariz solemne, y la barba recortada y blanca. Con los ojos grandes y tristes, de anciano enfermo que prefiere curar al mundo a curarse él. Al hablar, el profesor Cosío *arrastraaaba* las vocales *muchíiisimo* con su voz melodiosa y dulce.

¡Pues sí que te fijaste durante la conferencia!, apuntó Reposiano.

Hasta hace poco, antes de caer tan grave, respondió Maruja, se le veía mucho por la sede del Patronato y por el Museo Pedagógico. Fue a través del museo como don Manuel puso en marcha las primeras bibliotecas escolares circulantes.

Reposiano empezó a notar que un enorme cansancio le ceñía el cerebro como un turbante de sueño, y temió quedarse dormido mientras admiraban el paisaje. Avivó el paso y tomó la palabra.

Va a ser muy difícil que la huella que ha dejado Cossío se borre de nuestra pedagogía. Al contrario, nunca se dejará de hablar de él, porque será el que sacó al país del analfabetismo.

Cuando me presenté a formalizar los trámites para esta misión, añadió Maruja, me atendió un hombre muy joven, no pasaría de los veinticinco. Pues, agárrate, resulta que era el mismísimo Antonio Sánchez Barbudo, el de la *Hoja Literaria*, que está de auxiliar en el Patronato. ¡Yo lo hacía mucho más viejo! La arenga que me soltó la terminó con una máxima de Cossío, que la he convertido en mi lema particular mientras andemos por estos pueblos. Me dijo que por encima de enseñarle a leer y a escribir a la gente del campo, teníamos que ir a enseñarles a los niños a pensar.

Al ver que ya habían entrado en el pueblo, Maruja se arregló el pelo e imitando la manera de andar de su padre, se cogió las manos por la espalda, y avanzó con pasos morosos.

No hace falta que adoptes ese lema tan particularmente, Maruja. Esta aventura es una cuestión de interés público.

¡De interés nacional!, subrayó Maruja. Dicen que de joven Cossío recorrió España a pie, para conocer a sus gentes. Y que llevado por esta misma escrupulosidad siempre viajó en vagones de tercera, y en el teatro ocupaba las localidades más baratas. Cossío era de esos hombres que aman al pueblo y temen a las masas.

La oscuridad del cielo fue calando entre los cerros. Le dio la bienvenida el ulular de un mochuelo.

El profesor Cossío era muy humilde, continuó Maruja. Sólo tenía un traje y un abrigo pardo, y al verlo tan sencillo los mayordomos le hacían entrar por la puerta de servicio cuando iba de visita.

¿Y no protestaba?

¡Qué va! Cossío nunca caería en la vulgaridad de contestarle a un criado con un *¿por quién me toma usted?*

Todo un caballero.

Él era señor por encima de caballero. Fue el primer ciudadano de honor de la República, y encima resultaron ser las derechas quienes le otorgaron ese galardón.

Sin consultarle.

¿Cuándo has visto a la derecha consultar algo, hijo mío? En cualquier caso, nunca estuvo adscrito a ningún partido político. Y aun así su nombre sonó varias veces para presidente de la República.

La República es Azaña, sentenció el maestro.

Maruja sonrió, cogió del brazo a su amigo y rápidamente le dio un beso en la boca. Le soltó enseguida y, antes de apretar los labios como si nada se hubiera dicho en aquella tarde, se concedió una última frase.

No, Azaña es el capitán Nemo de la República.


Entraron en la escuela Maruja y Reposiano, y encontraron a don Aladino y a Arcos Paulín escuchando los discos que iban con el gramófono. Había grabaciones de bailes regionales, muñeiras, sardanas, jotas, seguidillas, y *El café de Chinitas* y *Las tres hojas*, cantadas por la Argentinita acompañada de Federico García Lorca al piano, y el *Vito vito*, *La Dolores* y *Ya se murió el burro*, y obras de Isaac Albéniz, de Manuel de Falla, de Joaquín Turina, de Óscar Esplá, de Juan Sebastián Bach, de Ricardo Wagner, de Federico Chopin, de Ígor Stravinski, de Haendel...

Redactaba el maestro unas notas sobre las vidas de los compositores para dejarlas dentro de cada disco. Algunos ya traían fichas escritas por el concertista Eduardo Martínez Torner y por el compositor Óscar Esplá, y de ahí había sacado la idea.

Pues Torner y Esplá están de vocales en el Patronato, le explicó Arcos Paulín a don Aladino. Son quienes se ocupan del servicio de música de las Misiones Pedagógicas, y del Coro del Pueblo. Con sólo doce lecciones, Torner les ha enseñado a los maestros de las Misiones a tocar al piano las canciones más populares, las que todo el mundo conoce. Según Torner, todo es música. Lo que oímos, lo que decimos, lo que escribimos. Se cuenta que un día se puso a hablar con un inspector de primera enseñanza que acababa de publicar un volumen de estampas aldeanas, y le demostró que su libro estaba escrito en seguidillas manchegas. Abrió una página al azar, y empezó a cantar lo que ponía al ritmo de una seguidilla, y efectivamente parecía que había sido compuesto a propósito para eso. El inspector, que se llama Eusebio Lillo Rodelgo, y que había estado un tiempo de maestro en La Sota de Valderrueda, en León, se quedó blanco. Cuando se repuso, le explicó a Torner que su abuelo tuvo fama de ser el mejor bailador de seguidillas de toda la provincia de Toledo.

Al ver llegar a Maruja y a Reposiano, Arcos Paulín se levantó de un salto y los recibió con los puños puestos en las caderas.

¡Qué bien que al fin aparece alguien esta tarde! ¡Se nos va a echar encima la hora de la película y no tendremos nada preparado! ¡Ahora sólo faltan María Luisa y el motorista fantasma!

¡Sólo faltan, sólo faltan...! ¡Hay que ver qué mal carácter tienes!, le reconvino Maruja.

# Dieciséis

Les vamos a hacer polvo ese adefesio, masculló Orfilio Velasco y se sacó de entre los dientes un huesecillo del ave que estaba royendo. Al caer la tarde, habían salido a cazar tórtolas. La fogata agigantaba las sombras del tío y del sobrino y las extendía como mantequilla sobre las paredes de la cueva. Una ráfaga de viento las empujó hacia el tragadero de la gruta, pero como vieron que allí dentro no había más que oscuridad y tierra húmeda, regresaron rápidamente a su posición vertical. Rezumaba de aquellas paredes un permanente olor a excrementos de murciélago, y las llamas de la hoguera se retorcían igual que santos atormentados.

¿A qué te refieres?, preguntó el muchacho todavía dolorido por la paliza.

A una ermita que hay en un cerro. Es un pegote en medio del campo. Un adefesio. El cura lleva allí a la gente del pueblo como borregos, y nosotros vamos a ir como lobos. ¿Qué te parece?

El chico desmenuzó con los dientes la carne que le quedaba y masticó las vértebras del pájaro.

¿Y a ti qué más te da?, murmuró lo suficientemente alto para que su tío pudiese oírle.

A mí me da lo mismo, pero a ellos se los van a llevar los demonios.

No le encuentro ningún sentido. Si quieren ir a la ermita, que vayan.

Pues tiene mucho sentido, sobrino. ¿Ellos hacen? ¡Nosotros deshacemos! Ellos hacen las cosas para tener la impresión de que van a sobrevivir. Pero si crees que no hay supervivencia posible, ¿qué queda? ¡Deshacer! ¡Nosotros escaparemos marcha atrás! Hasta regresar al caos primigenio.

No sé si tengo yo ganas de andar tanto.

El hombre no quiso escuchar al muchacho.

Está a tiro de piedra, el cerro. ¿Has estado alguna vez en una fábrica de jabón? El futuro de la humanidad pasa por las fábricas de jabón. Uno de los residuos más importantes que sale de ellas es la glicerina. En Barcelona, y en todas las grandes ciudades del mundo, la gente va cargada de glicerina por la calle. La mitad de lo que se vende en las perfumerías y en las boticas ha sido hecho con glicerina. ¿Sabes de combinaciones químicas? Quien comprende la química de los elementos comprende también la química de la cuestión social. Es extraordinario el poder de las combinaciones químicas. Con su acción, algo de gusto tan dulce, y tan inofensivo, como es la glicerina puede convertirse en un poderoso agente de destrucción. Basta mezclarla con ácido nítrico y, como su propio nombre indica, se obtiene la nitroglicerina. ¡La habrás oído nombrar, por supuesto!

El chico se encogió de hombros y notó un lejano dolor en los músculos del pecho.

¡Pues se trata del más terrible explosivo!, prosiguió el tío. El poder expansivo de la nitroglicerina es ciento diez veces superior a la pólvora de cañón. Para prepararla necesitas mezclar antes el ácido nítrico con ácido sulfúrico, en proporción de uno a dos. Pones la glicerina en un frasco, y en otro la mezcla de los ácidos. Y a partir de ese momento, has de tener los frascos constantemente rodeados de agua fría, porque si se te recalienta el asunto durante la combinación, no lo cuentas. El italiano que descubrió la nitroglicerina tenía la cara llena de cicatrices por descuidos de este tipo. Toma un serpentín de cristal, lo refrescas también con agua, y dejas que se reúnan en él un chorro de cada frasco. La proporción de este cóctel ha de ser de una parte de glicerina por cinco partes de la mezcla de ácidos. Verás que en pocos minutos se formará la nitroglicerina y caerá en el agua. Deja, esto es muy importante, que se evapore el agua. Mejor siempre tener la nitroglicerina en estado sólido, porque líquida es muy inestable. Forma una especie de aceite amarillento, y cualquier golpecito de nada es capaz de hacerte saltar por los aires. Todo lo contrario del TNT. ¡Mira que es cachazas el TNT! Resulta tan estable que incluso hay quien ni le considera un explosivo. ¿Sabes lo que es el TNT, chico?

Velasco Flaínez abrió mucho los ojos y asintió con un gesto de inteligencia.

Supongo que sí lo sé. Es una cosa parecida a la harina. Viniendo de camino, dos chiflados me llenaron la boca de eso.

El tío calló un instante y evidenció en su rostro que no entendía lo que le había contado el muchacho. Removió las ascuas con la punta del zapato antes de proseguir su explicación.

Me parece que no hablamos de lo mismo. Dudo que nadie te llenara la boca de TNT. Bueno, cuando tengas preparada la nitroglicerina, recuerda que lo mejor es guardarla en un frasco de caucho, porque se amortiguan me-

jor los golpes y el traqueteo. ¡No dirás que no se apren-
den cosas con tu tío!

Orfilio rubricó su explicación con una sonrisa de orgullo que le cerró el hueco del ojo que le faltaba.

Ni siquiera tengo claro que vaya a acordarme de la
mitad de lo que me has dicho, contestó el chico. Le recorrió un escalofrío al ver la cicatriz de su tío iluminada
por el fuego.

Eso no importa, sobrino. Las cosas, una vez las has
oído, dejan su semilla. Más tarde, a poco que las riegues,
brotan. Así lo explica la psicología moderna. El invento
del submarino lo ha revolucionado todo. ¿Has leído
*Veinte mil leguas de viaje submarino?* Algún día tendrías que
hincarle el diente a un libro. Si te vinieras a Barcelona en-
contrarías una barbaridad de libros a tu disposición. El
mundo de hoy se ha formado sobre esa novela de Julio
Verne. ¿Qué han hecho, si no, Sigmundo Freud al descri-
bir las profundidades de la mente y Carlos Marx al des-
cribir las profundidades de la sociedad, sino pensar como
Julio Verne?

Velasco Fláinez se asomó a la boca de la cueva. Estaba la noche profunda y en calma como un mar subterrá-
neo. Un borrón de luz blanca centelleaba en el lugar de
la luna.

En cualquier caso, dijo el muchacho, conmigo no
cuentes para ir sembrando el campo de nitroglicerina.

¿Te dan miedo los explosivos, sobrino? Pues hay todavía otra cosa peor. O, según como se mire, mejor. ¡La
dinamita! ¡El gran invento de Alfredo Nobel! ¿Conoces
su historia? Era sueco, tenía fábricas de nitroglicerina y
en un accidente se le mató un hermano. Por eso buscaba
un explosivo más manejable. Descubrió la dinamita, y

luego se arrepintió y estableció los premios Nobel. Al igual que él, todos los que usamos la dinamita tenemos bula para arrepentirnos algún día. La dinamita no es más que la nitroglicerina mezclada con arena o con polvo de carbón, o con cualquier otro cuerpo poroso. Resulta prácticamente tan explosiva como la nitroglicerina, ¡pero mucho más segura! Suelta, le puedes pegar fuego sin cuidado, que arde sin estallar; pero comprimida, tiene una potencia expansiva terrible. Para preparar la dinamita recuerda sobre todo que la cantidad de nitroglicerina nunca ha de ser tanta que sature el cuerpo poroso. Si en vez de arena o en vez de polvo de carbón consigues piroxila, ¡formidable!, porque no produce humo y la podrás conservar incluso bajo agua sin que se eche a perder. Se dispone todo en una caja de plomo. Primero has de extender la materia porosa triturada en polvo muy fino. A continuación, muy poco a poco, añades la nitroglicerina, y la amasas con mucho cuidado, con una espátula de madera. Una vez lista la pólvora, rellenas con ella los cartuchos. Si son pequeños, los puedes fabricar con papel apergaminado. Y luego insertas los cartuchos en los barrenos. ¡Pues bien!, en esta cueva tengo unos cuantos barrenos pidiendo que los llevemos en procesión hasta el pie de esa barraca de beatos que hay en el cerro.

En lo más profundo de la noche le había levantado de la cama un ruido parecido al de un lejano cañonazo, y ya no pudo pegar ojo. Miró por la ventana. El golpe fresco de la brisa le dio en la cara y le despejó el calor de las sábanas. No había nadie en la calle. Tampoco distinguió ninguna luz en ninguna parte. Sus fieles seguían durmiendo, y, delante de su ventana, la iglesia parecía un viejo iceberg de piedra. El sacerdote se fumó un cigarrillo contemplando la casa de Dios, que ahora sentía amenazada por la Casa del Pueblo. Se alegró de que todavía no se hubiera inaugurado ninguna en su feligresía, y recordó los versículos que dicen que el estiércol de los hombres debe mantenerse alejado de los campamentos de Israel como algo inmundo. Le asaltó entonces a la imaginación un paisaje con ruinas, similar a las ruinas anacrónicas que salen en las pinturas cuando representan el Nacimiento de Jesús. Parpadeó hasta que la imagen quedó pulverizada.

Dio una cabezada, y cuando despertó de nuevo la revelación volvió a tirarle de la sotana igual que le insiste un perro fiel a su amo. De la noche apenas quedaban unas pinceladas secas sobre las tejas del pueblo. Tuvo ganas de desayunar, y se sentó a la mesa con un bollo de aceite y un vasito de aguardiente que le dejó los dedos pegajosos. Al reparar en el dibujo que formaban unas migas desparramadas sobre la madera se sintió por tercera vez sacudido por la premonición. Apartó las migas de un manotazo, pero entendió que aquel día algo tenía que desmenuzarse, que alguien o alguna cosa iba a convertirse en polvo. Apuró de un trago el matarratas, se persignó, se puso la zamarra sobre el hábito talar, se cubrió la calva con la boina y partió a zancadas en dirección a la ermita.

¡Han sido esos hijos de Satanás!, exclamó el cura ante los escombros, y hundió su cabeza carnosa entre las manos. Sólo un pedazo de pared en pie. Lo demás, un revoltillo de cascotes y tierra. Revoloteaban agitadas por el viento las faldas de su sotana. Del otro lado del río llegaba una música de cencerros y balidos que le quitaba importancia a la angustia del párroco.

¡Seguro que ha sido esa pandilla de señoritos! ¡Y yo en el cine con ellos!, volvió a lamentarse el cura apretando los dientes.

No lo diría tan fuerte, le contestó Orfilio, que estaba liando un pitillo subido a la rama de un árbol. Pegó con la lengua el cigarrillo y se lo puso detrás de la oreja. De un salto aterrizó junto al cura.

¿Entonces has sido tú, animal, hereje?

Se acabó el tiempo de los milagros, padre.

Un milagro vas a necesitar tú para no terminar en el garrote.

Padre, los milagros los hacemos ahora nosotros.

El sol empezaba a calentar la cima del cerro. Orfilio Velasco sacó la pistola del bolsillo de su chaqueta y obligó al arma a besar la frente del párroco. Con la otra mano, le quitó la boina y la hizo volar como un disco en unos juegos olímpicos. Al notar la presión de la Star en su cabeza, el cura se hincó de rodillas sobre la tierra, pero la boca de la pistola se le había quedado pegada a la piel, y no se separó de él mientras se agachaba.

Padre, puede elegir entre rezar o cantar la *Marsellesa*, pero en lo que escoja empléese a fondo porque va a ser lo último que haga en esta vida.

Empezó a decir el párroco su oración con las manos unidas. No quiso apartar su mirada de aborrecimiento de la cara de Orfilio. Al pistolero se le entrecerró el hueco del ojo en señal de impaciencia. Antes de que pronunciase el amén del padrenuestro, Orfilio apretó el gatillo y el cura cayó de costado como un trapo que se tira.

Uno menos, farfulló.

Las esquilas y los cencerros de las cabras persistieron en su tarea de quitarle importancia a la vida de los hombres. Orfilio pensó que los curas, siempre ensotanados de negro, le recordaban a los dibujos del Gato Félix que había visto en el cine. Se puso el cigarrillo en la boca y lo encendió. Miró hacia el sol, siguió las sombras para calcular la hora. Se dirigió a la cueva, donde había dejado a su sobrino; pero al llegar vio que el muchacho se había ido con los cartuchos de dinamita. Marchó hacia el pueblo en su busca.

# Diecisiete

Fue don Rafael Altamira quien hace más de veinte años, cuando era director de primera enseñanza, dispuso que cada escuela tuviese su biblioteca, le dijo Maruja a Reposiano. ¡Pues, fíjate, todo lo que ha llovido desde entonces y cómo andamos todavía!

Esta vez no hay quien lo pare, aseguró el maestro, y golpeó con la palma de la mano las estanterías de la escuela.

Maruja ayudaba a don Aladino a doblar las sábanas que hicieron de pantalla la noche anterior. Al final se había presentado Gonzalo Menéndez-Pidal con un acompañante en una camioneta, y visto y no visto, descargaron, instalaron sus acumuladores, transformadores, conmutatrices. El técnico solucionaba sin pararse a dudar los problemas que surgían a cada paso, y así consiguió poner en marcha el motor del cine en aquel pueblo donde la corriente apenas llegaba a cien voltios. Ya preparado el equipo, proyectaron el cortometraje *Charlot en la calle de la Paz*, un documental que enseñaba el proceso de elaboración del pan y su fabricación en panificadoras, y muchos vecinos protestaron diciendo que así no se hacía el pan, y otro sobre los Mares del Sur, cuya escena más aplaudida fue una en que aparecía un perro, animal que todo el mundo se alegró de reconocer. Luego Gonzalo dio una charla sobre el progreso y su repercusión en la abundancia del pan y de los alimentos. Quisieron poner el himno de Riego para clausurar la función, pero la gente prefirió que sonase en el gramófono el romance de la loba parda. Y todo esto, la preparación de los aparatos, el ambiente del pueblo, la sesión de cine, la charla y los cantos del final, fue filmado por aquellos miembros del Servicio de Cinematografía y Proyecciones Fijas de las Misiones Pedagógicas. Se habían marchado aquella misma mañana, en cuanto despuntó el sol. La camioneta desapareció rodando cuesta abajo y quedó su runrún en el camino de la sierra, igual que queda en marcha el proyector cuando salta una bobina.

¿Parar a don Rafael Altamira?, se sorprendió Maruja. ¡Imposible! ¡Si hasta lo han propuesto en Estocolmo para el Nobel de la Paz!

Me refería, precisó Reposiano, al ideario pedagógico moderno, a llevar escuelas y bibliotecas a todas partes. Quiero decir que ya no hay quien nos pare.

Espiridión y María Luisa asintieron con un gesto de complicidad; pero Arcos Paulín giró la cabeza para manifestar su escepticismo. Entró en la conversación don Aladino.

También se le debe mucho a los artículos que Luis Bello publicó en *El Sol*, a su monumental viaje por las escuelas de España. Tuvo el mérito de calzarse las botas de siete leguas para llegar hasta los pueblos más apartados, y el valor de denunciar las penosas condiciones en que se encontraban los colegios y los maestros.

Y los niños, y sus padres, apuntó Reposiano.

Vino a esta escuela, añadió don Aladino. Me habló mucho de Joaquín Costa, de quien ha sido discípulo, y de su ideal de escuela y despensa. Me pareció, de entrada, un hombre triste y cansado, de constitución débil, con un bigote que se le caía sin fuerza como se sale el agua de un barreño. Si no fuera porque se le falta al respeto, diría que tenía todo el aspecto de los tísicos. Pero ¿sabéis lo que se veía sobre todo en ese hombre? Que pertenece a la nueva religión que ha fundado don Antonio Machado.

El maestro calló, tomó unas tizas y las dispuso a lo largo del encerado. Se restregó unas con otras las yemas de los dedos para sacudirse el polvo del yeso y se frotó las manos en el chaleco.

¿A qué religión se refiere, don Aladino?, preguntó María Luisa.

A la religión de los hombres buenos.

Está proporcionando unos tipos excepcionales la República, observó Reposiano. Hace un par de años le otorgaron el premio Nacional de Literatura al poeta Enrique Azcoaga por su obra *Línea y acento*, y se negó a que la editaran porque consideraba que no era lo suficientemente acertada como para hacerla pública.

Pues obró con mucho tino, puntualizó don Aladino, ya que tiene más alcance un libro que un premio.

María Luisa le sacudió maternalmente el chaleco a don Aladino, y el maestro se sonrojó. La muchacha le hizo una pregunta para liberarlo de su rubor.

Así, don Aladino, ¿cree que nos vamos a ir de este pueblo sin conocer al alcalde?

Don Melitón no quiere saber nada de vosotros, ni de mí, ni de la escuela. Vive impaciente esperando recibir de la Santa Sede el aviso de que el Papa ha elevado a su madre a la gloria de los altares. Y por lo demás sólo le preocupa que el nuevo gobierno suspenda la reforma agraria y restablezca plenamente la religión católica. Mientras, en este pueblo las pocas tierras que tenemos cultivables se quedan sin explotar. Hay quinientos hombres en condiciones de trabajar y únicamente cien de ellos tienen trabajo seguro, que sólo les dura medio año. Cuando nadie trabaja, el ayuntamiento les da una ayuda de una peseta a los solteros y de dos pesetas a los casados, y con eso se cree el alcalde que ya ha cumplido con sus obligaciones.

Pero la gente ¿no protesta?, le interrumpió Maruja.

Una peseta es una peseta. Veréis como puede más una peseta del alcalde que cualquier libro vuestro.

¿Es del partido agrario don Melitón?, se interesó Arcos Paulín.

¡Ojalá! Ha encontrado ahora otra derecha más retrógrada. Anda con el Bloque Nacional.

¡De Calvo Sotelo!

Sí, pero él dice siempre que no es ni de derechas ni de izquierdas, continuó don Aladino e impostó una voz altisonante. Habla de sí mismo en tercera persona. Y suelta perlas del tipo: Don Melitón no es enemigo de la República, ni amigo de la República; don Melitón no fue ni amigo ni enemigo de la Dictadura; don Melitón no fue ni amigo ni enemigo de la Monarquía; don Melitón no es amigo ni enemigo de nadie; don Melitón es don Melitón.

¡Y tenía tres gatos, como en la canción!, intervino Maruja. ¡Que él es don Melitón ya lo debe de saber de largo la gente!

¡Pero se encarga de recordarlo!, señaló don Aladino. Lo extraño no es que no asome por vuestras actuaciones, sino que ni se moleste en impedirlas.

Arcos Paulín tiró la colilla de su cigarro al suelo de la

escuela y la apagó restregándola con el zapato. Se metió las manos en los bolsillos de los pantalones.

¡Ha tenido suerte el alcalde de que hayamos sido nosotros los que hemos llegado! Si se topa con la compañía de teatro proletario revolucionario de César Falcón, le da un ataque al corazón, con perdón del ripio.

¿A ésos no les prohibieron las giras el año pasado?, intervino Espiridión.

Les acusaron de haber fomentado en Asturias la tensión social que dio lugar a la revolución, explicó Arcos. Pero creo que aún mantienen abierta la carbonería de la calle Alcalá. Para ellos, nosotros somos un puñado de señoritos deseosos de lavar nuestra mala conciencia. Y a los de La Barraca, no te digo nada, los consideran la alta burguesía de la cultura.

Nos desprecian por igual a unos y a otros, observó Reposiano. Dicen que somos todos una caterva de intelectuales. Y en eso se equivocan, al menos con respecto a las Misiones Pedagógicas. Las Misiones no están integradas por intelectuales y artistas, algunos hay, también es cierto; sin embargo, la mayoría de quienes participamos en ellas somos modestos maestros anónimos.

Maruja sintió sus ojos imantados por los ojos de Reposiano, notó cómo su mirada le buscaba para quedarse pegada a él, y cuando desistió de su impulso de adueñarse del maestro tomó la palabra.

En realidad estamos en el mismo viaje, pero no en el mismo barco, los barracos y nosotros. Lo que Federico García Lorca está llevando por los pueblos va dirigido a públicos más enterados.

Enterados y enteradillos, interrumpió Arcos Paulín con media sonrisa. ¿Sabéis lo que va opinando por los pasillos del Palacio de la Castellana don Manuel Azaña sobre los chicos de La Barraca? Los considera un puñado de estudiantes que se aprovechan de don Fernando de los Ríos, el protector de García Lorca, y que en el fondo no pasan de ser modestos aficionados, y que lo único que hacen bien es caracterizarse.

Reposiano alzó una mano con indolencia para quitarle importancia a las palabras del chófer, y prosiguió su discurso.

La Barraca es la vanguardia escénica. Tienen los decorados más inesperados, los vestuarios más imaginativos. Han puesto de director artístico a Benjamín Palencia. Les dan un esplendor nuevo a los dramas, a las comedias.

¡Ahí está la gran diferencia entre La Barraca y nosotros!, exclamó Maruja. Nosotros, antes que comedias o dramas, lo que representamos es sobre todo farsa; porque lo que buscamos es devolverle al pueblo su tradición. Y esto es también lo que nos distingue de compañías como las de Falcón.

¿Qué les vas explicar a los del teatro proletario, si todo lo que no viene de ellos les parece bazofia burguesa?, observó Reposiano. Para saber por dónde van sus tiros, sólo tienes que fijarte en el nombre del partido político que fundaron, el IRYA, Izquierda Revolucionaria y Antiimperialista.

¡Sopla!, exclamó don Aldino.

Sopla, bufa y recontrabufa, añadió Maruja. Porque en el treinta y uno se presentó a las elecciones generales por el Bloque Republicano Revolucionario, con Balbontín y el aviador Ramón Franco.

¡Ortega y Gasset les llamaba los jabalíes!, apuntó Reposiano enseñando los colmillos.

Dicen, prosiguió Maruja, que pretenden mostrarles a las masas trabajadoras la transmutación teatral de su vida y desenmascarar todas esas otras obras imbéciles llamadas teatro social.

¿Y eso lo entiende su público?, se preocupó don Aladino.

La verdad, contestó Maruja, es que cuando se han presentado en los pueblos mineros y en los pueblos de pescadores los locales se llenaban hasta la bandera. Representan piezas cortas, directas, en un solo acto, como ese drama sobre la explotación en un taller de modistillas, titulado *Al rojo*, de Carlota O'Neill, o como *La conquista de la prensa*, que es un entremés compuesto por la compañera de Falcón.

Ah, sí, esa chiquilla... Irene, apuntó Arcos Paulín. ¡Pero si él le dobla la edad! ¡No sé qué le habrá visto la niña al peruano ese!

Pues de tonta no tiene un pelo, apostilló Maruja. Antes de irse con Falcón estaba de bibliotecaria del profesor Ramón y Cajal, y el doctor la quería hacer investigadora.

Siempre vienen bien los revolucionarios, quiso ser ecuánime don Aladino; pero sobre todo nos hacen mucha falta investigadores.

Es ése precisamente otro propósito de las Misiones, explicó Maruja. Además de animar y modernizar a los maestros, se busca que los avances de la ciencia alcancen también a las gentes humildes, que éstas sepan, a través de charlas de los expertos, de la importancia de la higiene para prevenir las enfermedades, que se hagan cargo de lo necesario que es el cuidado de la piel y de los dientes. Son varias las Misiones que han llevado a las aldeas medicamentos, jabón, peines, material dentífrico... para repartir gratuitamente y que han dejado botiquines en las escuelas. En algunas, incluso se les ha podido hacer un reconocimiento médico a los vecinos. Asimismo, y esto le gustará, don Aladino, hay viajes en que se les ha llevado a los labradores trigo y semillas de las especies de cereales más productivas y más resistentes a las inclemencias del tiempo. Y a los pescadores se les enseña a poner en práctica en la mar algunas reglas elementales de seguridad que desconocen. Y en todos los pueblos donde van las Misiones, se imparten conferencias para dar a conocer los derechos y deberes del niño, de la mujer, de todos los ciudadanos, recogidos en la nueva Constitución. Se les lee el artículo uno, que dice que España es una República democrática de trabajadores de toda clase, organizada en régimen de Libertad y de Justicia, y que los poderes de todos sus órganos emanan del pueblo. Y también se les cita el artículo dos, según el cual todos los españoles son iguales ante la ley.

Y el seis, y el seis, añadió Reposiano.

En efecto, el seis, Maruja le miró más con los labios que con los ojos. El artículo seis, que dice: España renuncia a la guerra como instrumento de política nacional.

Calló de repente la maestra, al ver que asomaba por la puerta Velasco Flaínez. Pero no puso el muchacho un pie en el aula, cuando ya se le había agarrado al cuello Espiridión.

¡Y tendrás la desfachatez de aparecer por aquí!, gritó el estudiante zarandeándole.

El chico se separó de aquel hombre con un empujón. Espiridión retrocedió unos pasos sin dejar de mirarle a los ojos fieramente, con los puños apretados con fuerza.

¡A lo mejor vienes para devolverme la moto!

Arcos Paulín le agarró por el hombro queriendo calmarlo, pero el estudiante se revolvió y se apartó del chófer. Su diente de oro parecía un recuerdo del país de los muertos.

Porque si no, ya sabes lo que te espera, y al decir esto Espiridión se sacó la Star de la cazadora. Te voy a devolver tu regalo con las balas por delante.

Sonrió el muchacho al motorista. Muy despacio se descolgó el morral del hombro y lo mantuvo en alto.

Espiridión habló a sus compañeros al tiempo que describía un arco con el cañón de su pistola.

Cualquiera de vosotros, ¡recogedle la bolsa! ¿Qué llevas ahí? ¡Contesta!

Te he traído otro regalo, amigo Espiridión.

Yo no soy tu amigo.

Arcos Paulín abrió el zurrón y dejó escapar un silbido largo como una serpiente prehistórica.

¡Aquí vienen chorizos picantes, y de los gordos! ¡Estos petardos están rellenos de dinamita!, exclamó.

Se los he quitado a mi tío, explicó el chico, y, libre del morral, se sentó confiadamente en un pupitre; estiró las piernas bajo la mesa. Está como una cabra, mi tío. Ha sido él quien ha destrozado tu moto. Se lió a tiros con ella y la dejó para el arrastre.

Pero fuiste tú quien se la llevó, repuso Espiridión; aguardando una respuesta, la pistola observó con su profundo ojo al muchacho.

Este presente es lo único de valor que he encontrado para compensarte, amigo Espiridión.

Intuyó el arma que el asunto podía acabar de torcerse y miró de reojo a su dueño a la espera de una orden, pero éste no abrió la boca. Velasco Flaínez prosiguió su explicación. La pistola le escuchó atentamente.

La moto te la cogí prestada para buscar a mi tío. Te dejé en prenda eso que aprietas en la mano. Ahora es tuyo. La moto no sé cómo podría pagártela.

Entonces, ¿para qué has vuelto?, el motorista se guardó el arma en la cazadora y se plantó ante el chico.

Quiero irme con vosotros a Madrid.

¡Ésta sí que es buena!, intervino Maruja. ¿Pero tienes a alguien en Madrid?

El muchacho no respondió.

# Dieciocho

Desde la acequia seca que bordeaba el camino un lagarto vio llegar unos zapatos de ciudad. Cuando los tuvo cerca salió corriendo en un revuelo de ramas rotas y hojarasca. El ruido llamó la atención del hombre, que acertó a distinguir la cola huidiza y escupió en su dirección. Quiso seguir hacia el pueblo, pero al alzar la vista se encontró cara a cara con Delfín el Aparecido. Ambos se quedaron muy quietos observándose.

¿Tú de dónde has salido, Delfín?, preguntó Orfilio. ¿Acabas de brotar del suelo como la salvia?

Estaba aquí todo el rato. ¿No me has visto cuando venías?

No.

Yo sí te he visto venir.

¿Y qué más has visto?

Eso, que venías de la sierra. También veo que te acuerdas de mi nombre.

La tímida sonrisa de Delfín bastó para mostrar el hueco de los dientes que le faltaban. Orfilio miró hacia aquel hueco como el que se aboca a una sima.

Claro, eras de los pocos que andaban por el monte. Estás muy estropeado. ¡Leche, si no fuera porque estamos hablando te diría que estás muerto!

¡Pero qué manía ha cogido la gente!, fue dolor lo que

expresó ahora el guarda. ¿Cuándo has vuelto, Orfilio? En los últimos tiempos le ha dado a todo el mundo por decir que me he muerto, y ya no puedo ni volver a mi casa; porque a la que me descuido me meten en una caja.

El pistolero se rió llevándose las manos a la barriga para hacer más humillante su carcajada. Tardó un rato en terminar de reír. Luego le habló con socarronería.

Recuerda que cuando el río suena, agua lleva, Delfín.

Al guarda se le descompuso la cara de desesperación.

¿Y qué hago entonces? ¿Les dejo que me entierren vivo?

Ahora Orfilio se puso muy serio.

¡Mándalos a todos a tomar por saco!

¿Y me voy del pueblo? ¿Adónde, si no tengo a nadie fuera de aquí?

Pues no te vayas.

¡Vaya apaño!

Haz una escabechina, Delfín. Al que te diga algo, lo dejas en el sitio. Y no pares hasta que no veas que han aprendido la lección.

Pero si la primera es mi Damasia.

Entonces principia por ella.

Tú te has vuelto loco, Orfilio.

El lobero se sacó la pistola del bolsillo del pantalón y se la metió al guarda en la boca. Disparó sin distinguir las palabras que farfullaba. Una corona de sangre salió despedida de su cabeza. Guardó de nuevo el arma en el bolsillo.

¿No es esto lo que buscabas, cipote?, le dijo al muerto, y siguió andando por el sendero que llevaba de la sierra al pueblo.

Llegó a la escuela el alcalde escoltado por una pareja de la guardia civil. Don Melitón era un hombre de poca estatura, con una pierna ortopédica de duraluminio. La tripa se le salía por la cintura del pantalón como se desborda la espuma de una jarra de cerveza. Sus ojos vigilantes, de niño criado en las oscuridades de un caserón, pasaron por encima de los misioneros igual que pasa una escoba por un sitio en que hay poco polvo. Sin dar los buenos días, se dirigió directamente a donde se encontraba don Aladino. Los guardias le esperaron a la puerta del colegio con el mosquetón al hombro. Al de la nariz hinchada y roja, había tenido que ir a buscarlo su compañero a la cantina. Se presentaron los dos oliendo a cazalla.

Don Melitón gastaba un bigote demasiado ancho para su cabeza pequeña, de manera que daba la impresión de que volvía de un baile de máscaras con el antifaz caído. Aquella mañana salió a la calle con un traje oscuro, una corbata corta y negra, y un clavel blanco en la solapa de la chaqueta en señal de optimismo, pero el día se le cayó a los pies cuando le contaron que el cura andaba desaparecido.

Y yo quisiera saber, don Aladino, si alguien lo ha visto por alguna parte, dijo el alcalde, pero esta vez en lugar de mirar al maestro no les quitó ojo a los misioneros.

A Arcos Paulín le tembló la mano con que sostenía el zurrón lleno de dinamita.

Porque ustedes ¿han visto al padre Blas?, al fin se dirigió al grupo.

Cada uno a su manera negó con la cabeza. Se brindó Maruja para ayudar a buscarlo y para cuanto fuese preciso. El alcalde contestó con una franca explicación, que todos entendieron como una amenaza.

Nuestro padre cura nunca se ha saltado su rutina. Por eso es rutina. La rutina que no se repite es una ruina. Pero desde ayer noche en el cine, nadie le ha visto ni en la plaza, ni en la taberna, ni en la panadería. Las puertas de la iglesia llevan cerradas desde ayer, y las campanas ¿tú las has oído tocar? Aún no han sonado. Aniseto, el sacristán, tampoco ha sido capaz de dar con él. En el pueblo la gente dice que de madrugada se ha escuchado como un trueno muy lejos. Yo no he sentido nada, pero es que yo duermo como un tronco, hecho un lío en la colcha, porque puedo permitirme ese lujo por tener la conciencia bien tranquila.

Don Melitón prosiguió esta charla apuntando ahora con su panza a Maruja.

Es usted muy amable ofreciéndosenos, señorita. Disculpe que no me haya presentado antes. Resulta que en este pueblo no estamos acostumbrados a las visitas, principalmente porque no las necesitamos. Represento, como alcalde que soy, la máxima autoridad del lugar. Y si quieren dirigirse ustedes a mí, sepan que me llamo don Melitón Chapaprieta.

Entonces, ¿es usted familia del ministro de Hacienda, don Joaquín Chapaprieta?, le interrumpió Reposiano.

Familia retirada sí que somos, respondió molesto el alcalde, y alzando el dedo índice como un orador en el Congreso volvió a su discurso. Pero han de saber que nunca nuestro apellido le ha venido a nadie tan al dedillo como a mi persona, pues a poco que se fijen verán que ando con una pierna metálica, fabricada en el mejor duraluminio del mercado. Es con este material con lo que hoy día se construyen las estructuras de los zepelines y el fuselaje de los hidroaviones. ¡Pero no he venido a explicarles mis vicisitudes! Ya estoy al cabo de que a ustedes les envía aquí el Gobierno para hacerle títeres a la gente. ¡Hay que ver! ¡En qué mala hora han ido a llegar! Esperemos que lo del padre Blas se quede en un susto. No digo yo que esto no sea más que una casualidad, pero aparecer unos forasteros y desaparecer el cura..., ¡en estos tiempos que corren!

Señaló el alcalde a los civiles con un gesto de la cabeza.

Habrán reparado ustedes en que he venido acompañado. Hoy día hay que esperarse siempre lo peor. Llevo cerca de quince años de alcalde, y las cosas que he visto pasar en el último lustro no las había conocido en mi vida. Digo que he visto pasar en España, no en este pueblo, porque aquí no me sale de los cojones que pase nada, ni bueno, ni malo. Ustedes, como son gente con estudios, sabrán que donde mejor se vive es donde no pasa nada. ¿Que no pasa nada? ¡Enhorabuena! ¡Síntoma de que el mundo va viento en popa! ¿Que pasa una desgracia? Nadie quiere que pasen esas cosas. ¿Que pasa algo bueno; por ejemplo alguien hereda un fortunón? ¡Malísimo! ¡Es lo peor que puede suceder, porque esas cosas siempre son para mal! Ninguna persona honrada, ni nadie que se atreva a llamarse decente, debiera heredar nunca nada. No me refiero a un retrato, un relojito, una joyita familiar; me refiero a un capital. El dinero es para quien lo trabaja. No para que se herede de buenas a primeras. ¡Estarán ustedes de acuerdo conmigo!

Tomó el alcalde del brazo a don Aladino.

Es lo mismo que ocurre con el cabello, querido maestro. ¿A usted ya no le queda un pelo en la cabeza? ¡Pues yo le felicito! No sabe usted lo bien que hace llevando su calva tan visible. ¡Ahí se conoce la honradez de una persona! El dinero que un pobretón hereda de un pariente retirado es el peluquín del calvo. ¡Un postizo! ¡Un añadido asqueroso! El dinero, en eso, es como el pelo, es de quien lo tiene y no de quien le gustaría tenerlo. De igual forma que el pelo nace por sí mismo en algunos cueros cabelludos y escasea en otros, el dinero brota naturalmente en ciertas familias y por otras ni asoma. Pero la vida es así, y cada cual debe aprender a conformarse con lo suyo. Sin embargo, ¡ya nadie quiere resignarse! Hoy hasta el más mentecato sale con la copla del reparto de la tierra. ¿Cómo se va a repartir la riqueza? ¡Entonces no sería riqueza! ¡La propia palabra lo dice! ¡La riqueza es de los ricos!

Don Melitón hizo un largo silencio y balanceó su leontina de oro. Se guardó el reloj en el chaleco al fijarse en las estanterías de la nueva biblioteca.

¿Y esos libros? ¿Los han traído ustedes? ¡Menudo sacrificio tener que cargar con ellos por estos caminos de cabras! Permítanme que les felicite por su tesón. Yo también tengo en mi casa muchos libros, no tantos como hay aquí. Debo de tener alrededor de media docena. Piadosos y de entretenimiento. Hay un poco de todo. Pero ¡como esto de aquí...! Claro, que se comprende que ya se trata de una señora biblioteca. Aunque, si quieren que les diga lo que pienso, con la mano en el corazón, creo que se equivocan de todas todas. Los libros no son para campesinos que no tienen otro cultivo que el de la patata. ¿De verdad consideran ustedes que a un entendimiento rústico, sin formación de ninguna clase, es posible hablarle de los grandes hombres? ¿Creen, en serio, que a estas gentes se les puede hablar de nuestra historia y de nuestra poesía, del Cid Campeador, de santa Teresa de Jesús, de los grandes valores de nuestro Siglo de Oro, y que los desdichados serán capaces de sacar una conclusión beneficiosa a su espíritu? Y si esto, que es la esencia misma de nuestra cultura y tradición, ya no lo entienden, ¿cómo van a asimilar que se les hable a la vez de otros siglos de menor calidad? Las referencias a Riego, las esencias del régimen republicano, cosa novedosa y que todavía nadie acaba de comprender, mezcladas con todas estas novelas que traen, con qué criterio lo van a asimilar estos aldeanos en su corta inteligencia? Pero, al fin y al cabo, si la República quiere despilfarrar en libros, mientras ya nadie trabaja, más temprano que tarde se verá arrastrada por las tempestades que ha sembrado. Y si no lo creen así, fíjense ustedes en los recientes sucesos de Asturias. ¿Acaso esa revolución no salió de las Casas del Pueblo, de los ateneos y de los libros con que el Gobierno ha estado soliviantando a los trabajadores?

Fue Maruja quien se atrevió a interrumpir la retahíla del alcalde.

En ese aspecto, don Melitón, está usted muy confundido; pues parece que no ha reparado en que las revueltas se han producido en las grandes ciudades y en las capitales de toda España, y la creación de bibliotecas y de escuelas tiene lugar principalmente en las zonas rurales. Por tanto las causas de la revolución de Asturias tendrá que ir a buscarlas a otra parte.

Yo no tengo que ir a ninguna parte, porque estoy en mi casa. Son ustedes los que están por todas partes.

No dijo más el alcalde, y salió disparado de la escuela con las manos agarradas a las solapas de la chaqueta. Le siguieron los civiles volviendo la cabeza hacia los maestros con cara de desprecio.

Orfilio atravesó la era que se extendía junto a la casa de don Enrique, y se coló por una ventana. En una pared del largo pasillo que llevaba a su consulta, el médico había colgado unas láminas enmarcadas con reproducciones de *Los cuatro jinetes del Apocalipsis*, de Durero; *La lección de anatomía*, de Rembrandt; la más macabra *Lección de anatomía* de Van Mierevelt; *El triunfo de la muerte*, de Brueghel, y el tenebroso bodegón de la flor, la calavera y el reloj de arena, de Philippe de Champaigne. En la pared de enfrente, quedaba solitaria una alegoría femenina de la República en pie sobre el mapa geográfico de la Península Ibérica y con una palma en las manos. Dejó este cuadro de estar en su sitio, y pasó a quedar sujeto bajo el brazo del pistolero. Avanzó unos pasos en dirección al despacho, entró sin llamar y se sentó delante del médico. No había nadie más en la casa.

¿No hay nadie más en la casa?, le preguntó Orfilio.

Don Enrique se puso sus gafas de montura plateada redonda, no tanto para ver mejor a aquel hombre, como para infundirle respeto o acaso rogarle conmiseración. Tardó unos segundos en reconocerle.

¿A qué ha venido usted, Orfilio?

¿Así que le han dejado solo?

Eso a usted no le importa.

Tiene razón, no es cosa mía; el pistolero puso con

cuidado el cuadro sobre la mesa. Verá, doctor. Tengo un problema que parece grave. Un dolor que no se me va.

Siga explicándose. El médico prefirió escucharle antes de montar una escena.

Ya se habrá dado cuenta usted de cómo es el mundo. A grandes rasgos, se podría decir que a los ricos siempre les duele algo, y los pobres por no tener, no tienen ni cosa que les duela.

Sabe bien que eso no es cierto.

¿Me está llamando embustero, doctor? Debiera estar usted en conocimiento de que la gente se mata a trabajar de sol a sol sin abrir la boca para quejarse, y que luego un listo que se pasa el día sentado va y suelta que le duele España. ¡Si al menos hubiera dicho que le duele la cabeza! Yo quería, doctor, que me reconociese, para saber si lo que a mí me duele también es España o algo diferente.

¿Dónde siente usted el dolor?

Es un dolor ambulante, don Enrique. O más bien un dolor vagabundo. Va por donde se le antoja, desaparece, reaparece cuando le da la gana por otra parte. A veces da la impresión de que va a apretar de verdad, pero luego no acaba de hacerse sentir del todo. En eso sí que es muy español. Por ejemplo, ahora mismo me duele mucho este dedo, y se me queda como agarrotado. Tengo que moverlo así para que se me pase el dolor.

Orfilio dobló varias veces el dedo índice como si estuviera apretando el gatillo de una pistola.

A usted no le pasa nada, protestó el médico.

Pues aún hay algo peor. Tengo un problema de vista. Y gordo. No le diría que estoy perdiendo vista, sino al contrario, que cada día veo mejor con el ojo que me queda. Me he permitido coger este cuadro de su pared para poder explicárselo. Usted lo mira ¿y qué ve? Una gachí vestida de Mesalina y un mapa, que juntos quieren significar la prosperidad de la nación, ¿no es así? Ahora le diré lo que yo veo aquí. Un fantasma. El espectro de una mujer. Por eso va vestida con una sábana. Es el fantasma de alguien que sufre, y que no puede abandonar la tierra hasta que no se le dé una reparación.

Orfilio, confunde usted lo que ve con lo que imagina.

Se puso en pie el pistolero, estrelló el cuadro contra la mesa del médico y el cristal que protegía la lámina saltó en pedazos. Con uno de aquellos trozos le rebanó el gaznate a don Enrique. La sangre del médico se mezcló sobre los vidrios con la sangre de su mano como una preparación microscópica. Orfilio dejó a don Enrique tendido sobre la mesa agonizando a borbotones y salió con el cuadro hecho pedazos bajo el brazo. Lo colgó como pudo en el lugar que ocupaba en el pasillo. Luego se asomó a la ventana para comprobar si podía salir desapercibido, pero cuando tenía el pie en el aire, oyó que alguien tocaba a la puerta y llamaba a don Enrique. Era la voz del alcalde. Orfilio anduvo hacia la puerta y observó por la mirilla a don Melitón escoltado por los dos civiles. Abrió de repente. Disparó primero a los guardias. Los dos cayeron al suelo heridos, o quizá muertos. Don Melitón se abalanzó sobre Orfilio y lo agarró con furia por los hombros, pero antes parecía que abrazaba la figura de un santo al que se le pide que interceda. La pistola de Orfilio se hundió entre la grasa del alcalde y escupió una bala. Dieron los dos algunos pasos hacia atrás. Don Melitón cayó de espaldas con la ropa ensangrentada. Murió en la tierra al cabo de un rato. Orfilio se encaminó hacia la escuela sin guardar su pistola.

Toda la química se basa en procesos irreversibles, dijo don Aladino, y miró por la ventana de la escuela en dirección al cerro del santuario.

Y sin embargo mi tío quiere volver al origen, al caos primigenio, contestó el muchacho.

¿Estás seguro de que tu tío ha dinamitado la ermita esta noche?

Pondría la mano en el fuego. Ése es el ruido que se ha oído en el pueblo.

Pues yo no he escuchado nada, intervino Arcos Paulín. He dormido como un bendito.

A mí me ocurre todo lo contrario. No pego ojo desde que llegamos a este sitio, se lamentó Reposiano.

Tú lo que tienes que hacer es comer más. Desde que empezamos el viaje estás cada día más cacoquimio; te estás quedando blanco como una pared, le reprendió el chófer.

Lo he oído, el estallido. No parecía un trueno. Era claramente una explosión, añadió Reposiano.

Don Aladino volvió a unirse al grupo.

Tu tío quiere sembrar el desorden para regresar al origen de todo, pero en eso se esfuerza en vano, por no decir que se contradice. Porque habría que ver si el orden ha existido alguna vez. Todo es azar según algunos principios. Todo es azar y todo es irreversible. La gente nace sin ningún tipo de orden y se muere sin saber cómo, ni aguardar su turno. Y no tiene vuelta de hoja.

Déjese de filosofías, don Aladino, le reprochó Maruja.

Es física, intervino Reposiano.

Es lo mismo. Chico, siguió Maruja, tienes que ir a buscar al alcalde para entregarle los barrenos y explicarle de cabo a rabo lo que nos has contado a nosotros.

¿Y si la emprende conmigo?

No te pasará nada. Tú no tienes parte en este asunto.

¿Y luego podré volver con vosotros a Madrid?, el muchacho se dirigió a Espiridión.

Maruja buscó la respuesta en los ojos de sus compañeros, y tardó un rato en contestar.

Quizá no. Quizá tengamos que marcharnos antes de que se aclare todo. Estas cosas llevan varios días. Tendrás que hablar con la policía y con el juez.

¡Va a hablar con quien a mí me dé la gana!, exclamó Orfilio desde la puerta de la escuela. Entró encañonando al grupo con la Star. Se quedaron todos callados. Los libros también se quedaron sin palabras. Pasaba el sol por las ventanas y las sombras de aquella gente se extendían temblorosas por los pupitres como manchas de tinta. Espiridión se echó rápidamente mano a la cazadora y Orfilio disparó y le acertó en el hombro. Se dobló el motorista taponándose la sangre con la mano. Velasco Flaínez corrió hacia su morral.

Tú, quieto, si no quieres que te deje cojo. Y tú, la gordita, aguanta a tu amigo, que se va a caer al suelo. Y tú, pelirroja, ahora apuntó a María Luisa, con mucho cuidado recoge la pistola del suelo y échala en el zurrón sin meter la mano dentro.

Volvió a apuntar al sobrino.

Y ahora pon tu pistola también dentro. Cógela con la punta de los dedos, y pídele a Dios que no se me escape un tiro. Pelirroja, deja el zurrón sobre la mesa del maestro, y salid afuera todos. Tú no, mameluco. Tú te quedas conmigo, que todavía te faltan muchas lecciones por aprender. Si vais a llevar a vuestro amigo al médico, armaos de paciencia, porque a estos pueblos tardan mucho en llegar los sustitutos.

Salieron en piña a la calle y por una ventana que daba al campo Orfilio lanzó un barreno encendido. Estalló, pero no había nadie en aquel sitio. Orfilio le gritó al grupo.

¡Este petardo iba de muestra! Me voy a quedar aquí dentro pensándome si hago saltar la escuela en pedazos o me vuelvo para el monte.

Dispuso los barrenos en hilera sobre un pupitre y se sentó junto a ellos. Encendió un cigarrillo. Contempló los petardos. Se cambió el cigarro de mano y sin levantarse se deslizó hacia el borde de la mesa con un gesto de precaución.

Una vez en Barcelona, sobrino, fui al entierro de un compañero internacionalista. Pero ¿sabes qué te digo? Que el internacionalismo bien entendido empieza por uno mismo. Cisterna era el apellido del compañero, y todo el mundo le decía por ese nombre. Le aplicaron la ley de fugas y le dejaron la espalda como un colador. Bajito y ancho de hombros. Muy vivo, con los ojos grises, siempre brillantes. Unos días parecían azules. Y otros se ponían verdes. Entonces, mejor no hablarle. Era natural de Martorell. Allí se había criado a orillas del río Llobregat. Siendo muy pequeño se quedó sin padres, le recogió un matrimonio sin hijos que vivía en una colonia y en ella le pusieron a trabajar desde el día en que entró. Pero siempre que podía se escapaba para ir a jugar al río. Buscaba cantos rodados, cazaba lagartijas, libélulas, mariposas. También contaba que la primera vez que estuvo con una mujer fue a la orilla del río. Luego se vino a Barcelona. Cuando le conocí acababa de salir de la Modelo. Por entonces salir de la cárcel era peor que entrar. Te soltaban por la noche y los mismos guardias te pelaban en la puerta.

¿Así mataron a tu amigo?, al muchacho se le escapó la vista hacia los cartuchos.

Sí. Era la cuarta vez que salía de la cárcel. Y sería la última. El Cisterna tenía buenas piernas, no había quien le alcanzase a correr. Pero está visto que tampoco corría más que las balas. Me llevó a Martorell alguna vez, ¿y sabes lo que hacíamos allí? Nos tirábamos la tarde asomados al puente del Diablo viendo pasar el río.

¿Por qué se llamaba así el puente?

¿Qué más te da, chico? Mirando los dos el río, pasábamos todo el rato en silencio. Venga callar horas y horas seguidas. Parecíamos la estatua del *Pensador*, pero con un cigarrillo en los dedos. El Cisterna decía que el río y él eran la misma persona.

Sí, pero se quedaba en el puente, observó el muchacho.

El tío sacudió la ceniza de su cigarrillo, que cayó al suelo como una columna pulverizada, y continuó la historia.

Fue el mismo matrimonio que le adoptó quien le enterró en Martorell. Aquella gente se portó muy bien con el Cisterna hasta el último minuto. La madre o la madrastra, como sea que haya que llamarla, tenía muy buen corazón. Muy flaca y menuda, con una nariz afilada que le hacía parecer un pajarillo. Me preguntó si tenía alguna foto de su hijo, porque mientras vivió con ellos no se había sacado ninguna. Le di una en que salíamos él, uno al que llamaban Caruso y yo. La fotografía era de una paella que los compañeros celebramos en la playa. Al

Caruso estuviste cerca de conocerle la primera vez que nos vimos. Pero llegaste tarde, chico. El caso es que la mujer cogió la foto, y delante de mis propias narices recortó con unas tijeras el trozo donde salía el Cisterna, y me devolvió el otro pedazo. Y me soltó entonces que la quería para rezarle cuando se acostase, y que a nosotros sus oraciones no nos hacían falta. Pero aún hay algo peor. Nos dio la hora del entierro, y empezó a tronar y a llover de una manera que daba miedo. No sabíamos cómo íbamos a llevar la caja al cementerio, y aun así conseguimos un carro. Al fin los padres y los pocos que íbamos llegamos a la tumba hechos una sopa. Mientras tanto, el río bajaba cada vez más ancho. Cuando salimos de enterrarle, medio Martorell estaba ahogándose en la riada. ¿Y sabes qué me dijo entonces la mujer? ¡Cómo lo vas a saber, chaval! Va y me dice: Orfilio, ¿te has dado cuenta del cabreo que lleva el río? Y yo le digo: Sí, señora, es de espanto. Y ella me responde: ¡Pues no sabes lo bien que le entiendo, hijo!, ¡a nadie le gusta hacer las cosas para que luego se las quiten!

Cerró los ojos el tío y estuvo callado un rato. Los abrió y fumó despacio.

A mí también me lo han quitado todo.

¿Quién?, preguntó el muchacho.

Orfilio cogió otro barreno del pupitre, encendió la mecha con el pitillo y lo lanzó por la ventana que daba al campo.

Éste es para que no se olviden de que seguimos aquí.

Saltaron con el estallido los cristales de una casa vecina. Al poco, entró don Aladino agitando un pañuelo blanco. Orfilio sonrió y su pistola se quedó mirando hacia el maestro con la boca abierta.

Vengo a título personal, dijo don Aladino.

¡Vaya cosa! Se vive a título personal, le respondió Orfilio.

Don Aladino miró al pistolero, pero lo único que pudo ver en su ojo brillante fue el reflejo de su propio miedo.

Quiero decir, Orfilio, que los muchachos de las Misiones Pedagógicas están recogiendo sus bártulos, y en cuanto lo tengan todo dispuesto se van a llevar del pueblo al herido, en busca de un médico. Mira, Orfilio, lo que estás haciendo es una matanza. He venido para pedirte que me dejes sacar de la escuela, por lo menos, los libros, antes de que lo hagas polvo todo. Quiero sacar todos los libros. La biblioteca entera.

El pistolero miró hacia la calle, por detrás del maestro, y vio un grupo de aldeanos arremolinados enfrente del colegio igual que gallinas que han encontrado un puñado de maíz. Anduvo en dirección a las estanterías don Aladino sin bajar los brazos.

Orfilio, voy a empezar a sacar los libros a la calle, ¿estás de acuerdo?

El pistolero mantuvo la sonrisa pero no le contestó.

Estupendo, Orfilio. Entiendo que el que calla otorga, al maestro le tembló la voz al hablar y sus palabras parecieron una oruga en el filo de una hoja.

Antes de tomar el primer paquete de libros, don Aladino se sacudió las manos manchadas de tiza en el chaleco. Extendió los brazos cuanto pudo y abarcó desde Anónimo hasta Cervantes. Con los tomos en suspenso marchó poco a poco hacia la salida. El muchacho miró al maestro con una mezcla de admiración y miedo, y aunque sintió la obligación de ayudarle no se atrevió. En el preciso instante en que don Aladino iba a salir de la escuela, Orfilio le destrozó la cabeza de un tiro. Cayó encima de los libros. Empezó a crecer en el suelo un charco de sangre que buscaba aquellas páginas dobladas igual que las olas marinas van al encuentro de los arrecifes, de los acantilados de tierra firme. El muchacho se precipitó hacia el zurrón para coger un arma. Orfilio apretó el gatillo pero no salió ninguna bala. Entonces agarró el hombre un barreno del pupitre, lo encendió con el cigarrillo y lo dejó rodar por el suelo de la escuela. La biblioteca se levantó por el aire con la parsimonia de un globo aerostático, pero al instante cayeron de golpe los libros, y se oyó el estruendo de la explosión. Salió una llamarada enorme de la mesa de lectura. Las ventanas escupieron sus cristales como un bocado amargo. El edificio se vino abajo antes de que pudiera salir Velasco Flaínez. Entre la nube de polvo que cubría los cascotes y los trozos de madera, el viento arrastró una página arrancada de la biografía del Empecinado. Debajo de los escombros, Orfilio había dejado de respirar y su sobrino luchaba inconsciente por la vida.

# Diecinueve

¿Cómo que estás otra vez en Bruselas, Paco? ¿Es que se ha muerto otro dibujante?, sin apartarse del móvil Marcelino alzó la cabeza y observó con detalle los bajos del Clio Sport que estaba reparando. Luego salió del foso y se asomó a la puerta del taller en busca de cobertura.

¡Marcelino! ¡No te lo vas a creer! Estoy en la pista de la película que rodaron en aquel pueblo. ¡Existe! ¡Esa película se hizo! Me escribió el viejo Patrice Adoula, el congoleño, el vecino de Arcos Paulín, para darme las gracias por una cosa que le había prometido.

Ya nos lo has contado cuarenta veces. Te pidió que le explicaras lo que decían las cintas. Marcelino estaba molesto porque no tenía muy claro si esas llamadas internacionales se pagaban a medias.

¡Hombre, me he puesto tan contento que pensé que iba a interesarte! El caso es que en su carta me contaba que conocía la película, que Arcos Paulín tenía una copia en vídeo y que se la había puesto alguna vez. Así que me cogí el Volvo y me planté ayer en Bruselas. Pero ahora resulta que los traperos ya vaciaron la vivienda. Aunque, con un poco de suerte, creo que podré recuperar el VHS.

Pues me alegro mucho, Paco. Bueno, vente rápido para Barcelona, y me lo explicas con una cerveza, que saldrá más barato que por móvil.

¡De eso se trata, Marcelino! De volver pronto. Porque yo te llamaba para pedirte que le echaras un ojo a mi puerta. Es que igual me tiro aquí tres o cuatro días dando bandazos.

Aquella noche, Marcelino se conectó en el ordenador de su hija y buscó en Youtube el documental de las Misiones Pedagógicas que vio en la tele. Lo habían colgado por partes. Volvió a verlo. Pinchó en los enlaces de al lado, y le llevaron a otros vídeos sobre las Misiones, fragmentos de reportajes, piezas de la Biblioteca Nacional, y se quedó enganchado hasta la madrugada delante de aquellas filmaciones con maestros de terno y corbata perdidos en el campo, que remontaban quebradas intentando no darse un batacazo, que subían a trompicones pendientes escarpadas o a lomos de un burro cargado de libros. Conoció el rostro de Cossío en los audiovisuales hechos por los alumnos de institutos de provincias. Pensó en su madre, en la foto del *Teletodo,* y se le empañaron los ojos y continuó buscando en el Tube más imágenes de aquellas gentes, de las personalidades que se citaban en los comentarios. Rafael Altamira, Luis Bello..., pero se aburrió de encontrarse únicamente con grabaciones de partidos de fútbol entre colegios que llevaban sus nombres. Quiso probar un último golpe de suerte, y tecleó el nombre de Sánchez Barbudo, entonces le salió un rapero con barba.

Paco Castañón guardó el móvil en la gabardina que se había comprado en la avenida Louise. Para aquel vendedor ambulante de tebeos, Bruselas simbolizaba el derecho que todo el mundo tiene, sin distinción de ninguna clase, a andar con gabardina, leer cómics y beber cerveza a cualquier hora del día. Tomó el tranvía que llevaba al barrio de Saint-Gilles y como un reguero se deslizó entre las grandes fachadas de piedra vieja ribeteadas de marquetería. Saint-Gilles era el barrio del arquitecto modernista Victor Horta, que había construido la Casa del Pueblo de los socialistas belgas, ya demolida. Y también era el barrio del pintor surrealista Paul Delvaux, que mostró en sus cuadros cómo es la noche dentro de los sueños. Se bajó el comerciante en la parada de la Casa Comunal, atraído por la magnificencia aristocrática del edificio. Contempló la estatua de la mujer desnuda ante la entrada principal, una diosa de bronce negro con un pecho que le rebrillaba de cuando se puso de moda acariciárselo entre los obreros que la instalaron. Siguió luego la hilera de estatuas de la fachada y vio que todas llevaban un nombre consagrado al progreso: Derecho, Trabajo, Instrucción, Electricidad, Tranvía... Cerca, en un jardincillo se advertía a los paseantes que no se acercasen al estanque porque había cianobacterias que podían provocar el botulismo y otros tipos de envenenamiento.

Consultó en su plano la ubicación de la avenida Jean Volders, y se encaminó hacia ella. Al poco de andar, estaba perdido en una maraña de calles con bares gallegos, casas de comida españolas, humildes comercios de griegos, italianos, franceses, y trabajadores marroquíes con su americana y su suéter de cuello redondo andando por todas partes. En los parques, los padres solitarios soltaban a sus hijos y metían la cabeza en un cómic de tapas duras. De vez en cuando, aparecía algún viejo panzudo con traje de rayas y boina orgulloso de su fidelidad a los tiempos duros de la ocupación. Paco Castañón volvió a sacar el plano cuando aceptó que se había extraviado. Ahora se encontraba en la rue Defacqz, y en un margen tenía anotado a bolígrafo *Defacqz, 69, Henri Michaux. El infinito turbulento* de Michaux y *Las puertas de la percepción* de Aldous Huxley eran dos de las lecturas de su adolescencia que más recordaba. Anduvo hasta la portería de la casa donde Michaux vivió su infancia. Pasados los años, allí moriría su padre y diez días después su madre se suicidaría. Pero para entonces Henri Michaux ya estaba embarcado, había recorrido Ecuador, el Amazonas, y escribía de una manera enigmática y circular. Michaux, que se hizo viajero para huir de la vida cotidiana, pasajero nocturno del rotar del planeta, y que a los cincuenta y cinco años iba a convertirse a la alucinante religión de la mescalina. Pero en aquella puerta de madera, alta y negra como una institutriz de luto, no había más placa, ni otra inscripción, que un cartelito plastificado que anunciaba un piso en alquiler. Se orientó con el plano hacia la estación de Midi para dar con la avenida Jean Volders. Allí era donde estaba la librería Aurora, y a ella le había dicho Patrice que habían ido a parar todos los libros de Arcos Paulín, y que creía recordar que también iba con ellos el vídeo.

En los cristales de la destartalada librería estaba pintado en rojo y negro el acorazado *Aurora* con los cañones en alto y ondeante la bandera comunista. Se amontonaban en aquel escaparate volúmenes de filosofía y de ideología marxista, estudios sobre la RAF publicados por editoriales universitarias, ensayos sobre el imperialismo americano, escritos de revolucionarios del Tercer Mundo. Para pasar al interior había que subir unos peldaños de hormigón. Dentro aguardaban unas pocas estanterías repletas de libros, la mayoría de ocasión. Las obras completas de Louis Aragon, estudios sobre Babeuf, el manifiesto de Aymeric Monville contra el nietzschismo de izquierdas. Recubría las paredes una enredadera de pósteres de partidos comunistas del caído bloque del Este, banderines del Che Guevara, retratos enmarcados de líderes obreristas, una litografía con la figura de Jean Volders, fundador del Partido Obrero belga y que daba nombre a aquella avenida, carteles de exposiciones de la fotógrafa italiana Tina Modotti, que retrataba gente desnuda, y hoces y martillos sobre sombreros mejicanos, y panochas de maíz como lingotes de oro azteca. Encima de un escritorio desvencijado, dibujaba una milenaria muralla china una hilera de bustos y efigies de Lenin: en escorzo, con rostro desafiante; en pie, caminando con las manos en el abrigo como si nunca nada fuese a detenerle.

Paco Castañón vio moverse una mata de pelo revuelto detrás del escritorio y se acercó. Bajo esos rizos de cabello rojo un hombre gordo, malhumorado, tomaba notas a mano. Alzó la cabeza, y su cara redonda y barbuda de cincuentón rebotado le devolvió los buenos días al visitante en un francés pronunciado como cortado por un serrucho. Le pareció que ese acento era de origen eslavo.

Ha tenido mucha suerte de encontrarme aquí, abro poco la librería, le explicó el hombre a Paco Castañón y puso el dedo sobre un letrero pegado con celo al escritorio, que decía en mayúsculas: *estamos para ganarnos la vida, no para perderla.*

He venido desde muy lejos, desde Barcelona, sólo con el propósito de hacerle una consulta, exageró Paco Castañón. Vio que se iluminaban los ojos del librero.

La rosa de fuego, ciudad ejemplar donde los obreros cambiaron la fiambrera por la pistola, respondió el dueño y en el acto su mirada volvió a mostrarse seria y lejana, como un general ante su ejército. A continuación le indicó a Castañón que se acomodara en un pequeño taburete pintado de blanco. Vio Paco Castañón que su interlocutor tenía las uñas obsesivamente cortadas, y al principio le pareció que se las había comido, o arrancado. Aceptó la invitación, se acercó con el asiento al hombre, los antebrazos apoyados en las rodillas y echado hacia delante. En la calle, la lluvia cambiante y el viento frío sacudían las ramas de los árboles. Revoloteaban en la acera las hojas caídas por aquella meteorológica revolución de octubre. Escudriñó el librero a Castañón y permaneció un rato con los brazos cruzados sobre el pecho y con los labios apretados. Luego prosiguió su disertación.

Yo también vine de muy lejos. Y al final me quedé aquí, en este rincón un poco cochambroso. Pero todo lo que no es poder es cárcel.

Tengo entendido que hace poco compró usted en un piso de Matongué un lote de libros en español. La mayoría eran de poesía.

Los mayores poetas de la República española. Todo primeras ediciones, muchas dedicadas. Ahora puedo decir que tengo unas cuantas cajas llenas de aquel pedazo de historia firmado de su puño y letra. Un iceberg que se desprendió del tiempo, y que sigue flotando sin derretirse. Sí señor, una buena adquisición. Me costó mis dineros, pero no me arrepiento.

¿Recuerda si con esos libros iba también una cinta de vídeo?

El librero se recostó en su vieja silla de brazos, y sus facciones se alargaron para evidenciar aún mayor seriedad. Sacó de su chaqueta de lana una cajetilla roja de Bastos. Con unos golpecitos hizo asomar de ella un cigarrillo y se lo llevó directamente a la boca. Arrancó una cerilla de una caja de propaganda de una *brasserie* y la encendió. Hundió el fósforo apagado entre las colillas del cenicero.

Así que son películas lo que usted busca. Y yo que ya le veía cara de catedrático español comprando libros para la universidad. En efecto, me llevé ese vídeo. Pero ya no lo tengo.

¿Lo vio?

¡Lo tuve en la mano!

¿Lo visionó? Paco Castañón probó con otra palabra extraída de su rudimentario francés de Astérix.

Se encorvó el librero sobre el escritorio y jugueteó con su cenicero de la casa Ricard. Era el típico, el amarillo de forma triangular. Le respondió sin mirarle.

Sí, vi el vídeo entero. ¿Qué quiere saber?

Lo que contiene y quién lo tiene ahora.

Había tres películas. Son documentales, quizá propaganda de la República. No parecen de la guerra.

¿Mudas? ¿Sonoras?

Alguna tenía sonido original. No entendí nada. Hablaban en español. Enseguida se lo malvendí a un chaval que pasa por aquí de vez en cuando. En esta pequeña selva de libros sólo sobrevive quien supera el lenguaje.

¿Cómo puedo contactar con el comprador?

El chico es de aquí, de Saint-Gilles. Es un experto en

cine. Sobre todo cine fantástico; pero le dije de qué iba y le interesó. Es conservador de un museo de los horrores. No está muy lejos de esta librería. Pegado a la casa museo de Victor Horta, en la rue Américaine. Se llama Michel, Michel van Dexterward. Ha sido carnicero y charcutero mucho tiempo, y ahora se dedica a la casquería creativa.

Paco Castañón dejó el taburete en el lugar de donde lo había cogido, compró una edición en castellano de *Los condenados de la tierra* de Franz Fanon y le dio las gracias al librero. Cuando ya tenía agarrado el tirador de la puerta, oyó que el hombre le llamaba.

¡Señor! ¿Va usted a tomarse una cerveza en el camino?

Supongo que sí.

Pídala Gueuze.

Dejó pasar un buen rato Paco Castañón sentado bajo las vidrieras *art noveau* de la *brasserie* La Porteuse d'Eau; enredado en un lujo dulzón de escaleras de caracol, hierros sinuosos y columnas lisas y delgadas como hilos de lluvia. Y a su vez, aquel rato fue llenándose de cerveza Gueuze, hasta que sintió que estaba comiendo arcilla. Entonces el local empezó a ondularse todavía más y las mesas le dijeron que ya iba siendo hora de partir en busca de las películas.

Fue miedo verdadero lo que tuvo Paco Castañón al llegar al Museo de Arte Fantástico de la rue Américaine, igual que el que había pasado de pequeño al hundirse en las arenas oscuras de los cines. Todas las plantas, el patio, las escaleras, la terraza, de aquella casa, que llamaban la Maison Bizarre, estaban dedicadas a exposiciones de colecciones de pinturas fantásticas y dibujos terribles, nacidos muchos de la influencia de Félicien Rops, el amigo belga de Baudelaire que mezcló sensualidad y satanismo; y otros inspirados en los trabajos de H.G. Giger, el creador de Alien. Se acumulaban por todas partes montones de objetos asombrosos. Tras las puertas surgían laboratorios siniestros con ejemplares de hombres elefante y de momias del Mato Grosso, y con moscas mortíferas que no paraban de revolotear, y con mujeres con cuerpo de araña, y arañas con cabeza de mujer. Había un pulso de surrealismo a lo Magritte y a lo Delvaux en aquel ambiente, y de masa devoradora, viva, semoviente, igual que se percibe en el museo de Dalí, en Figueres; pero a Paco Castañón le pareció sobre todo que se había metido en una pesadilla de Tintín provocada por la lectura de Lovecraft. Muchos de los seres que se mostraban en aquellos pasadizos tenebrosos y en aquellas salas abigarradas procedían, según las explicaciones del propio museo, de las expediciones y experimentos del profesor Joseph Désiré Edouard Georges Marie D. La trágica historia del profesor D. estaba también contada en aquel lugar. Nació en el hospital de Sacré-Coeur el 12 de abril de 1905, en tiempos de Leopoldo II, rey de los belgas y amo del Congo. Fue de pequeño un estudiante aplicado, pero un reverso en la fortuna familiar le dejó a las puertas de la universidad. No tuvo otra opción que proporcionarse una formación autodidacta. A los veintiún años participó en la primera expedición a la isla de Maracá, en el curso del Amazonas. Desde ese momento, el profesor D. consagraría todos sus esfuerzos y sus débiles economías a un único fin: la investigación de las mutaciones partenogenéticas y su reproducción en laboratorio. En 1963, el año de la muerte del papa Juan XXIII y del asesinato de Kennedy, el profesor D. era un hombre de cincuenta y ocho años terriblemente envejecido para lo que su edad disponía, arruinado por las largas horas de estudio y de trabajo, y repudiado por la mayor parte de la comunidad científica, que siempre le negó el trato de colega. Los ambiguos y turbadores resultados de sus experimentos nunca fueron ni admitidos ni comprendidos por los miembros de la Academia. Sin embargo, el científico continuaba obcecado en sus experimentos. El drama tuvo lugar el 3 de julio de aquel año, cuando preparaba una nueva manipulación. Los reactivos se inflamaron, brotó de ellos algo similar a un relámpago que golpeó al profesor dejándolo inconsciente. Fue trasladado urgentemente al hospital, pero jamás volvería en sí. Murió en la noche del día siguiente.

Era el propio Michel van Dexterward quien recibía a los visitantes del museo y cobraba la entrada en pie, metido en la taquilla. Un tipo joven, con la misma expresión de enojo que adoptan los niños cuando quieren parecer adultos. Mofletes carnosos; labios grandes para hablar tan poco; pelo espeso y ondulado. Su piel rosada, como el vino rosado, le hacía parecer amable y resultaba áspero. Paco Castañón le detalló su interés por la cinta de vídeo. El dueño del museo se esforzó en comprender el francés del visitante, asintió con la boca entreabierta, desapareció y al cabo volvió con el VHS en la mano. Llevado por una condescendencia no exenta de interés comercial, se la vendió por diez euros, es decir diez veces más cara de lo que le había costado. Empezó a verla, pero no la acabó, le dijo Michel al vendedor de tebeos. Había algo monstruoso en aquellas imágenes, continuó, aunque, sin embargo, ese aspecto aterrador de la cinta no pertenecía al género del que él se ocupaba. Y cuando dio por concluida su explicación, Michel dobló con tacto perfeccionista el billete de diez euros y se lo guardó en los vaqueros. Con un gesto amistoso, dejó entrar gratis a Castañón en las galerías de la Maison Bizarre.

El resto de aquella tarde, Paco Castañón paseó por Bruselas en busca de los murales de las calles decorados con personajes del cómic francobelga. Pateando adoquines, remontando cuestas, apareciendo de nuevo en calles que creía que ya había dejado atrás, se cruzaba continuamente con la población trabajadora, con emigrantes de toda clase y de toda apariencia, y en el aspecto ajeno y fantasmagórico de estas gentes Castañón creyó entrever el mismo fantasma que había descubierto Marx cuando recorría Europa exiliado y bebía barriles de cerveza en la Maison du Cygne. Bruselas, ciudad de fantasmas. Pero los espectros que él buscaba se llamaban Tornasol, Haddock, Serafín Latón, Aquiles Talón, y estaban estampados en las paredes de las viviendas, de los colegios, de los bancos.

La fachada de ladrillos de la rue Houblon, con Blake y Mortimer iluminados por el círculo de la Marca Amarilla, o Rick Hochet con su tupé rubio y su americana de mezclilla saltando por las cañerías de la fachada de la rue Bon Secours, le hicieron sentirse como un Quijote que no iba a renunciar a vivir maravillado. Por momentos creía que aquellos dibujos enormes y tan vivos eran figuraciones suyas. Que un genio enemigo le había encantado y ahora ponía ante sus ojos a Boulle marchando con su peto azul y con su perro Bill por la fachada de la plaza Jeu de Balle, donde estaba el mercadillo en que Tintín encontró la botella con el plano del *Unicornio*. Pero luego se apartó turbado de esas paredes, huyó de la irreductible aldea de los galos, que corrían tras las rejas de una guardería de la rue Buanderie, y del atraco de los Dalton al banco, en una esquina de la misma calle. Se encontró incapaz de aceptar que aquéllas no eran más que pinturas inspiradas en dibujos, por muy grandes que las hiciesen, y por muy en la calle que estuvieran. Y abrigado en su gabardina de bruselense advenedizo, bajo la lluvia metálica de aquellos días de otoño, se le repitió una sensación de hundimiento, de pena y de fracaso, que siempre al final le despertaban esas fantasías.

Venga ya, Marcelino, no me digas que te has vuelto a tragar *Mary Poppins* con tu hija.

Si es que a la niña le encanta. Y si la ponen, la vemos. ¿Qué otra cosa voy a hacer?

Pues a mí esa película me deprime, chico.

¿Cómo que te deprime?

Porque eso es todo mentira. Hay que ser muy hijo de puta para hacer creer a la gente que existe tanta felicidad.

Paco Castañón se consoló recordando estas conversaciones con sus amigos. Le calmó ver que la angustia de ese momento era su melancolía de siempre. Tomó por la avenida Stalingrad, y le pareció que era una calle de París purgada y desterrada, y que toda la gente que pasaba por ella arrastraba la condición de apátrida, como resulta apátrida en la inmensa patria de la historia el propio nombre de Stalingrado. Más allá de la avenida, detrás de la estación de Midi, distinguió sobre la terraza del edificio de ediciones Le Lombard las efigies de Tintín y Milú, solitarias, extrañas como estrellas o planetas que se han equivocado de galaxia. Aceleró el paso en su busca. Se plantó en la portería de la editorial y llamó al interfono. No respondieron. Insistió y al poco creyó entender en aquel zumbido a una mujer que le pedía que se identificase, que dijese quién era. Puso una voz cazallosa y gritó: ¡Arcos Paulín! La lluvia arreció y Paco Castañón aligeró el paso rumbo a cualquier lugar donde tomar otra Gueuze.

# Veinte

Los niños, siempre los niños. Qué tolvanera de niños en la noche del cine. Siguen los misioneros los consejos que les ha dejado Cossío y por encima de cualquier cosa pretenden que la gente pase un buen rato. Acaso aprendáis pocas cosas de nosotros, pero quisiéramos ante todo y sobre todo divertiros noblemente, así hablaba Cossío a los aldeanos. El maestro hace para que el niño haga, es el lema de las Misiones Pedagógicas. Esos niños han sido filmados en una actuación de las Misiones, y ahora la película está copiada en esta cinta de vídeo. Buscan los niños detrás de la sábana improvisada que hay en la pared de la iglesia, para ver si ahí debajo se esconde el Gato Félix, que bebe cerveza en un edificio que baila. Su gata le espera sentada en el suelo con el rodillo de amasar en ristre. Como el corto es mudo, el tictac del reloj de los dibujos lo hace el proyeccionista chasqueando la lengua, y a la vez Gonzalo Menéndez-Pidal le explica en voz alta la película a la gente, y va comparando los fotogramas al mundo. Los negros que tocan la trompeta en los dibujos le sirven para contar qué es Nueva York, cómo se vive en América, cómo se va al cine en las grandes ciudades, y luego les habla de *Adiós a las armas*, con Gary Cooper, les explica que la película está basada en una novela de Ernest Hemingway, y así pronuncia unas pocas frases sobre cómo el cine se alimenta de literatura igual que los seres vivos se alimentan de otros seres vivos, pero también señala que el cine vive porque respira imágenes del mismo modo que nosotros vivimos porque respiramos aire. Se alternan en las sesiones filmes de risa y enseñanza. Pasan a continuación otro corto, de la casa Eastman, con los rótulos en inglés, y Gonzalo Menéndez-Pidal traduce las aleluyas para que las entiendan todos. Cossío ha dicho que sobre todo hay que ir a enseñarles a los niños a pensar. Pero no se os ocurra presentaros, tal ha sido su advertencia, pregonando a diestro y siniestro que habéis llegado para enseñarles, porque el pueblo se va a enfadar.

Sigue un pase de cine sonoro. ¡Qué van a estarse quietos los niños! La rueda del proyector arrastra su cinta y una rueda de niños bulle en torno al hombre que maneja la cámara. Niños con gorra y cigarrillos de picadura en los labios. Le preguntan cómo funciona el proyector y el operador les cuenta que es la cruz de Malta la que arrastra la película fotograma a fotograma.

Son dos ruedas, mirad, ésta redonda es la motriz, y ésta con forma de cruz de Malta es la guiada. La motriz tiene una espiga que al encajar en cada carril de la cruz de Malta tira de ella y hace pasar un fotograma, y luego otro, y otro, y así todo el rato. Esta humilde cruz de Malta, niñas y niños, es la gran condecoración que tenemos todos los proyectistas de cine.

Golpetea dulcemente al aparato con la lámpara encendida como un ojo que no para de pensar. Un proyector modelo Brauer, que le ha costado al Patronato catorce mil doscientas pesetas. La Sociedad de Industrias Eléctricas Españolas ha aportado a las Misiones otro proyector también sonoro. Un camino de polvo blanco sale por el foco y se deshace entre las piedras de la pared de enfrente. Es el camino del cine.

¡Señor, a mí no me gusta el cine!, ha protestado un chiquillo.

¿Cómo es eso?

Porque me creo lo que pasa y luego me da rabia cuando se acaba.

Escapan disparados los niños, corretean debajo de la pantalla llevando en alto los molinillos de viento que les han hecho los misioneros. Niñas y niños que aún conservan intacta la inteligencia de la vida. El proyectista ha recordado que en un pueblo de Asturias, después de una sesión de fonógrafo, una cría quiso referirse a las *Siete canciones populares* de Falla y las llamó *esas canciones raras*. Hay más de cuarenta cortos filmados con todo esto. Y más de nueve mil fotografías, que han tomado Gonzalo, su amigo José Val del Omar y los otros misioneros del Servicio de Cinematografía y Proyecciones Fijas.

Pero en esta ocasión no ha podido venir Val del Omar, ese muchacho flaco y de ojos profundos que vive obsesionado por la luz de Granada. José Val del Omar es director de cine de vanguardia y va siguiendo las Misiones, rodando películas de estampas, de paisajes, de procesiones, de fiestas profanas, componiendo aguaespejos de imágenes táctiles. Cuando le han preguntado a Val del Omar cuál es su vínculo con el cinematógrafo, ha respondido que él es un creyente del cinema.

¿Es cierto que el cine está en crisis, don José?

El cine está en crisis, y la novela está en crisis, y el mundo entero está en crisis. Los verbales están en crisis y los visuales estamos en crisis. La comunicación está en bancarrota.

De José Val del Omar se dice que es un surrealista porque hace un cine que sólo se debe a la imagen, pero si se le da ocasión de replicar el director se defiende: Yo no soy un surrealista, soy un místico.

Algunas veces también ha acompañado a Val del Omar y a Gonzalo en las Misiones el crítico cinematográfico Rafael Gil, que escribe en *ABC* y *Popular Film*.

Además de películas, el Servicio de Cinematografía apoya al Museo del Pueblo con proyecciones luminosas para pasar por la noche. Filminas, diapositivas de arte moderno y de esculturas que no pueden transportarse. Han comprado proyectores de imágenes diascópicas para las transparencias y de imágenes episcópicas para los cuerpos opacos, las láminas, los recortes de revistas, los mapas y hasta se les ha ocurrido proyectar hojas de árboles. Hubo una aldea donde, al ver a los misioneros descargar los cajones, las películas, las cámaras, los proyectores Kodaskope y Argus, de dieciséis milímetros, Zeiss-Ikon, de treinta y cinco, les confundieron con toreros.

En los pases de diapositivas también se dan charlas sobre el arte y la vida. Los aldeanos contemplan por primera vez la *Tauromaquia* de Goya, los *Caprichos*, los *Disparates*, los *Desastres de la guerra*. Y *La visión de San Pedro Nolasco*, de Zurbarán. Maruja ha planeado con el médico, don Enrique, dar una conferencia en casa de éste para explicar, mediante la pintura, cómo se ha evolucionado de lo carnavalesco al folletín, que es una manera cultural de ver cómo se ha pasado de las clases populares a la clase obrera. Su parlamento irá ilustrado a partir de transparencias de los cuadros de bodas y danzas campesinas de Brueghel hasta llegar a los pintores de la revolución industrial, con sus representaciones de trabajadores desgraciados como *Las vendedoras de yeso*, de Frédéric; *El cisquero*, de Larock; y el nacimiento de una épica de clase a través de la política, por ejemplo con las esculturas de mineros y el Monumento al Trabajo de Meunier, que se hizo del Partido Obrero belga. Seguirá con algunas pinturas de huelgas, no faltarán la de los proletarios en marcha de *El cuarto Estado* de Volpedo, ni la multitud que sigue a la bandera roja en *Atardecer de huelga*, del barón Laermans. Y concluirá la disertación con la proyección de *Los emigrantes*, también del barón Laermans, que era sordo y casi mudo y tenía por divisa aristocrática: *feliz el que sabe ver*.

¡Alegre esa cara, padre cura!, le ha pedido el operador al sacerdote. Si ya es sabido que en realidad el cine le rechifla a la Iglesia. ¡Arriba ese humor!

La realidad no está de humor para nada, refunfuña el padre Blas.

Ha asistido el cura a la proyección de esa noche con maneras de gran autoridad, dado que les ha cedido a los misioneros una pared de la parroquia, la que da a la placeta. Para que digan luego que la Iglesia no está dispuesta a ceder.

Si no estorbo..., porque saben ustedes que hoy día...; se ha excusado el párroco con retranca, y se ha sentado detrás del proyector con los ojos abiertos como un mar abierto, y las manos juntas, apretadas entre las rodillas.

Gonzalo Menéndez-Pidal contempla satisfecho a la gente del pueblo, embelesada con el cine hablado.

Ajeno a la proyección, juega a las cartas en el casino el alcalde con sus compadres y con los gorristas que se les han pegado. Alguien saca a colación la sesión de cine, y don Melitón maldice.

¡En buena hora me meto yo en ese sitio!

Pues el padre cura ha ido.

¡A vigilar el rebaño! ¡En eso se ve que es pastor! ¡Y qué pastor! ¡Ha metido al lobo en el chorco haciéndole creer que es el corral!

Bien visto, señor alcalde. Y fíjese, mientras tanto las ovejas tan contentas. ¿Qué demonios estarán viendo? ¡Hasta aquí llegan las risas!

Don Melitón roba tres naipes del mazo y tuerce la boca.

¿Contentas? ¡Menudo jolgorio chabacano! Claro que ríen. Pero ríen todos como lo que son, como gañanes. Pensadlo vosotros y decidme si tengo o no razón, ¿vale la pena reír para reír como un gañán?

En la placeta de la iglesia, sentado al lado del cura, Reposiano toma notas en su diario. El sacerdote le mira de reojo el cuadernillo de hule y le interrumpe.

Si no fuera por lo que es, hasta me atrevería a decir que parecéis vosotros buena gente.

Entonces, padre Blas, ¿usted es de los que se fían de las apariencias?, le ha contestado el maestro y le ha guiñado el ojo para quitarle importancia a la pregunta.

Bueno, a primera vista, os hago más de Rousseau que de Hobbes, ¿o acaso consideráis que el hombre es un lobo para el hombre?

De ninguna manera. Pero de ahí a ver a las personas como corderos, o como borregos, hay un trecho.

El cura tose y respira profundamente. No es resignación lo que hay en sus palabras sino cansancio de las cosas. Se siente solo entre la gente del pueblo y piensa si ese sentimiento se lo habrá mandado la Providencia para que se haga cargo de cómo se encuentra Dios en su infinitud.

En el fondo, hijo, todo es fuego de artificio, el sacerdote intenta enderezar la conversación.

¡Fuegos artificiales!, celebra Reposiano. ¿Sabe que íbamos a traerlos? Muchas misiones se despiden con un castillo de fuegos artificiales. Pero al final no nos ha dado el presupuesto para tanto. ¡Como lo está recortando de esa manera el Gobierno!

Pues yo pensaba más bien que traíais fuegos fatuos, replicó el cura y sus ojos parecieron antiguos y ásperos como las zarzas. ¡Jóvenes universitarios! ¡Qué revoltillo tan ridículo y vanidoso! Y más aún los jóvenes actuales, pues ya puestos a decir verdad, de vosotros los estudiantes de hoy no se salva ¡ni uno! ¡Qué le vamos a hacer! Antes estudiaba menos gente que ahora, pero por eso mismo los licenciados salían más buenos.

Es lo que ocurre en todo proceso industrial, señor cura; a mayor producción menor calidad, contesta Reposiano y continúa tomando apuntes en su cuaderno.

En la oscuridad de las últimas filas, los mozos se magrean como en un cine cualquiera. Desperdigados entre los asistentes, los viejos más cazurros no paran de darle vueltas a la cabeza. No dejan de pensar que no puede ser verdad tanta diversión gratis.

# Veintiuna

*Addenda al diario íntimo del maestro nacional*
*Reposiano Guitarra*

*Miércoles, 3 de noviembre de 1982*

El Papa Juan Pablo II ha actuado hoy en el Santiago Bernabéu. El campo, lleno a rebosar de juventud. El Papa está con los jóvenes. ¡Y yo, que me había prometido sentirme joven toda la vida! ¡Un cuerno! ¡No me da la gana! Me vuelvo con los míos. Pero con los míos de verdad. Con los pocos que quedamos, o con los pocos que dejaron. Aunque para ancianidad, la de Arcos Paulín. Desde que acabó la guerra, sin saber de él. Y el otro día me mandan de la editorial una carta suya, de Bélgica, donde me pide noticia de todos. ¿Aún se acuerda de las Misiones Pedagógicas, de aquellos cuatro días nuestros en la sierra de la Culebra? Me explica que hace dibujos para los tebeos. Yo no le vi pintar un mono entonces. Antes hubiera dicho que tenía un negocio de coches en Fuenterrabía. O en Lasarte. Ya no sé. Al parecer ha sabido de mí por un librito mío. ¿Cómo habrá llegado un libro mío a la tierra de Eddy Merckx? Mejor nombrar al ciclista, porque no creo que se pueda aludir a ese país por su gastro-

281

nomía. Tristeza de una ciudad sin río, apuntó Baudelaire sobre Bruselas. Y eso fue lo mejor que dijo de Bélgica. Claro que en las condiciones en que ya estaba el poeta, o lo que quedaba del poeta...

¿A quién le puede interesar estos libros de encargo que hago? No sé ni cómo me los encargan. Claro, porque los venden. Manuales absurdos para ganar al ajedrez o al backgammon, yo, que en mi vida le he ganado a nadie en nada. Origen e historia de los apellidos españoles; total para qué, si este país con cuatro apellidos se basta a sí mismo. La verdad sobre los médiums, la enciclopedia de los talismanes y las piedras mágicas, los secretos de la cábala. Biografías disparatadas de Yuri Gagarin, que saqueo de libros de la editorial Progreso de Moscú. Vidas laudatorias, ditirámbicas, de próceres de Hispanoamérica, que reinvento a partir de lo que dicen la enciclopedia Espasa y la Larousse. He puesto en solfa a los más grandes, desde Moctezuma hasta el cura Hidalgo, pasando por San Martín, Bolívar, Artigas, Emiliano Zapata, Frida Kahlo... Siempre gente con bigote.

Dios mío. Llevo cuarenta años pegado a una máquina de escribir, como un caracol a su concha. Dándole a la tecla todos los días. Me he ganado bien la vida escribiendo novelitas del Oeste y policíacas. *Disparad por un dólar, Tres hombres para un revólver, La mujer ciento veinticinco, Último vuelo al infierno...* Luego me han pedido terror y ciencia-ficción, y hasta que Maruja no me ha descubierto que era lo mismo, he sudado lo mío. Pero ella lo vio claro enseguida: Reposiano, donde pone Arizona cámbialo por Saturno, y donde dice oficina central del FBI pon ahora el castillo maldito. Y venga. Pero los bolsilibros se están hundiendo del todo. La novela de quiosco apenas se vende. Y la empresa no paga. Hoy la gente ve la televisión todo el rato y al quiosco sólo va para comprarse chicles y revistas verdes. Suerte de estos otros encargos.

¡Pues no hemos escrito novelitas de a duro Maruja y yo mano a mano en la Olivetti! Gracias a eso, nos hemos pegado la vida padre, sin que nos faltase de nada, prácticamente. Todas las noches, copa fuera de casa, y todos los domingos cine, paseo, ración de gambas y cerveza, y luego vuelta en bus a nuestro pisito de Plata y Castañar. Y cómo aguanta la máquina. Uno tiene una Lettera 32 igual que sus personajes tienen un Magnum 38. Pero en realidad no mano a mano, así nunca hemos escrito Maruja y yo; lo hacíamos alternándonos. Ella por la tarde, yo a la noche. Por la mañana dormíamos un rato. Una máquina de escribir caliente que nunca paraba. ¡De esta forma sí que salían hasta diez novelas al mes! En la editorial estaban pasmados con mi producción, porque nunca les conté la verdad. ¿Que mi mujer, la mujer de Austin Guitar, también le daba a la tecla? ¡Anda ya! Ahora vamos tirando sólo con lo mío. Maruja hace tiempo que no escribe porque ya ve poco. Ahí la oigo, trasteando en la cocina. Viene también olor a coles.

*Domingo, 7 de noviembre de 1982*

¡Qué sensación tan extraña volver a ponerme en mi viejo cuadernillo de hule! En cuanto complete estas cuatro páginas que quedaron en blanco se lo envío a Arcos Paulín, y me olvido de verdad de todo. ¡A tomar por culo la bicicleta!

Estos días le he preguntado mucho a Maruja, pero se acuerda de lo mismo que yo. María Luisa se fue de Madrid cuando la guerra. Volvió, se casó con un catedrático de Historia y se dedicó a coleccionar discos antiguos. Y eso lo sabemos porque un día la entrevistaron en la radio con motivo de su afición. Espiri González se hizo falangista en el hospital donde se curaba del tiro en el hombro. Pienso en Orfilio y me pongo a temblar. A Espiridión le puso la camisa azul la enfermera. Tuvo que pasarse a Derecho, porque en las municipales, hace un par de años, figuraba como abogado en las listas de la UCD. Iba de los diez primeros. Un nombre en una lista electoral, ¿habrá otra cosa más democrática? ¡Sí! Un nombre en la guía de teléfonos.

Nada más puedo añadir con respecto a aquel grupo.

Ah, el chico, el sobrino. Salió vivo del desastre, pero se quedó tocado de una pierna. Cuando vino a Madrid ya era verano, poco antes de la guerra. Anduvo preguntando por cada uno de nosotros en el Patronato, y todos escurrimos el bulto. Un cenizo, un pájaro de mal agüero. Maruja y yo creemos que era el mensajero del mal. Por lo menos, a nosotros no nos trajo más que desgracia. Y a sí mismo. También resultó pernicioso para lo suyo. Se lo cargó la guardia civil años después. Guardo una revista con la noticia. Pero esa historia la contaré luego con más detalle.

Y Maruja y yo. Nos casamos en cuanto ella salió de la cárcel. Fue una boda pobretona, de gente arruinada, pero quedó bonita. Entonces aún éramos jóvenes y nuestros corazones palpitaban potentes y rápidos como el pecho de un pájaro. En el desbarajuste de la guerra había superado mi kentomanía. Y eso que me alisté voluntario de camillero en la Cruz Roja para poder seguir inyectándome ráfagas de aquella luz. Pero no hay más luz que la de la infancia. Don Antonio Machado lo dijo en los últimos versos que escribió: *estos días azules y este sol de la infancia.* Los llevaba, cuando murió, apuntados en un papelito, doblado en el bolsillo. Cada hombre es un papel con una frase dentro, como un pastelillo chino.

*Martes, 9 de noviembre de 1982*

Pienso todo el rato en Orfilio y me vienen a la cabeza unos versículos del Antiguo Testamento:

Este mal hay en todo cuanto existe bajo el sol: que sea una misma la suerte de todos y que el corazón de los hijos de los hombres esté lleno de mal y de enloquecimiento durante su vida y luego la muerte. ¿Y quién es exceptuado? (Eclesiastés 9, 3).

*Miércoles, 10 de noviembre de 1982*

Al chico empezamos a verle mucho en *Estudio 1,* un programa de televisión que adaptaba obras de teatro. Hasta podría asegurar que la cara de Velasco Flaínez fue lo primero que salió en la pantalla cuando nos compramos el aparato. Al principio Maruja y yo no nos quedamos estupefactos, sino horrorizados; y sin embargo enseguida nos acostumbramos a la presencia continua del muchacho. Había tomado el nombre de Abelardo Velasco, y se había dejado bigote y perilla; muy atildado todo él. Pero sus ojos salvajes, su mechón negro golpeándole la frente como un puñetazo en medio de la noche, decían a voces que era el demonio de siempre. Aún no tendría cincuenta años. Vivía casado con una actriz muy maja, que se llama Agustina Haro y que últimamente vuelve a hacer algunos dramáticos. Entonces estaban los dos en la cresta de la ola a raíz de un *Caballero de Olmedo* que grabaron para un *Estudio 1* y que llevaba varios años reemitiéndose. Abelardo Velasco hacía de don Alonso, y su mujer, de Inés. Aquel reparto era de primerísima categoría. Estaban Jaime Blanch, Víctor Valverde, Carlos Lemos, Charo López y María Luisa Ponte. Y lo dirigía Cayetano Luca de Tena, uno de esos monárquicos del franquismo, conservadores en política, pero más libres en el pensamiento y en el arte. Vamos, que la obra nos gustaba mucho, como a todo el mundo. Entre el público, el chico y su mujer tenían fama de actores desafectos, y eso también le daba mucho encanto a la pareja. De ella se decía que fue actriz de García Lorca antes de la guerra. Andaban fumando muy estilosos por Oliver, el café de Adolfo Marsillach, o se les veía en las revistas escuchando jazz en Bourbon Street, en Diego de León, siete, en compañía de Nuria Torray. Y bebiendo whisky existencialista en vasos de tubo con María Asquerino.

El caso es que una tarde de domingo, fue el quince de abril de mil novecientos setenta y tres, que no se me pase adjuntar la revista, el muchacho hizo la última de las suyas. El delegado nacional de Sindicatos, como regalo de cumpleaños para su mujer, organizó en su finca del sur de Madrid un torneo doméstico de tiro al pichón y para darle glamour invitó, o mandó venir, a lo más vistoso de la televisión del momento. El cumpleaños había sido el día anterior, pero desde que acabó la guerra la mujer lo celebraba siempre este otro día para que no se la identificase con la República sin comerlo ni beberlo.

Se juntaron en el lugar muchos artistas. Por ejemplo, Juanjo Menéndez, premiado en aquellos días como el mejor actor nacional; el presentador del *Un, dos, tres...* Kiko Ledgard, y Valentín Tornos, que hacía de Don Cicuta en ese concurso; la actriz Julia Gutiérrez Caba acompañada de su hermano Emilio; Mónica Randall, que iba peinada igual que la mujer del comisario McMillan, y una bailaora de moda que se llamaba la Polaca. También estaban presentes las más altas autoridades relacionadas con el medio. El ministro de Información y Turismo Sánchez Bella, que había sido de los beatos de Acción Católica; Adolfo Suárez, director general de Radiodifusión y Televisión, entonces aún más cerca de Falange que de la presidencia del Gobierno, y el director general de Prensa, Alejandro Fernández Sordo. ¡Qué aciertos tenía el franquismo! ¡Poner de director de la prensa a uno que se llama Sordo!

Parece que Abelardo Velasco no había perdido puntería ni a pesar de los años ni a pesar del whisky, al que tanto se había aficionado, y cuando le tocó tirar apareció con una escopeta en cada mano, a la manera de *El hombre del rifle*. También tenía a otro a quien parecerle. Se plantó patiabierto en medio de la celebración y con las armas empuñadas como si fueran pistolas, y una ramita de tomillo en la boca, apuntó a un delegado provincial del Frente de Juventudes que andaba cerca del palco presidencial, y se lo cargó de un tiro. Dio a continuación unos pasos, se detuvo delante de un miembro del Opus Dei que se secaba la frente con un pañuelo y le disparó a quemarropa, sus gafas negras salieron lanzadas como un escupitajo. La muerte no tiene compasión en estas tierras.

Antes de que la Guardia Civil acribillase al muchacho y dejase su cuerpo hecho una piltrafa sobre la grava del campo de tiro, aún tuvo ocasión de saltarle la tapa de los sesos a la mujer del anfitrión y de abrirle un boquete en el pecho a un camarero que llevaba una bandeja de jabugo. Nunca más se ha repuesto en televisión una obra en la que apareciese Abelardo Velasco.

*Jueves, 11 de noviembre de 1982*

Estábamos inspirados por el ideario krausista, y por el ideal de escuela de Tolstói, y éramos también los húsares negros de la República, como lo fueron los maestros de Jules Ferry, el ministro francés que decretó la escuela francesa laica, gratuita y obligatoria, cincuenta años antes de que España lo intentara. Y estuvimos a punto de conseguirlo. Cuando salimos en aquella misión hacia la sierra de la Culebra, el Patronato ya había creado por toda España cinco mil bibliotecas.

Esto me lo dijo don Luis Bello, al poco de regresar de la misión. Fui a encontrarle a la tertulia que tenía en la cervecería La Española, en la glorieta de Bilbao. La tertulia la había fundado Heliófilo, el primer director de *El Sol,* y la continuaban el dibujante Bagaría, el periodista Corpus Barga, el crítico Díez Canedo, toda, gente de aquel diario. A don Luis le llevaba el último número, el ocho, de la revista *PAN (Poetas Andantes y Navegantes),* que era el órgano de las Misiones Pedagógicas, porque me publicaron en ella un resumen de nuestra experiencia y Maruja me animó para que se lo diera a leer. Cuando llegué, los camareros ya habían empezado a colocar las sillas sobre las mesas de mármol. Pasaban por la calle los últimos tranvías reflejándose en los charcos y en el asfalto mojado. Dentro de la cervecería olía a serrín y a polvo de cucarachas. Don Luis me atendió con su sonrisa misericordiosa y buena.

¡Pan! ¿Sabe que es la palabra más bonita de nuestro idioma, muchacho?, parecía que le costaba trabajo estar vivo, y que su mirada ardiente era el clavo al rojo por el que continuaba agarrado al mundo. El pan lo es todo para la gente. Es el primer alimento del niño cuando se separa del pecho materno, y fue el primer alimento sagrado de los cristianos, y es lo que pide el pueblo con el mismo arrebato con que exige justicia, tierra y libertad. Pan y libertad. Pan y tierra. Pan y justicia...

Yo me había presentado de boina y traje oscuro, con un impermeable negro al brazo y el diario de la noche. Quería causarle buen efecto. En un rincón de la cervecería, los participantes de otra tertulia se resistían a despedirse. Era gente del cine, los típicos que pasaban toda la tarde con un vaso de agua y el sombrero puesto para dar la impresión de que están de paso y van a irse de un momento a otro, de manera que no se ven obligados a pedir consumición alguna. Uno de ellos, al que le había dado el presupuesto para alguna copa de Jerez, se arrancó con la *Salutación del optimista*.

¡Ínclitas razas ubérrimas...!

... votan Gil Robles acérrimas, murmuró don Luis, y me agarró del codo, y por un momento creí que quería sujetarse a mí. Luego me atrajo hacia su cara, hasta rozarme con aquellos bigotes de morsa presa en una Casa de Fieras.

A los maestros, hay que ayudar sobre todo a los maestros de los pueblos, insistió. Hay que retribuirles con equidad. ¿Sabe qué fue lo primero que le pedí a don Fernando de los Ríos cuando tomó la cartera de Instrucción Pública? Que se equiparasen los salarios de los maestros de pueblo con los de ciudad.

Y así ha sido, don Luis.

Claro, claro. ¡De otra manera no podía seguir siendo! Luis Bello murió de pronto, al poco de nuestro encuentro, a primeros de noviembre. Dos meses después de Cossío.

*Viernes, 12 de noviembre de 1982*

Ha muerto Leónidas Breznev, que era clavado a un conocido nuestro. Un vinatero de Cuenca, pero que más bien parecía un esquimal. Con el forro del gorro a modo de ceja y gordo de engullir sartenes de migas. Daba más miedo cuando reía que cuando estaba serio. Nuestro vecino se murió antes que el ruso. Pobre Isolino. Se vino a Madrid a trabajar en la empresa Marconi, se afincó en la colonia y se murió. Todo esto en veinte años, pero se cuenta en una línea. Eso es lo que ocupa la vida de un pobre. Llevamos quince días de socialismo real en España, y ya ha venido el Papa a vigilarnos. La gente le besaba las manos. ¿Qué es lo que más recuerdo de nuestras Misiones Pedagógicas? Eso mismo. Cuando nos íbamos de los pueblos y los viejos nos besaban las manos.

*Lunes, 15 de noviembre de 1982*

Me he acordado hoy de otra cosa. Una vez entramos con la camioneta en una aldea, y una patulea de niños se lió a correr detrás de nosotros. Nos gritaban: ¡Comuniiistas! ¡comuniiistas! Alguno le quiso tirar una piedra al coche. Pero luego, cuando bajamos y vieron los proyectores, nos rodearon y empezaron a preguntarnos: ¿A qué hora empieza la película?, ¿a qué hora? He estado un buen rato repasando los tebeos que nos ha mandado Arcos Paulín. Qué trazo tiene. Pero es demasiado realista, no manifiesta carácter para la caricatura. Él se lo pierde. Esta tarde sin falta le envío este diario. Yo ya no lo quiero. Maruja, ¿te imaginas que Arcos Paulín haga un tebeo con todo esto? ¿Te imaginas un tebeo de las Misiones Pedagógicas? Nosotros también les podríamos haber llevado tebeos a aquellos niños...

Paco Castañón continuó escuchando la cinta mientras conducía su Volvo 121, ranchera, rojo con bandas blancas. Aceleró hasta que el paisaje no pudo alcanzarle. De pronto, los árboles empezaron a juntarse todos en una mancha borrosa, y al frente la carretera se borraba también, o quizá fuese que no estaba acabada de dibujar. Tuvo al poco la sensación de que más bien nada estaba cambiando ahí afuera, o acaso de que nada había ahí afuera, y que en realidad era él quien se desvanecía. Un presentimiento le agarró como se clava la pala de una excavadora en el suelo y lo arranca. De alguna manera supo que se iba a evaporar muy pronto, en cuanto Arcos Paulín también dejase de hablar de él.

# Nota autobibliográfica

Nada nace de la nada. Los lobeznos vienen de los lobos; las plantas, de las semillas que han caído de otras plantas como ellas. Las personas nacen de otras personas, y van creciendo y se forman imitando y copiando sus modelos de otras gentes. Los libros, como cualquier otro ser vivo, nacen de otros libros y se van haciendo, escribiéndose, con todo lo que les rodea, sea humano o inhumano. Las referencias que siguen a continuación dan cuenta de los libros, películas, canciones y sitios de internet que han estado presentes de una manera determinante en el nacimiento y en la formación de esta novela.

La parte fundamental procede de algunos de los informes y memorias que escribieron para el Patronato los participantes en las Misiones Pedagógicas. Fueron publicados en los siguientes títulos:

*Patronato de las Misiones Pedagógicas. Septiembre de 1931-Diciembre de 1933.* Imprenta Aguirre, Madrid, 1934.

*Memoria de la Misión Pedagógico-Social en Sanabria (Zamora). Resumen de los trabajos realizados en el año 1934.* Imprenta Aguirre, Madrid, 1935.

Debo a la amistosa generosidad de Manuel Aznar Soler, catedrático de Literatura Española en la Universitat Autònoma de Barcelona, el acceso a estos documentos.

Asimismo, mi editor, Juan Cerezo, me proporcionó,

cuando todo esto era un puñado de notas en una libreta, el formidable catálogo de la exposición *Las Misiones Pedagógicas, 1931-1936*, inaugurada el 21 de diciembre de 2006 en el Centro Cultural Conde Duque, de Madrid. La referencia de este catálogo es: *Las Misiones Pedagógicas, 1931-1936*, Varios Autores, edita Sociedad Estatal de Conmemoraciones Culturales/Residencia de Estudiantes, Madrid, 2006.

Más tarde, Juan Cerezo puso en mis manos el libro catálogo del Museo Sierra-Pambley, con textos, entre otros, de Antonio Gamoneda, Elvira Ontañón y Joaquín López Contreras, editado por la Fundación Sierra-Pambley, 2006, León, y terminado de imprimir en los talleres Gráficas Celarany, S.A., el día 14 de abril de 2006, en el setenta y cinco aniversario de la proclamación de la Segunda República española.

A Fernando Royuela tengo que agradecerle que me llevase a ver la exposición *El colegio Estudio: una aventura pedagógica en la España de la posguerra*, que organizaron la Sociedad Estatal de Conmemoraciones Culturales y la Fundación Estudio en la Residencia de Estudiantes, en el año 2009. Allí leímos, hombro con hombro, el romance de la loba parda proyectado sobre una pared.

Mientras corregía la novela, se celebró en Barcelona la 18 Mostra Internacional de Films de Dones, organizada por la cooperativa Drac Màgic. Así pude ver en la Filmoteca de Catalunya el documental *El secreto de educar* (Sonia Tercero, 2008), que trata sobre el citado colegio Estudio y sus fundadoras Jimena Menéndez-Pidal, Ángeles Gasset y Carmen del Diestro. En esa misma sesión se proyectó un documental espléndido sobre la Escola del Mar de Barcelona titulado *Han bombardejat una escola*

(Mireia Corbera, Anna Morejón y Sandra Olsina, 2010), que cuenta la historia de una mítica y revolucionaria escuela levantada sobre la playa de la Barceloneta en 1922 y destruida por los aviones fascistas en 1938. Ah, en cuanto a la misteriosa biografía del dibujante Leandro Arcos Paulín, además de la alusión que aparece en el *Manuscrito cuervo*, de Max Aub, y de la entrevista publicada en el boletín de los alumnos de la escuela de educación primaria Joseph Jacquemotte, del barrio de Ixelles, en Bruselas, ambas citadas en la novela, he utilizado el trabajo monográfico que le ha dedicado el investigador Juan Carlos Alquézar, titulado *Arcos Paulín, vida de rojo, trabajo de negro*, ediciones Ladyfisltrup, Barcelona, 2009.

Algunos otros libros, películas y enlaces son:

Luis Bello, *Viaje por las escuelas de España*, 4 volúmenes, edita Junta de Castilla y León, imprime Gráficas Varona, Salamanca, 2005. Edición facsímil de la original de la editorial Magisterio Español, Madrid, 1926.

Rafael Dieste, *Testimonio y homenajes*, editorial Laia, Barcelona, 1983.

Gonzalo Tapia (dir.), *Las Misiones Pedagógicas*, documental producido por Acacia Films, S.L., Malvarrosa Media y la Sociedad Estatal de Conmemoraciones Culturales, con la colaboración de Televisión Española, 2006.

José Val del Omar (dir.), *Fiestas cristianas y fiestas profanas*, 1920-1930, y *Vibración de Granada*, 1935. Son cortometrajes todavía de difícil acceso por vías comerciales. De cualquier modo, es posible ver algunas otras obras de Val del Omar en Youtube.

Natalia Jiménez de Cossío, *Cossío y las Misiones Pedagógicas*, conferencia pronunciada en el Ateneo de Madrid, el día 6 de mayo de 2004. Se puede consultar online en www.ateneodemadrid.net/biblioteca_digital/folletos/Edpr-004.pdf

Francisco Canes Garrido, «Las Misiones Pedagógicas, educación y tiempo libre en la Segunda República», artículo de la *Revista Complutense de Educación*, vol. 4, n.º 1, 1993. PDF del artículo en: http://dialnet.unirioja.es/servlet/articulo?codigo=150110

Luis Sáenz de la Calzada, *La Barraca. Teatro Universitario*. Biblioteca de la Revista de Occidente, n.º 29, Madrid, 1976.

Rafael Lapesa, *Historia de la lengua española*, editorial Gredos, Madrid, 1983.

Tomás Navarro Tomás, *El acento castellano. Discurso leído por el autor en el acto de su recepción académica el día 19 de mayo de 1935. Contestación de Miguel Artigas Ferrando*, edición de la Academia Española, Tipografía de Archivos, Olózaga, 1, Madrid, 1935.

Vladimir J. Propp, *Las raíces históricas del cuento*, editorial Fundamentos, Madrid, 1998, trad. José Martín Arancibia.

Juan García Atienza (recopilación y comentarios), *Leyendas mágicas de España*, editorial EDAF, Madrid, 1997.

Carlo Ginzbug, *El queso y los gusanos. El cosmos según un molinero del siglo XVI*, Muchnik Editores, 1982, trad. Francisco Martín.

José Terrero, *Geografía de España*, col. Biblioteca Hispania, editorial Ramón Sopena, Barcelona, 1962.

Antonio Sánchez Romeralo, *Romancero rústico*, editorial Gredos, Madrid, 1978.

Manuel Amezcua, *El lobo en la cultura popular giennense*, en *Revista de Folkore*, año 1989, tomo 09, n.º 104, págs.

39-45, ed. Fundación Joaquín Díaz. Disponible en: http://www.funjdiaz.net/folklore/07ficha.cfm?id=766

Juan Carlos Cabrero Figueiro, «El cortello dos lobos de Lubián (Zamora)», en *Argutorio: revista de la Asociación Cultural Monte Irago*, año 5, n.º 11, 2003. PDF del artículo en: http://dialnet.unirioja.es/servlet/articulo?codigo=2379768

*El lañaor*, publicación en línea de la Diputación de Almería, en www.dipalme.org/Servicios/Anexos/anexosiea.nsf

Ernesto Giménez Caballero, *Manuel Azaña, profecías españolas*, editorial Turner, Madrid, 1975.

Manuel Azaña, *Diarios, 1932-1933. Los cuadernos robados*, editorial Crítica, Barcelona, 1997.

Antonio Rivero Taravillo, *Luis Cernuda, años españoles (1902-1938)*, editorial Tusquets, Barcelona, 2008.

José Esteban y Gonzalo Santonja, *Los novelistas sociales españoles (1928-1936). Antología*, editorial Anthropos, Barcelona, 1988.

Rafael Torres, *Viva la República, 1931-1936. La emoción de la libertad*, editorial Esfera de los Libros, Madrid, 2006.

Paco Villar, *Historia y leyenda del barrio chino, 1900-1992*, editan La Campana-Ajuntament de Barcelona, 2009.

Jordi Pujol Baulenas, *Jazz en Barcelona, 1920-1965*, editorial Almendra Music, Barcelona, 2005.

Andrés Carranque de Ríos, *Cinematógrafo*, edición de Joaquín de Entrambasaguas para *Las Mejores Novelas Contemporáneas*, tomo IX (1935-1939), editorial Planeta, Barcelona, 1963.

José Más, *Los sueños de un morfinómano*, editorial Galatea, Madrid, 1921.

*Acracia. Revista Sociológica*, año I, n.º 6, junio de 1886, Barcelona.

Fernando Eguidazu, *Del folletín al bolsilibro. 50 años de*

*novela popular española (1900-1950)*, editorial Silente, Guadalajara, 2008.

Antonio Martín, *Historia del cómic español: 1875-1939*, editorial Gustavo Gili, Barcelona, 1978.

Daniel Compère (dir.), *Dictionaire du roman populaire francophone*, editorial Noveau Monde, París, 2007.

Hugues Dayez, *Le duel Tintin-Spirou. Entretiens avec les auteurs de l'âge d'or de la BD Belge*, Éditions Contemporaines, Bruselas, 1997.

Thibaut Vandorselaer, *Bruxelles dans la BD / La BD dans Bruxelles. Itinéraire découverte*, editorial Versant Sud, Louvain-la-Neuve, 2004.

Patrick Gaumer y Claude Moliterni, *Dictionarie Mondial de la Bande Dessinée*, editorial Larousse, París, 1997.

Michel Dircken, Museo de Arte Fantástico de Bruselas, página web en www.maisonbizarre.be

Oakley Hall, *Warlock*, editorial Galaxia Gutenberg/Círculo de Lectores, Barcelona, 2009, trad. Benito Gómez Ibáñez.

William A. Wellman (dir.), *Incidente en Ox-Bow*, 1943, editado en DVD por Impulso Records, La Laguna, Tenerife, 2009.

Hemerotecas online de *ABC* (http://hemeroteca.abc.es), *La Vanguardia* (www.lavanguardia.es/hemeroteca) y el semanario *Mirador* (http://ddd.uab.cat/record/17654). Algunos textos históricos del periódico *Tierra y Libertad* están disponibles online en http://www.memorialibertaria.org

La mayoría de las canciones citadas y cantadas en esta novela proceden de la discoteca del programa *Melodías Pizarras*, que emite Radio-3 de Radio Nacional de España. Pueden escucharse también en http://www.interiornoche.com y en cancionespizarras.blogspot.com.

Sin lugar a dudas, muchas otras referencias están presentes en este libro, y aquí se deben incluir a mogollón las innumerables visitas a Wikipedia, a Youtube y a las noticias del iGoogle, que cuando se pone uno al ordenador acaba haciendo más por vicio de darle al botón que por interés de informarse. Asimismo, ha habido una permanente banda sonora en la escritura de esta novela, que queda almacenada en una pequeña lista del Spotify, servicio musical al que me suscribió Laura, mi mujer. Durante todo el proceso de concepción y elaboración del libro, Laura ha mostrado una comprensión, una paciencia y un amor sin límites con respecto a mí, y desde luego con respecto a mis disparatadas preferencias musicales. Los compositores que han figurado en la lista de reproducción son Brahms, Bach, Beethoven, Liszt, The Jayhawks, Murray Head, The Korgis, Cheap Trick, Captain & Tenille, The Motors, Steve Harley & Cockney Rebel, Sébastien Tellier, Warren Zevon y David Bowie, por este orden al principio, pero enseguida con la función de orden aleatorio, lo que hacía que todo resultase aún más extravagante. Hay otra fuente de documentación e inspiración que queda por encima de toda bibliografía. Son los recuerdos de su pueblo andaluz que, durante largos paseos por la orilla del río Besós, me ha ido confiando mi madre, Isabel Andújar.